［ユーリ］
この滅びゆく世界で生きる、
見た目は幼い少女。
現代から大咲空《おおさきそら》を召喚した。
彼を、かつてこの世界を救った
〝英雄〟の生まれ変わりと信じている。

「……どうか、
お願いします。
この世界を救って
もらえませんか？」

少女は
穏やかな声で、
しかし力強く、
俺にそう言ったのだった。

「あ……う、うう」

裸の女の子がそこにいた。
こちらを振り向いた
女の子は……
ユーリの驚いた顔は、
瞬く間に、真っ赤に。

「伏せて」
その手には、小さな身体には似合わない
無骨な鉄の塊が——ショットガンのような形状をした、重そうな銃器が握られていた。

Contents

もしも明日、この世界が終わるとしたら

漆原雪人

角川スニーカー文庫

23485

口絵・本文イラスト／ゆさの
口絵・本文イラスト／横山券露央［Beeworks］

[プロローグ]

さよなら、明日

——もしも明日、この世界が終わるとしたら。

最後に君は、何を願う？

遠い昔のことだ。
まるで懐かしい歌を思い出すようにしてあなたが言った。
あのとき二人で見上げた満天の星に、私は何を願っただろう。何を、願うべきだったんだろう。
誰ともつながることのない空っぽなままの手のひらが、今も、二度と逢《あ》えないあなたのことを捜してる。遠いあの日の寂しさを求めてる。

お願いします……。

今、少しずつ冷たくなっていくその手を握り、私は繰り返し、祈ってる。

誰か。

お願い。

どうか……。

[第一章]

世界の寿命と、君の祈りと

懐かしい声に呼ばれた気がして、俺は、永遠の悪夢から救い上げられた。

「……ああ。よかった。目を、覚ましてくれて」

夢から覚めたばかりの俺に、銀色に瞬く少女がそう言い、微笑んでいた。

床に毛先が触れるほど長く伸びた銀色の髪。足跡一つない早朝の雪原みたいに真っ白な肌。

四方を背の高い本棚に囲まれた薄暗い一室で、唯一の光源であるかのように輝いて見えるのはなぜだろう。

俺は、この子を知っている。

そんな気がしたのはなぜなんだろう……。

そして俺は今、そんな見知らぬはずの少女の膝に頭を預けているようだと、わかった。

俺は今、そんな見知らぬ少女の膝に頭を預けているようだと、わかった。

「……ここは、どこなんだ？」

少女の泣き顔をぼんやりと見上げながら俺は呟いた。

「はい。……ここは、あなたが一度救った世界です」

思ってもみなかった返答に、俺は思わず眉根を寄せた。

少女は溢れて来る涙を何度も、何度も、手のひらで拭って……呼吸を深く吸い込むと、

「……どうか、お願いします。この世界のことを救ってもらえませんか？」

穏やかな声で、しかし力強く、俺にそう言ったのだった。

「ちょっと、待ってくれ。この世界を救う……？　俺が？」

そう問いかけて、少女の膝から身体を起こした。

ズキリと、頭痛。唇を噛んで振り向くと、少女は俺を真っすぐに見つめていた。

「はい。……大咲空《おおさきそら》さん。あなたには、この世界をもう一度救うだけの力があるんです」

それは切実な想いの感じ取れる眼差しだった。

なぜ君は俺の名前を知っているんだ。なぜ、俺はこんなところにいるんだ。

……なぜ、君は、泣いていたんだ。

様々な〝なぜ？〟が入り乱れるその中で、俺は、首を傾《かし》げてしまう。

「もう一度？」

「はい。……遥《はる》か遠いある日のことです。あなたは命を懸けて戦い、この世界を救ってくれました。だからあなたはこの世界の中で、多くの人たちにとって最後の希望で……私たちにとって英雄、でした」

ポツリポツリと。

ため息をつくように言葉をこぼしながら、その少女は言った。

そしておもむろに、近くの小窓を開いた。

「……今、この世界は滅びかけています」

窓の向こうに広がった光景に俺は息を呑《の》んだ。

廃墟《はいきょ》と化した街を鬱蒼《うっそう》とした木々が呑み込むように茂っている。真夜中の漆黒を煌々《こうこう》と照らす街灯《あか》りはどこにもない。遥か彼方《かなた》の地平線には、月によく似た大きな灯りが〝二つ〟、浮いていた――少なくともここは、先ほどまで自分が必死に生きていただけの場所とは違う。知らないどこかだ。

戸惑うばかりな俺を、真っすぐに見つめたまま少女は続ける。

「この世界の余命は、残りあとおよそ一年なんです」

窓の向こうに広がる空の風景。

そこに瞬く星よりも少し大きな光を少女は指さす。

「今はまだ小さなあの光が、一年後、この世界をまるごと全部、呑み込んでしまう運命なんです。……でも、あなたなら、私たちの世界の全てを救うことができる。だからあなたを召喚させてもらいました」

「ちょっと、待ってくれ」

世界を救う？　この俺が？　そのための力が俺の中にはある？　だから、召喚された……？

「急にそんなこと言われても困る。もう少しわかるように説明してほしい。わけがわからないんだ。俺はさっきまで、確かに……」

ズキリと。

心の奥の方に鋭い痛みが走った。

そうだ。俺はついさっきまで、真夜中の校舎にいたはずだった。

そして、その屋上から……。

「大咲空さん。あなたはかつて、この世界を救った〝英雄の生まれ変わり〟なんです」

「……え？」

今、この子は何て言ったんだ？

俺の疑問も戸惑いも、全て置き去りにして少女は語る。

「あなたにはこの場所で、もう一度、世界を救える力を学んでほしいと思っています」

眩暈《めまい》がしそうだった。

わけがわからない、というのが正直なところだ。これはいったいどういった類の冗談なのだろう。

呆然《ぼうぜん》とするばかりの俺に、「ごめんなさい」と言って少女は目を伏せてしまう。

「……私、あまり話すの得意じゃなくて。代わりに、上手に説明してくれる人のところへ案内します」

たくさんの本で溢《あふ》れていた部屋から少女に連れられ外へ出る。

図書館だろうか、とぼんやり思っていたこの場所は、どうやら学校であるようだった。

廊下を歩くといくつもの教室の前を通り過ぎた。

俺を先導する少女の手には、大きな杖《つえ》が握られている。その先端に下げられたランタンは、光源はわからないが柔らかい水色がかった明かりを灯《とも》していた。それ以外は淡い月明かりが頼りの冷たい時間だった。

素足のままの少女がペタペタと、乾いた足音を響かせて廊下を進む。

そんな銀髪の少女に連れて来られたのは、〝第二理事長室〟というプレートの取り付けられた部屋だった。

「ここに誰かいるのかな……？」扉の前で立ち止まった俺は、不安からかつい恐々と問いかけてしまう。

「はい。その人に、私の代わりに色々と説明してもらいます。ちょっと厳しいときもありますが、基本的には優しい人なので。あなたは覚えていないと思いますが、緊張しなくても平気です」少女は柔らかく微笑《ほほえ》んで見せてくれた。

ん？

少女の言葉に違和感を覚えた。

どういうことかと問いかける間もなく、少女が重厚な造りの扉を開いた。

するとすぐに一人の少女の姿が視界に飛び込んできた。

その少女はアンティーク調の彫刻で仕上げられた大きな机に向かい、革張りの立派な椅子に深く腰掛けていた。

扉を開いて現れた俺の顔を見て読んでいた本を閉じた。

「ふぅん。やっと目が覚めたのか。待ちくたびれたよ。とりあえず自己紹介だけは手早く済ませておこうか」

少女は足を組みなおし、頬《ほお》杖をついてアンニュイな表情で言う。

「私はクロース。クロース・アドマンティアという。この学園の理事長だ。とはいえ学園としての機能はとっくの昔に失われてしまって久しいが。その子と一緒に君の置かれた現状を説明しようと思う。……その前に、おいで。ユーリ」

と一息で話して、この学園の理事長だというクロースは、ここまで俺を導いた銀髪の少女に向かって手招きをする。

「…………」

ユーリと呼ばれた銀髪の少女は、チラリとこちらに視線を送った。

そして無言のまま、クロースに対してフルフルと頭を横に振ってみせた。

クロースは呆《あき》れたようにため息をつく。

「ユーリ……。お前は今の自分の姿をちゃんと鏡で見たのか？　髪はボサボサ。制服は埃《ほこり》だらけ。酷《ひど》いありさまだぞ。とてもじゃないが、他の世界から招いたお客様の前に出せるような姿じゃない。それに素足で歩きまわっていたら危ないじゃないか。怪我《けが》でもしたらどうするんだ。私が誕生日にあげた靴はどこへやったんだ？　ただでさえ学園を掃除する者もいなくなって、ガラスの破片もそこら中に散らばっているというのに……」

「……鏡を覗《のぞ》き込んでも意味がなかったんだから仕方がない」

止めどなく降り注ぐ小言に、ユーリと呼ばれた少女は唇を尖《とが》らせていた。

しかし拒否していても小言が降り積もるばかりと判断したのだろうか。ため息をつき、俺のことを気にしながらも渋々という具合に、クロースの足元で体育座りでもするように両脚を抱えて腰をおろした。

ユーリの長く綺麗《きれい》な銀色の髪をブラシで梳《と》きながら、クロースは「少し見ない間にずいぶん伸びたな」と小さくつぶやいてから、続けて言った。「まずはユーリから少年に色々と話して聞かせてあげた方がいいと思うな」

「え？　……でも」ユーリは慌てたようにクロースを振り返る。「ずっと誰とも話してなかったから、上手に説明できるかどうかわからない……。ちゃんと会話できるかも……不安で……」

「大丈夫。私とは久しぶりでもこうしてちゃんと話せてるじゃないか。それにさ、あの少年のことはお前が召喚したんだぞ？　どんなにつたなくてもいいからお前が説明してあげた方がいい。必要そうなら要所要所でフォローはするよ。……だからほら、勇気を出して、がんばれ」

ユーリはクロースに促され、深呼吸。

恐る恐るというように口を開いた。

「……大咲空さん。先ほども言ったように、あなたはかつてこの世界を救った英雄の生まれ変わりです」

クロースに髪を梳かされながら、ポツリポツリと話してくれた。そんな姿を見られるのが恥ずかしいのだろうか。頬を僅かに染めていた。

「かつてこの世界には、圧倒的な力と恐怖とで、人々を支配しようと目論《もくろ》む〝獣の王〟と呼ばれる者がいました。けれど前世のあなたは仲間と共に命を懸けて戦い、戦い、戦い抜いたその果てに勝利を手にした。たくさんの犠牲は払ったけれど、この世界に平和をもたらしたんです。そして前世のあなたは名実ともに英雄となった。……間もなくあなたはこの世を去ってしまったけれど」

そこでひと呼吸置いて、ユーリは更に続けた。

「英雄が去っていってから少しの間この世界は平和でした。けれど再び危機が訪れたんです。それは、新たな敵の侵略をうけたのではなくて……今からおよそ、一年後です。宇宙のかなたから巨大な惑星《ほし》が降って来る。そういう回避不可能な運命でした」

「既に多くの人たちが終わりの運命を受け入れてしまってるのが現状だ」そこでクロースがユーリの話を引き継いだ。「英雄はもういない。絶望的な運命から自分たちを救う力を持つ者は存在しない。死は、免れない。そんな人々の諦観と絶望とを映したように、この世界は終わりかけてる。けれどこの子だけは希望を捨てなかった。この子は、英雄と魂を同じにする君を召喚し、この世界を再び救ってもらいたい。そう考えていたんだ。それを今夜、ユーリはたった一人で成功させた」

クロースは銀色の髪にブラシを通し続けている。

まるで、がんばった子の頭を母親が優しく撫《な》でるように。

「何を言ってるのかよくわからないが、二人とも人違いしてるんじゃないかな。世界を救うだなんて。そんな力、俺にはないよ」どうして、と俺は首を振った。「……どうして俺が、その〝英雄〟の生まれ変わりだと断言できるんだ？」

「魔力は指紋とよく似ていて同じ〝流れ〟は存在しないんです」ユーリが言った。「あなたの身体から僅かに感じる魔力は確かに英雄と同じものなんです」

「私は、同じ魔力の流れは存在しないという説には懐疑的なんだけどな」

クロースは肩をすくめている。

「だから、大咲空くん。君が英雄の生まれ変わりかどうかは、私はユーリと違ってまだ信じられてはいないんだ。……それは、まあ、君本人も同じだろうけどね」

「ああ……」

おかしいな。頭痛がしてきた。

何もかもがいきなりすぎて「はいそうですか」とは、とてもじゃないが素直に呑み込めるはずもなかった。

「もしもだ。万が一にでも、本当に君が英雄の生まれ変わりで、この世界の希望になってくれるというのなら。そんな君に、この世界を救ってもらうためにしてもらいたいことは一つだけだ……うん。綺麗になった」そこでクロースは、ユーリの髪を整え終える。「いいかユーリ。これからはもう一人じゃないんだぞ？　自分で身だしなみくらいはちゃんとするんだ。私だっていつまでもお前の世話ができるわけじゃないんだし。……それに、せっかくさ、こんなにかわいく生まれついたんだから。ちゃんと綺麗に飾ってやらないともったいないぞ」

銀色の髪の毛を優しく撫でる。

そして、ほんの一呼吸ほどの沈黙を挟んだ。

クロースは、大人しく撫でられているユーリのことを見つめ、目を細めた。

そしてその沈黙に小さな穴をあけるようにして、口を開いた。

「お願いだ。この世界を救うために。大勢の命を救う、そのために。どうか……。どうかこの子のことを、殺してやってくれないか」

そうすることが、私たちに残された最後の〝希望〟なんだよと。

悲しそうに。

どこか、寂しそうに。

無力な自分を呪うようにして、クロースはそう言った。

1

学園の敷地内に建つ学生寮。

その一室を自室として与えられることになった。

けれど部屋に案内される前に、風呂に入って来るようにとクロースから勧められた。気づけば確かに、今の自分は酷い姿をしていた。着ていた制服はボロボロで、身体はあちこち泥だらけ。風呂に入れるのはありがたい。それに少し一人にもなりたかった。

案内された学生寮の中にある大浴場は、綺麗に掃除が行き届き、二十人は一度に入浴できそうなくらい大きな浴槽が一つ。温かなお湯がなみなみと満たされていた。

汚れを流すついでに、身体のあちこちを確かめてみる。

……どこもに怪我はなかった。

おかしいな。

ここへやって来る前に自分がしていたことを思えば、かすり傷一つないのが不思議でならなかった。いや。それを言うなら、こうして生きていること自体……。

『どうかこの子のことを、殺してやってくれないか』

その言葉がふと頭の中によみがえり、いろいろな疑問が一瞬で薙《な》ぎ払われてしまう。

世界を救うために銀色の少女を、ユーリを殺せ、だなんて。

いったいどういうことなのかと問いかけたが、「また明日詳しく話すよ、今夜は遅いからもう休もう」と言うクロースに、説明は棚上げされている状態だった。正直なところ、もやもやとするばかりだ。

「…………」

これから俺は、どうなるのだろうか。

お湯に沈み込むように深く浸《つ》かって、ぼんやりと考えている。

元の世界に帰る場所のない俺は、「今すぐ帰してくれ」と懇願する気は起きないし……。

俺はかつて、救いたいと願う大切なものを救えなかった。だから救えるものは手当たり次第にでも救いたいと願ってしまうところがある。

けれど、世界を救うだなんて。話の規模が大きすぎて、まるで実感がわかないというのが正直なところで……。それになぜ、俺が目を覚ましたとき、ユーリは泣いていたんだろう。あれは気のせいだったのかな。

くらり、とした。

まずい。どれくらい湯船に浸かって考えごとをしていたのかわからないが、危うくのぼせそうになっていた。

フラフラとしながら脱衣所へ出る。

「……あ、あれ？」

変だな。

のぼせてしまって、幻でも見ているのかもしれない。

裸の女の子がそこにいた。

「あ……」

こちらを振り向いた女の子……ユーリの驚いた顔は、瞬く間に、真っ赤に。

「う、うう」

じわりと、涙目。ユーリは身体を両腕で抱くようにして隠し、そのままぺたりと座り込んでしまう。

「ご、ごめん！　誰かいると思わなかった……！」

幻なんかじゃないとすぐに理解した俺は慌てて浴場へ戻った。

勢いよく、扉を閉める。

脱衣所と浴場を仕切っている扉には、大きな曇りガラスがはめ込まれている。そのガラス越しに動く人影だけが映って見えた。ごそごそと微《かす》かな衣擦《きぬず》れの音がする。

「本当に、ごめん。もっと注意しておくべきだった」

「い、いえ……、私も、悪かったんです」

扉の向こうから、小さな声。

裸を見られたのがよっぽどショックだったのか、ぐずぐずと鼻をすすり上げている気配もした。

「……一人だった頃の癖が抜けなくて。誰かいるのかを確認し忘れてしまっていました。これからはもう、一人じゃないのに……」

「一人だった頃……？」

「………」

呼びかけるも、沈黙。

不安になった俺は「ユーリ？」と、もう一度呼びかけてみる。

「あ、いえ……。その。えっと」ユーリはちょっと言いにくそうに、扉の向こうでもごもごとしている気配。「大丈夫、ですよね？」

「え？　大丈夫って？」

「その……結婚する前に、異性に裸を見られたら、女の子はそこで成長が止まっちゃうんだっていう、古い言い伝えがあって……」

鼻をすすりながらユーリは言う。

「私、大丈夫ですよね？　これからもちゃんと成長、しますよね？　いろいろ大きく、なれますよね……？」

「あ、ああ……。大丈夫だと思うよ」

泣いていたのは俺に裸を見られてショックだった、というわけではなかったのかな……？

「少なくとも、俺の生きてた世界にはそんな噂《うわさ》も、そんな事実も、まったくなかったし」

写真を撮ったら魂を抜き取られるだとか、そんなレベルの都市伝説なんじゃないかと思う。むろん、異世界人である俺には計り知れない常識がこの世界には存在している可能性だってあるのだが。

けれどそんな噂を泣くほど信じているのかなと思うと、つい、頬が緩んでしまった。

見知らぬ場所に連れれて来られて、無意識に気が張っていたというか、緊張していたんだろうと思う。

ユーリには申し訳ないが、おかげで少しホッとして、肩の力が抜けて来た。

「………」

「あの……？　すみません、どうして黙ってるんですか？　もしかして何か、思い出したりしてませんよね？　たとえばさっき見たものとか……」

「え」

「忘れてください。さっき見た、わ、私の……裸、とか……お願いします」

「あ、ああ」

変な想像はしていないつもりだが、そう言われてしまうと変に意識してしまう。確かに、成長を気にする気持ちはわかるかもな、とか……。

「………」

「やっぱり今、何か失礼なことを想像してますよね……？」

「えっ、いや……っ」

今度は図星だったので飛び上がりそうになる。まさか魔法とかで心の中を読めるのかな。

「な、何も考えてない。絶対」

「ほんとですか……？」

「あ、ああ。ほんとだよ」

心は読めてなさそうな気配で、ほっとした。

「あなたの服、ボロボロでしたよね。もしこの学園の制服でよければ、予備がたくさん余ってますが……どうしますか？」

「ああ、ありがとう。着替えがあるのは助かる。取ってくれないかな。俺はこっちで着替えるよ」

「はい……」

扉が薄く開かれて、その間から渡されたのは真新しい制服だった。下着も一緒に。新しいものではあったが、隙間から差し出されたユーリの手は、少し赤くなっているように見えた。

「私も、クロースからお風呂に入りなさいと言われたんです。あとでクロースも行くから先に行ってなさいとも言われていて。だから、脱衣所に来ていたんです」

互いに着替えを済ませて脱衣所を出た俺たちは、学生寮の廊下を並んで歩いている。

「あなたを学生寮の自室に案内するのも、クロースがしてくれているのかなと思っていたのですが……。この様子だとまだみたいですね。一緒に行きましょう。案内しますね」

自室をもらった学生寮は、噴水の設置された中庭の隅に建っている。

外観は学園と同じで石造りだ。イタリアやフランスなど、海外の映画でよく見かけるようなこじゃれた造形。かつてはたくさんの学生たちの学園生活を彩っていたのだろうかと想像する。けれど今は学園も学生寮も外壁はひどく苔《こけ》むしてしまっている。五階建ての学生寮は所々がひび割れてしまってもいた。

そんな外見とは違い、案内された室内は綺麗に整えられていた。

小さいが清潔そうな白いシーツのベッド。ぎっしりと隙間なく本が収められた本棚。そして勉強机が一つ。隅々まで掃除され、目につく汚れはない。清掃の行き届いたビジネスホテルの一室のような印象を受けた。

「それじゃあ、私はここで」

案内は部屋の出入口までだ。そこでユーリは立ち止まっていた。

「何か必要なものがあったら言ってください。何か、知りたいことがあったときも同じです。私に答えられる限りは答えます。あの回線が、学園の放送室に繋《つな》がっています。私はいつもそこにいます。それ以外は、〝第一理事長室〟にいることが多いです」

ユーリが指さした先には、勉強机の隅に置かれた黒電話があった。

「………」

知りたいこと？　それならある。なぜ、君を殺さなきゃならないのか？　世界を救うそのために……？

しかしそう問いかける言葉が、なぜか胸の奥にしがみつき、唇からこぼれ出ていってくれなかった。

ほんの少し、沈黙が生まれてしまった。

「お腹《なか》……」

「え？」

ハッとして、俺は顔を上げた。

「お腹は空いていませんか？」

「あ、ああ、平気だよ」

「朝食は八時半から。お昼は十二時半から。お夕飯は、十八時から。決まった時間に学園の食堂へ来てください」

「ああ、うん。わかった」

「……食事の時間以外にもし、お腹が空くようなことがあったら言ってください。お夜食とか。おやつとか。あまり上手じゃないけど、何かは作れます。学園には畑もありますから、二人分なら当面暮らせるくらいの野菜が育っています」

ユーリは俺に、持っていたランタンを「灯《あか》りの代わりです」と言って渡してくれた。電気などといった生活に必要なエネルギーも供給されなくなって久しいのだという。

「もし暇になったら、本でも、ボードゲームでも……何か、持ってきます」

「わかった。ありがとう。もし必要になったら電話するよ」

「はい……」

俺が気まずさを感じないよう気遣ってくれているのかもしれない。時おり訪れる沈黙の気配を嫌うように、ユーリは言葉を繋いでいた。

「それと、さっきのことはできるだけ早く忘れてくださいね。じゃないと今夜は私、恥ずかしくて、眠れない気がします……」

「う、あ、ああ、わかった。もう忘れたよ。……えっと。さっきのことって、なんだっけ？」

ふとユーリは微笑《ほほえ》んだ。

「……おやすみなさい。せめて今夜は、よく眠れるように祈っています」

ユーリは優しい声でそう言って、パタリと部屋の扉を閉じた。

おやすみなさい、か。

不思議だなと思った。彼女にそう言われると、なぜだか今夜はよく眠れそうな気がした。

2

俺は、ユーリが去って行った後、本棚から一冊手に取り開いてみる。

ユーリからおやすみと言われて少し落ち着けたようにも思うが、それでもすぐには眠れそうになかったし、長い夜の時間を潰すものは確かに欲しいなと感じていた。

パラパラとページをめくるが、しかし何が書かれているのか全く理解できなかった。ユーリやクロース、二人の女の子が何を話しているのかは不思議と理解できるのに、文字を読むことはできないようだ。

あの二人と問題なく会話できるのは、この学園にかけられた翻訳魔法のためなのだと説明を受けている。

この学園にはかつて世界中から様々な種族が集まって来ていたらしい。そんな生徒らが問題なく授業を受けられるようにという配慮。英雄が残したその魔法の効果が、今もなお消えずに在るのだという。

本を閉じる。本棚に戻し、ベッドに身体を横たえて瞼《まぶた》を閉じた。

『……おやすみなさい』ユーリの声を思い出している。

『せめて今夜は、よく眠れるように祈っています』この声になぜか、俺は不思議な感覚になる。

よく、わからないな。

不思議に思うことや奇妙に思うことばかりだ。

ただ俺は、ここにやって来る前から、何かを探していたような……。

「…………」

とにかく明日、何かの間違いだと改めてあの二人には伝えよう。俺が英雄だなんて人違いだ。自分自身の運命も。人生も。この命さえも救えない。そんな俺が世界を救えるはずがない。それに、世界を救うそのために「この子のことを、殺してやってくれないか」、だなんて……。

本当にどうかしてる。

あの二人にどんな事情があるのかは知らないが、当然、そんなこと俺には無理だ。

絵空事を真に受けて女の子を殺すだなんて、そんなこと……。

風呂で身体も心も緩んだからだろうか、すぐにうとうとしはじめた。
次に目を開いたとき、夢から覚めるみたいに元の世界に戻っていたりして……。
もしそんなことになってしまったら、それはそれで最悪だなと思いながら。
どれだけ眠っていただろうか。

『……さい』

声が聞こえた。

『英雄が……だから……します……』

今度はユーリの声を思い出しているのではない。
実際に聞こえているものだ。
微《かす》かな眠気も一瞬でどこかへ消えた。

『待っています……きっとまだ、希望はどこかに、あるはずだから……』

それは校内放送を思わせた。

スピーカー越しのその声は、どうやら学園校舎の方から聞こえて来るようだ。

今夜はもう、あまりよく眠れそうにない。

そんな予感と共に俺は部屋を出た。


真夜中の底に沈んだ学園に、繰り返し声が響いていた。

校内放送のように響くスピーカー越しの声。その声に不思議な懐かしさを覚えた。

本当に不思議な感覚なのだけど、俺はずっとそれを探していたような気さえして……。

俺はふらふらと、ランタンの青白い光を頼りに、暗闇の中を進んだ。

おおよその予想通り、声の発生元は学園の放送室だった。

自室として与えられた学生寮の一室に、俺は学園の俯瞰図《ふかんず》が壁に貼り付けられていたのを見つけていた。それを頼りにたどり着いた、二、三人も入ればいっぱいになるような小さなスペース。学園の中心に建っている時計塔の最上階に位置していたその部屋で、ユーリが備え付けられたマイクに向かっていた。

「ごめんなさい。起こしてしまったでしょうか……？」

腰掛けた小さな椅子ごとユーリはこちらへ向き直る——月だ。放送室の天井にはポッカリと大きな穴が開いていた。

レンガ造りの屋根が腐敗して崩れたというよりは、何かの鋭い衝撃を受けて崩壊したような印象だった。その穴からちょうどよく、まるで木漏れ日みたいに差し込む満月の明かり。その光が、ユーリの姿を舞台上の役者に落とされたスポットライトのように照らしていた。

「いや。大丈夫。確かに少しうとうとはしてたけど、眠れないのはいつものことなんだ。ちゃんと眠れた日も悪い夢ばかりを見るし」だからむしろ助かった。「えっと。あれからどれくらい経《た》ったのかな。見違えるようで、ちょっとびっくりだ」

綺麗に整えられたユーリをまじまじと見ながら、俺はそう言った。

「あの後、クロースに無理やりお風呂に入れられてしまいました」ユーリは不服そうに唇を尖《とが》らせていた。「お風呂、嫌いなんです。すぐにのぼせてしまってフラフラしちゃいますし、別に無理やりお風呂に入らなくても、簡単な魔法で身体の清潔さは保っていられるから……」

新しいものに着替えたのか、埃《ほこり》だらけだった制服はおろしたてみたいに埃一つない。汚れも傷もない真っ白な肌が月明かりを反射して、周囲の深い夜色にぽっかりと穴を開けているようでもあった。長く綺麗《きれい》な銀色の髪もキラキラと瞬いているようにも見えた。

そんなユーリは、先ほどはかけていなかった黒縁のメガネをしている。

彼女にしては大きめなサイズだ。

おそらく、男性用。ずり落ちるそれを何度となく指先で押し戻していた。

「……ごめんなさい」

ユーリがポツリとそうこぼした。

「ごめんなさい？　どうして？」

「さっきはお風呂でいろいろあって、ちゃんと伝えそびれてしまっていましたが……。突然に呼び出されて、この世界をもう一度救ってほしい、だなんて。あなたからしたら本当に突然すぎてわけがわからないと思います。……だから、ごめんなさい。この世界の事情に巻き込んでしまった。もし、元の世界に戻りたければ言ってください。何であれ全力を尽くしますので」

それはつまり元の世界に戻る方法があるってことなのか？

まあ呼び出すことができるのだからその逆もしかりってことなのかな。

……元の世界、か。

今はあまりそのことについて考えたくないな。

俺は、殆《ほとん》ど強引に話題を変える。

「……今の方がずっといいって思うよ」

「え？　今の方が、ですか？」

「ああ。ほら、さっきクロースって子に言われてたろ？　せっかくかわいく生まれついたんだから綺麗にしておいた方がいいって。さっぱりして、もっとかわいくなったんじゃないかな。そのメガネも似合ってる。ちょっとサイズがあってなさそうだけど」

「…………」

ムッとしたようにユーリは目を細めた。かけていた黒縁のメガネも外してしまう。ツルの部分に取り付けられた銀色の細いチェーンで、ネックレスみたいに首から下げた。

「大咲空さん。……あなたは」

「え？」

「……あなたは、誰にでもそうなんですか？　私みたいな会ったばかりの子に対しても、そんな歯の浮くようなお世辞を、平気で言えるような人なんですか？」

冷たい視線だった。

その圧に、ちょっとたじろぐ。

おやすみと言ってくれた少し前のことを思うと、驚きもした。

「前世のあなたも同じでした。英雄だったあなたの周りには、いつもかわいい子ばかりが集まって。挨拶したり、ちょっと話しかけるだけでも大変でした。だってあなたは、集まってくる子たちみんなに、優しくて……分け隔てなく、誰にでも、親切で……」

言葉を重ねる度に、ユーリの不機嫌さが増してきているように感じてしまう。

次第に頰《ほお》が膨らんでいっているようにも見えてしまった。

あまりこの話題を引っ張るのはよくないな。話を変えよう。いや。本題に、戻そう。

「ここで、何をしてたのかな。誰かに放送で呼びかけていたみたいに聞こえたけれど……」

改めて小さな放送室を俺は見回す。

ユーリの腰掛けた椅子の前には、おそらく放送のために必要な機材とマイクが一式揃《そろ》っている。

「これを修理していました」

そう答えてユーリはメガネをかけ直した。

膝の上に開いた設計図のような紙面に視線を落とす。

「これは英雄が……前世のあなたが作製し、遺《のこ》していった魔法の一つです。もしこれを修理できたなら世界中に声を届けることができるようになります。前世のあなたはこれを作っているとき、〝ラジオ放送のようなものだよ〟と言って笑っていましたが……」

ふと、ユーリは口元を緩める。

「とにかく、魔力によって形成される電波に乗せて、世界中へ声を届けることができるんです。もしかしたら英雄の夢を叶《かな》えられるかもしれないと、そう思って……」

「英雄の夢？」

「はい。英雄はクロースと二人で建設し、運営していたこの学園が、いつか未来を夢見る子供たちでいっぱいになることを望んでいました。その光景を目の当たりにするより前に、あなたは……いいえ、英雄はこの世を去ってしまった」

　世界が終わるその前に、もう一度。

　この学園を、賑《にぎ》やかだったあの頃の姿に戻したいのだとユーリは言った。

「放送室のラジオを修理して、世界中の人たちに〝英雄が戻って来た〟と呼びかけたなら、未来への希望を取り戻した生徒たちが戻って来てくれる……かもしれない。そうすることが世界を救うことにもつながると信じたいんです」

　学園に人を集めることが世界の救済につながる？

　それはいったいどういうことだろう……。

　疑問には思うものの、特に追求することはしなかった。まずは黙って話を聞こう。

「装置の図面を見ても私にはさっぱりなんです。何が書かれているのかさえ理解できません……。この世界には存在しない言語で書かれているみたいで。学園の翻訳魔法の範囲外の言語です。私は、英雄の〝弟子〟だったのに。これじゃあ色々と失格ですよね」

　先ほど自室で聞いた声は、装置が正常に働くかどうかのテストを繰り返していたもののようだった。かつてあっただろう校内放送のようにして。まだ世界中へ放送することはできないようだが。

　……英雄が戻って来た。希望はまだある、か。

確かそんなことを、先ほどのテスト放送でユーリは話していたように思う。

そんな放送が世界中に流れたらどうなってしまうのだろう。英雄を求めて押し寄せてきた人たちが、間違えて召喚されたに違いない俺を見て落胆し、暴動を起こさなければいいけれど。

おかしな問題に巻き込まれてしまう前に、ちゃんと〝人違いだ〟と理解してもらえたらいいのだが……。

バレないようにため息をついた。

そして俺は、何気なくユーリの背中越しにその設計図とやらを覗《のぞ》き見て——……首を、傾げた。

〝魔法〟だというので、〝俺には当然のように扱いきれないものとばかり思っていたが。

「……えっと。これくらいならたぶん、俺でも修理できるかもしれないな。設計図の言葉も日本語みたいだし、ちょっと字は汚いけど何とか読める範囲かな」

「本当ですかっ？」

背後の俺を勢いよく振り向くユーリと視線が合った。大きな瞳がキラキラと瞬いていた。

「あ、ああ。うん。だけど、壊れた部品の代わりを見つけて来ないとダメそうだ」

俺は、思わず視線を逸《そ》らしてしまう。

余計なことに首を突っ込んでしまった。そんな予感がしていた。

ユーリと二人で学園中を巡り、修理に必要な機材を探した。

結果、使い物にならなくなっていた配線など、細々したものの代わりはそれほど苦労することなく調達できた。

しかし、装置を復活させるための核となる部品がどうしても見つからなかった。それは終わりに向かう世界の中では希少なのだという。

もしかしたら、クロースならそれを用意してくれるかもしれない。ユーリが期待を込めてそう提案した。

「ふぅん。それでまたこうして、私のところへやって来たってわけか」

〝第二理事長室〟を再び訪れ用件を伝えたユーリと俺に、クロースは気だるそうに答えた。面倒くさそうな態度を隠そうともせず、焼き菓子をバリバリと音を立てながら食べている。

「それにしても二人はすっかり仲良くなったんだね。二人で夜のお散歩だなんて。……ん？　まさか。私に秘密でいけないこととかしてたんじゃないだろうね？」

「秘密で、いけないこと……？」ユーリは首を傾げた。「それって、なに？」

「なにってそりゃあ。夜の校内で若い男女が二人きり。そんな状態でやることといったら限られてるだろうに。知識がないふりするのもいいけれど、あざとすぎて逆にかわいげがないって私は思うな。乙女としては減点だ」

「わからない。ハッキリ言ってほしい」

ユーリは頰を膨らませていた。

「んー……。この学園は異性交遊を特段禁止してはいないけどさ。でも、ほら。あれだ。赤ん坊を作るのだけは避けてほしいよね、やっぱり」

「赤ん坊、って……」

みるみるうちにユーリの顔が真っ赤になった。

俺は呆《あき》れたように首を振る。

「そんなことしないよ。急に何を言い出すんだ君は……」

「んん？　何か勘違いされてるようだけどさ。君らがこっそり愛し合おうとそれはどうだっていいんだ。自由にしてくれ。この学園がまだたくさんの生徒らで溢《あふ》れていた時代にだって、生徒同士の……もちろん教師と生徒との情事も日常茶飯事だっただろうさ」

やれやれとクロースは首を振り、「私が気にしてるのはそんなことじゃない」と言って続けた。「私が気にしているのは生まれてくる子供のことだ。考えてもみろよ。今から生まれてくる子供には責任を持って〝未来〟をあげられないんだ。大人としてそんな無責任な命を祝福してやれないぞって話さ。残り一年の寿命になるかもしれない赤ん坊だ。親の満足のために寿命を使われるのと同じじゃないか。そんなのは見過ごせないな。これでも教育者の端くれだからね」

またしてもやれやれと首を振って見せるクロースだったが、

「で？　英雄色を好むというけれど、今の君もそうなのかい？　夜の校舎でこっそり情事に勤《いそ》しもうって魂胆だったのかな？　……んんん？　と、なるとつまり。ひょっとして。私のこともそういった目で見ているんじゃあるまいね。あわよくば三人で、だなんて。そんな卑しい期待をしていたりするのかい？　こんなちっこい私を相手に？　許されざる性癖だねまったく」

「だから！　そんなことしないって！　人を鬼畜みたいに言わないでほしいな……」

「ふぅん。君という奴《やつ》は生まれ変わってからずいぶんとつまんない男になっちゃったんだな」本当に心底つまらない、といったような呆れた目でクロースは俺を見ていた。「前世の君ならそれこそ鬼畜の所業で私やユーリをあっという間に手籠《てご》めにしても不思議じゃないのにな。未来を贈ってもらえない可哀《かわい》そうな子供もたくさんできちゃいそうだよ」

「……おかしなこと言わないで。そんなこと、しない」

不機嫌を隠そうともせずユーリが口をはさんだ。そして、隣の俺を振り向いた。

「……英雄は。前世のあなたは。そんな酷《ひど》いことなんてしません。……どんな状況でも私たちを大切にしてくれる。絶対。さっき裸を見られたときだって、別に、変なことされたりなんて……」

クロースに抗議していたユーリだったが、そこで言葉を詰まらせ、みるみる内に真っ赤になった。

裸を俺に見られたことを思い出しているみたいだ。何だかこちらまで顔が熱くなる。

「んん？　裸がどうしたんだい？　何かあったような気配を感じるな」クロースはニヤニヤとしていた。「まさか、大咲空くん。実は何か鬼畜なことを既にしでかしちゃってるってことなのかな？　んー。だとしたら今すぐここで、学園長の名のもとに君に強烈な制裁をくれてやらなきゃならなくなるけど？」

よくわからないが理不尽だな、と思った。

「だから、そんな酷いことされてない。クロース、どうしたの？　ちょっとしつこい」

ユーリにとがめられたクロースは、肩をすくめてやれやれと首を振る。

「まあなんでもいいけどね。こんな風にさ、ユーリは前世の君をちょっと過大に評価しすぎてるんだよ。この世界中の人々と同じか、それ以上にね。半面、もう既に感じているかもしれないが、私はあまり前世の君を好いてはいない。結構なカスだったとさえ思ってるくらいだ」

「それはそれで何だか複雑な気分だな。……前世の俺って、そんなに節操がなかったのかな」

知れば知るほどちょっとへこむな。

「ふん。ほんと、つまんない奴だな君は。そんな顔するなよ少年。ただの冗談だ」

「……え？」

「ちょっとからかってみただけ……いいや。ちょっと、馬鹿にしてみたまでだよ」

あっけらかんとしてクロースは言った。

「馬鹿にって……」

俺は怒るべきなのかどうか。反応に困る。

「心配するなって。前世の君は〝この人〟と決めたらたった一人にいつまでも執心するほど一途《いちず》だったさ。そのくせ誰に対しても優しかった。だからこそ前世の君は結構なカスだったと私は思ってるんだけどね」

〝誰にでも優しい〟ってだけで、それは相当な罪なんだよ。

クロースはそう言って、ふんと小さく鼻を鳴らして続けた。

「とはいえ、大咲空くん。私はまだ君のことを英雄の生まれ変わりだとは認めちゃいないんだけどね。だからまあそんな君に対して好きも嫌いも、感情はまったくないんだ……ま、いいや。悪いね。つい話が長くなってしまうのも、話の路線が盛大にずれてしまうのも私の悪い癖だ。現役時代は〝朝礼が長い〟と、生徒らに嫌われていたのもいい思い出だね。それで？　必要なのは鉱石だと言ったか？　それならまあ、備蓄がないわけじゃないけれど……。この部屋にはちょうどいいのがないな。一緒に取りに行こうか」

理事長室を出ていくクロースの後を、俺たちは大人しくついて行った。


「ああ、そういえばあまりそこらをウロウロしてたら危険だよ」

俺たちの先頭に立って廊下を進み、夜の学園を案内しながらクロースがそう言った。

「学園の外から腹を空かせた獣とかが入って来るかもしれないし。それに、放送室の天井を見たろ？　あれは隕石《いんせき》のカケラが衝突したんだよ。一年後に迫った巨大な惑星《ほし》のカケラだね。ここ最近、小さいのがパラパラと降って来るようになったんだ。小さくとも石ころの塊だからね。もし頭にでも当たったら大変だ」

そう言いながら進むクロースに連れて来られたのは、〝有形魔法素材保管室〟と書かれているらしいプレートの取り付けられた教室だった。この世界の文字を読めない俺に、ユーリがそう教えてくれた。

勢いよくクロースがその教室の扉を開いた。

すると、封じ込められていた大量の埃《ほこり》と、かび臭い古い空気とが一気に外へ、雪崩のように吐き出されてきた。

いったいどれほど放置されていたのか——けほけほと、ユーリと俺は口を押さえて咳《せき》をする。

けれどクロースはまったく平気そうだ。立ち込める埃の中を突っ切るようにして教室へと入って行った。

「ん〜……？　おかしいな。確かここにあったはずなんだけど。どこにしまったっけか」

ごそごそと何かを探る音。同時に、困ったようなクロースの声がする。

俺たちも袖や手のひらで口元を押さえ、教室へと続けて入って行った。

教室の黒板には見たことのない文字がびっしりと並んでいた。等間隔に整然と並べられた大きめの机には、試験管のようなビンや分厚い本が積み上げられている。ところどころに見知らぬ獣のはく製なども置かれていて——この教室の中はまるで、魔女の工房だとでも言わんばかりの怪しげな空気をまとっていた。

そして教室の隅に置かれた大きな鋼鉄製の金庫を開き、その中に小さな上半身ごと頭を突っ込み、ゴソゴソと探っていたクロースだったが、

「——あっ、あったあった。どうかな。これでいいと思うけど。大丈夫そうかな？」

と、埃を巻き上げながら金庫から頭を出した。

こちらに振り向いたクロースの手には、エメラルドグリーンに光る、手のひら大の石ころがあった。クロースの手にあるその石をまじまじと見て、俺は深くうなずいて見せた。

「ありがとう。これであの装置を修理できると思う」

「君にお礼を言われてもちょっと困るな」クロースは肩をすくめた。「ユーリのために貸し出すだけだ。君のためじゃない。そこのところは勘違いしてほしくないな」

「あ、ああ」

「君を英雄の生まれ変わりだと認める明確な証拠を見つけられるまでは、私はさ、君のことを信頼するわけにはいかないんだ。もしかしたら君は英雄に倒された〝獣の王〟の残党かもしれない。たとえばまさにこの鉱石を奪うことを目的に、ユーリに召喚されたふりをして忍び込んでいるとかね。今やこれは貴重な魔力資源だから。そしてこの鉱石を奪った後に、隙を見て私たちを殺そうとしているのかもしれない。そんな可能性もあるんじゃないかとすら思ってる」

「そんなこと……っ」

抗議の声を上げようとしたユーリに、クロースは首を振って見せ、さらに続けた。

「まあ、君からすると一方的に呼び出されたうえ、一方的に疑われるなんてさ、理不尽極まりないとは思うけど。わかってくれとは言わないが、学園に唯一残った大人として、ユーリの保護者として、あらゆるものに最大限の警戒はしておかなきゃいけない」クロースは目をすがめた。「私はね、大咲空くん。君のことを敵なのか、味方なのか、どちらとみなしていいのか測りかねてるっていうのが正直なところなんだ。一度《ひとたび》敵だとわかればその時点で容赦はしないぞ？　……と、それだけは最初に言っておこうと思ってね」

「そうだな。俺もそれがいいと思ってる」

「ふぅん。ずいぶんと聞き分けがいいんだね。そんなところも英雄と君とは真逆だな。あいつは思い込んだら一直線で、どこまでも突っ走っていってそのまま世界を救ってしまったような奴だったから。私の話なんてまったく聞かない奴だったな」

ふと、クロースは寂しげな表情を見せた。

手のひらの鉱石をジッと見つめたあと、それを俺に差し出した。受け取った俺は少し、戸惑う。

「借りても、いいのかな？」

「……ああ、うん。ああは言ったけど今の君を見る限り悪用しようもないだろうし。それにさ、ユーリのために使ってくれるんだろ？」

「あの。それがあればあの装置を直せるんですか？」

「ん？　あ、ああ。たぶんね。あの設計図にはそう書いてあったし、放送室の装置は〝鉱石ラジオ〟と呼ばれるものと構造的には同じだと思うよ」

隣で不思議そうに首を傾げたユーリに、材料となるその石がよく見えるよう、手のひらの上に乗せて見せた。

まだ、この世界がどれほどの文明レベルにあるのかも俺にはわからないが……。

「ラジオに関しては少し知識があるんだ。よく自室に籠って、一人でラジオの装置をちまちま自作したりしてたんだよ」

ミニFM局まで作り、毎夜のように電波に乗せて一人語りをしていた。配信と呼べるほど立派なものじゃない。日々の愚痴だったり。未来への不安を吐き出してみたり。根拠のない恐怖を語ってみたり。誰も聴いてないとわかっているからできたことだ。

いや。あるいは〝もしかしたら誰かに届いているのかも〟という淡い期待のようなものがあったのかもしれない。

ともあれ、だ。

唯一の趣味が異世界にやって来てはじめて人の役に、あるいは世界の役に立ちそうだった。

「鉱石ラジオだなんて。俺の世界でも珍しくて、はじめて見たな。でもたぶん、この石が……この鉱石があれば、大丈夫だと思う」

「ふぅん。……そっか、なるほどね。放送室にあったあの装置は、君の世界の技術を使って作られた可能性があるのか。だから私たちじゃ設計図を見ても理解するのが難しいってわけなんだね。……ちょっと失礼」

クロースが俺の手からひょいっと鉱石を攫《さら》っていった。

そしてまじまじと、透き通るようなグリーンを瞳に映していた。「私も見たい」と言うユーリに、「うんいいよ」と答えてクロースが手渡した。

「落としたりして壊しちゃダメだぞ」とクロースが意地悪気に付け加える。

「……落とさないし、壊さない。もう、子供じゃない」とユーリが頬《ほお》を膨らませた。

「ふぅん？　そうかな。見た目はまだまだ子供だぞ？」

「……そんなの、クロースに言われたくない。私はそういう身体なんだからしかたない」

ユーリは唇を尖《とが》らせていた。じゃれ合う姿はまるで仲のいい母娘か姉妹にも見えた。

だからこそ、なぜ、という思いが抑えられなかった。

教えてほしい。

誰でもいいから答えてほしい。

どうして……。

「……どうして、ユーリを殺さなきゃならないのかな」

ふと。

俺の唇から、そんな言葉がため息みたいにこぼれて落ちた。

「どうしてユーリを殺すことで、この世界を救うことができるのかな。明日改めて色々と教えてくれるということだったけど……。そんなに、二人とも仲がよさそうなのに。どうして」

俺のふとした言葉で、場の空気が沈黙の中で停止した。

「それは……」

　俺の問いかけに答えようとしてくれたユーリだったが、それを遮るようにしてクロースが「仲がよさそうなのに、どうして……だって？」と声をあげた。そして、ユーリの手から鉱石を再びクロースが受け取る。

「まるで私が進んでユーリを殺したいと願ってるみたいな言い草だな、少年」

「い、いや、そんなつもりは」

　誤解だ。そんなつもりで言ったんじゃない。俺は慌てて首を振った。

　けれど誤解を招くのは一瞬で、それを解きほぐすのは時として永遠があっても不可能だ。

　何も知らない俺を、どこかせせら笑うような表情を見せたクロースが、ポツリと言った。

「〝どうしてユーリを殺さなきゃならないのか？〟……そんなのはまるっきり、こっちの台詞《せりふ》なんだよ」

「……え？」

「悪いな少年。今のでハッキリわかったよ。君が英雄《あいつ》の生まれ変わりであるはずがない。絶対に、だ。だから私は、これから君を敵とみなすことにする」

　クロースは小さな手で、ギュッと、鉱石を握り込んでしまった。

――爆発が起きた。

校舎に満ちた夜の空気がビリビリと震える。

俺は、その衝撃に勢いよく吹っ飛ばされてしまう――背中で教室の扉を突き破り、廊下へと放り出されてゴロゴロと転がった。

いったい何が起きたのか。

……わからない。

頭を強く打ったようだ。酷《ひど》い眩暈《めまい》がして思考が定まらなかった。

俺は何とか立ち上がろうと、硬い廊下を引っ掻《か》いた。

「んー、よしよし。ちゃんと生きてるな少年」

もうもうと立ち込める粉塵《ふんじん》の向こうから声がした。ゆらりと小さな人影が現れる。クロースだ。

「どうやったのか知らないがギリギリでかわして致命傷を避けたな？　君はちょっと、不思議だな」

視界は歪《ゆが》み、フラフラとするも……。

少しずつ定まり始めた思考で、今起きたことを整理しようとした。

『だから私は、これから君を敵とみなすことにする』

クロースがそう発するのとほぼ同時だった。クロースの握り締めた鉱石が発光し始めたのだ。

その鉱石をクロースが「はい。返すよ」と言って、こちらに放り投げて来た。慌てて受け取ろうと両手を構えるも——発光する鉱石は、俺の手に届く間もなく爆発。

そんな一秒先の光景を覗き見た俺は、一瞬、反射的に後方へ飛び跳ねるように退いた。

その一秒後。覗き見た光景の通り、爆発が起こる。そのまま俺は教室の外へと吹っ飛ばされてしまったのだった。

偶然の一秒では避けるのが精一杯。けれどおかげで軽傷で済んだ。

「どうして、こんなこと……！」

ユーリが続けて教室から飛び出してきた。肩を貸されて、俺は何とか立ち上がる。

「言ったろう？　一度《ひとたび》敵だとわかればその時点で容赦はしないぞ？　ってさ。私は、君が私たちの命を狙う〝敵〟である可能性が高いとみなした。むろん、英雄の生まれ変わりではないと判断する。だから今すぐ排除する。それまでのことだよ」

気だるげにそう答えたクロースに、ユーリは訴える。

「……おかしいよクロース。何を根拠に、この人を〝敵〟だと思ったの？　英雄の生まれ変わりじゃないって、そう断言できるの？」

「根拠……？」クロースは目をすがめ、俺を見下ろす。「私が本当にユーリを殺したいと願ってると思うのか？　英雄《あいつ》は絶対に、そんなこと口が裂けても言わないさ。たとえ前世の記憶がなかろうと、魂が同一ならその精神的な性質だって同じはずだろう？　君が、英雄《あいつ》の生まれ変わりだって？　そもそも、英雄《あいつ》はまだ死んでなんか……」

何かを言いかけたところで首を振って、クロースはそこで言葉を切り離した。

「とにかくだ。今から君は私の敵だ。そして私は、君の敵。私に殺されたくなければ、せめて、私たちの敵ではないという証拠くらいは見せてほしいな」

「敵ではない証拠って……」

そんなものどう示せと言うんだ。それに君がユーリを殺してくれないかと言ったんじゃないか。

ただ困惑してしまうばかりの俺に、クロースは言う。

「これから君を試そうと思う」

「試す？」

「ああ。朝日が昇るまでに私からこの鉱石を奪ってみせてほしい。私からの要求はそれだけだ」簡単だろう？　とクロースは肩をすくめる。「それだけじゃ君が敵ではない証拠にはならないが、私を前にしても逃げ出さない気概のようなものだけは受け取れるだろうと思う。まあ、君をこのまま殺すにしろ、学園から追放するにしろ、君にその気があるのなら一度くらい挽回《ばんかい》の機会を与えないとな。でないとさ、君のことを本気で英雄の生まれ変わりだと信じてるユーリに恨まれそうだしね」

「………」

ジッと見つめるユーリの視線に、クロースは肩をすくめた。

「私を納得させてくれたなら、少なくとも君がここにいることだけは許可しよう。学園の外は荒廃しきってる。ここから放り出されたら異世界人の君なんて一時間も無事ではいられないだろうね」

言いながらクロースは、足元に転がっていた鉱石を拾い上げていた――と思った瞬間。

ふと、その姿が消えた。

「え？」

と、驚愕の声を漏らした俺のすぐ目の前だ。クロースがいきなり現れる。

吐息が触れあうかという距離。

数メートルはあったはずの距離を一瞬で省略されたのだとわかった。

「君に呪いをくれてやろう。覚悟しろ。ちょっと、痛いぞ」クロースがそう言うと、腹部に鋭い衝撃があった。殴られたのだとわかった。クロースの小さな拳が俺の腹部にめり込んでいる。

今度は吹っ飛ばされるまでの衝撃ではなかったものの、俺は思わず片膝をついてしまう。

「そういえば詳しい自己紹介がまだだったね少年。私は、まあわかりやすく言うと呪術に長《た》けた魔術師ってところかな。今、君の命に制限時間を刻ませてもらった」

殴られた腹部に違和感を覚えた。ぞわぞわと何か、足の多い虫に肌をはい回られるような感覚。急いで上着を捲《まく》って確認した。腹部には刺青《いれずみ》を思わせる黒い文字のようなものが浮かび上がっていた。

ズキリと痛んだ。

気のせいだろうか、呼吸をする度に紋様がぞわぞわと少しずつ、広がっていっているように見える。

「その呪詛《じゅそ》は生き物だ。君の命を吸い取りながら成長する。あと数時間ほどでその呪詛は君の心臓を握りつぶすだろうね。死にたくないなら全力で私から鉱石を奪ってみせてくれ。そうすれば呪詛を解いてやる」

「呪いだなんて。しかもこんな、強力なものを……」

ユーリはクロースを見つめて唇を軽く噛《か》んでいた。

「こうすればやる気も上がるだろ？　おいそれと逃げ出せなくもなるしね。別に二人で協力して奪いに来ても構わないよ。私は強いんだ。なにせかつて英雄と共に戦った側近の一人だからね。弱っちいのが二人になったところで問題になりようがないわけだ」

「別に」と、俺はズキズキ痛む腹部を押さえ、立ち上がる。

「ん？」と、クロースは不思議そうに首を傾げる。

「……別に、俺は、死ぬのは構わないさ」

この命が惜しいと思えるほど順風でも満帆でもない人生だった。

「だけど、赤の他人に死に方を一方的に決められるのは癪《しゃく》に障るな。英雄の生まれ変わりだからなのかは知らないが、生まれつき負けず嫌いなんだ。抵抗だけはさせてもらう」

「ふぅん？　何か作戦でもあるのかな？　だとしたら楽しみだね。ほらほら、どうするの？」クロースは白衣の長い両袖をもてあそぶみたいにくるくると回している。「全力で、私に、英雄の生まれ変わりを実感させてみてほしいな」

「ああ。そうさせてもらう」

うなずいて、俺は……、

「こっちも、こんないきなりの仕打ちには頭にきた。もう、泣いて謝っても許してやらないからな」

……俺は、そう言って。

クロースに背中を向けた。

そしてユーリの手を取り、そのまま逃走。振り返らず全速力で、走った——なんだよ！　格好つけといて逃げ出すのかよ！　と、地団駄を踏みながら叫ぶクロースの声を背中で聞きながら。

「……まさか、クロースがこんなことするなんて」

とりあえず逃げ込んだ教室の隅だ。ユーリが俺の腹部に浮かび上がった紋様を確かめながら言った。

そして恐る恐る近づけた指先で、紋様をなぞるように触れた。

「いた……ッ」

「ご、ごめんなさいっ。痛かったですか？」

俺は大丈夫と言って無理やりに笑顔を作って見せた。

けれど正直なところ結構、痛い。浮かび上がった紋様が、まるで刻まれたばかりの傷のようにズキズキとうずいている。

「やっぱりダメです。私の魔法ではこの呪いを解除できません。私は魔法使いで、クロースは魔術師です。魔法や魔力で仕掛けられた呪いなら何とか解除もできるかもですが、私は、魔術に関してはまったく素質もなくて……」

「そうか。よくわからないけどややこしいんだな」

捲っていた上着を戻した。

「いきなりなことに驚いたけど、俺も悪かったのかもしれないな。君たちの事情も知らないのに、軽率なことを言ってしまったんだと思う。ごめんな」

「い、いいえ。そんな、謝らないでください……。あなたは悪くありません。ただ、クロースがあんな風に一方的に怒ったりするのは珍しくて。私も驚いています」

「そうか。まあ、ユーリに対しては優しい人みたいだし、やっぱり俺がよっぽど怒らせちゃったんだろうな」

それから俺は少し考え込む。

死にたくなければ鉱石を奪ってみせろ、か。何だかちゃくちゃくと奇妙なことに巻き込まれつつあるなと感じる。

元の世界に戻る方法があるのなら、早くそうしてもらうべきだったのかもしれない。妙な期待を持たせるのはやはり、よくない――英雄の生まれ変わり？ もう一度この世界を救う？ この俺が？ きっと君たちは人違いをしてるんだ。そう伝えるタイミングを完全に逸してしまっていた。

とりあえず今はあの鉱石をクロースから奪わなければ。

このまま呪いの紋様とやらに蝕《むしば》まれ死ぬのならそれはそれで構わない。自分の命に対して毛ほどの執着もなかった。

だが先ほどクロースに啖呵《たんか》を切ったように、誰かの手によって一方的に殺されるのを待つのは癪だった。できる限りの抵抗は試みたいと感じている。意地というか、これはただの負けず嫌いだ。

けれど一瞬で距離を詰めてくるような相手から、どうやってたった一個の石ころを奪えるのだろうか。

たった一秒程度じゃあ、攻撃をギリギリかわすくらいが関の山だ。

「ごめんなさい。私が、クロースに協力してもらえるか聞いてみようって。そんなこと言わなければ、こんなことには」

見るからにユーリは肩を落としていた。

顔を真っ青にして。肩を震わせてもいる。

違う。君のせいなんかじゃない。そう言いたかった。

だけど俺は「大丈夫。気にしないで」と、もごもご口にするだけで精一杯。傷が痛むからじゃない。ただの人生経験不足。……情けない。落ち込んでいる女の子にどう声を掛けていいかわからなかった。

「………」

もしも、と思う。

もしここにいるのが彼女らの言う〝英雄〟なら、罪悪感にうなだれる彼女をどう励ますだろうか。

上手な言葉をかけてあげられない今の自分を少し呪った。

「クロースのことを教えてもらえないかな」

俺は話題を逸らそうとする。たぶん、不器用に歪んだ笑顔を浮かべて。

「クロースのことを、ですか？」

「ああ。戦うならまずは敵を知れって言うだろ？」

「……そう、なんですか？　初めて聞いたかもしれないです」

大きな瞳をパチパチとさせながらユーリは首を傾げた。長い銀色の髪の毛がサラサラと肩を滑って落ちる。

ふと、視線が合ってドキリとした。慌てて俺は視線を外す。

……いや。こんな小さな子を相手に何を動揺してるんだ俺は。それに今はそんな場合じゃないだろう。何を考えてるんだか。

「あ、ああ。でも、驚いたな。クロースの姿が消えたかと思うと一瞬で目の前にいるんだ。まるで幽霊とか……ここが異世界なら精霊とか？　そんな感じに思えちゃうな」

「幽霊ですよ」

冗談交じりで口にした俺の言葉に、ユーリは小首をかしげるような仕草でそう答えた。

「え？」

「クロースは幽霊ですよ。ずいぶん昔に死んでしまって、この学園そのものにとり憑《つ》く地縛霊のような形で、この世に留《とど》まり続けています」

「…………」

「……あの？　どうかしましたか？」

「あ、いや、ごめん。ちょっと、どう反応していいのか……。本当に？　あれが、幽霊？」

それにしてはあまりに、あの人は実体の存在感に満ちていたように感じる。

「はい。本当です。私も最初は驚きました。……でも、死んだと思っていた人とまたこうして会えて、すごく嬉《うれ》しくもあったんです。クロースはすごいな、そんなこともできるんだな、って」

柔らかく微笑《ほほえ》んでいた。そこには心からの安心と、クロースに対する信頼を感じ取ることができた。

そんなユーリの表情にこれ以上、不思議に思う余地もないと感じてしまう。

「そ、そっか。幽霊、か……」

幽霊は肉体を持たない。

だからあっという間に移動することくらいは可能、ということか……？

「だったら今度は、肉体を持たないはずの存在に殴られたりしたのが不思議に思えて来るな」

「生前は英雄と一緒に〝獣の王〟と戦った優秀な魔術師でしたから。ある程度の物理干渉は魔術で可能にしてそうです」

「んー。よくわからないことだらけだけど……、はは、思い出すと何だかおかしいな。この世界では魔術が使えれば幽霊もお菓子を食べるんだな」

笑いながら話すと少し痛みが落ち着いてきた。

深呼吸して辺りを見回し、そこでようやく俺は気づいた。俺たちが逃げ込んだのは普通の教室だと思っていたが、違った。ここには黒板もなければ生徒用の椅子や机もない。どうやらここは職員室であるようだとわかった。

「……あれ」ユーリが立ち上がり指をさした。「あれが、生前のクロースの写真です」

見ると、職員室の壁には、歴代の学園理事長であるらしい人物らの写真や肖像画がずらりと並べられていた。ユーリはその内の一つを指さしている。俺は、首を傾げた。

「……おばあちゃんだね？」

「今のクロースは幽霊ですから。自身の力がもっとも充実していた時代の姿に戻っているらしいです……役に、立ちましたか？」

ずいっ、と。

ユーリは小さな身体を乗り出してきた。まるで小さな子供が褒めて欲しいと、期待の視線を向けるような感じだった。

「あ、ああ。ありがとう。なるほど、クロースは幽霊」言葉の意味を吟味するように、俺はうなずく。「もしかしたらあの人に一泡吹かせる糸口が見つかるかもしれない」

ユーリは安心したような表情を見せた。

いや。違うな。俺に褒められてユーリは明らかに喜んでいるように見えた。

口元も目元も無表情なままなのに、なぜか、ユーリの周りにぽわぽわと花が咲く――そんなイメージを思わず連想してしまっていた。

常に無表情に近いユーリだが、まだ一日と一緒にいないのに実は結構、考えていることがわかりやすいというか、顔に出やすい性格というのか。とにかく感情表現が豊かな子だなと俺は思い始めている。

そこでまたズキリと、腹部の紋様がうずいた。

俺は歯を食いしばる。

「だ、大丈夫ですか？　……あの、お願いです。私にできることがあるなら協力します。でも、クロースを相手にあまり無茶《むちゃ》なことは……」

ユーリがまた不安そうな顔をした。

「私は魔法使いとしてはまだまだで……。ただ英雄の弟子でしかなかった私じゃ、英雄の仲間だったクロースには敵《かな》いません。実力が違いすぎます。私は回復魔法も使えないので、あなたの痛みを取ることもできなくて。召喚魔法は準備にかなり時間が必要ですし……。ごめんなさい。やっぱり私、役に立ちませんね。あと私にできるのはこれくらいですし……」

ユーリが手にしている杖《つえ》。その先端に取り付けられたランタンの光がチカチカと明滅していた。

ランタンはユーリの魔力が光源となっているのだということだった。

「召喚魔法、か。俺をこの世界に呼んだのは君なんだよな？　だったら、魔法のない世界に生まれた俺からすると十分、君もすごいよ」

不安に揺れるユーリをまた、ぽわぽわと花咲くような笑顔にさせたいと思った。

そのために、さて、これからどうする……？

腕を組み、考える。

何かいい方法はないだろうか。実体のない幽霊で、英雄の仲間だったというクロース。

あの人に一矢報いるために、英雄の弟子だったユーリと、平凡なただの学生でしかないこの俺に、どんなことができるのだろうか。

考えあぐねる俺は、生前のクロースを写した写真を近くで見てみようと思った。

そこに特に劇的なヒントが隠されているとは思っていない。

ただ小さくとも何か攻略の糸口のようなものでもあればと期待した。

背伸びをして、額を取り外し……。

「…………」

俺は、息を呑《の》んだ。

ああ。

そうか。そうだったのか。

……ごめんな。

約束の一つも守れないだなんて……。

本当にごめん。

君が怒るのも無理はなかった。

今も、昔も、俺はろくでもない奴《やつ》だったんだな。

「大丈夫ですか……？」

ユーリが心配そうに覗《のぞ》き込んで来た。クロースの写真に触れたまま、固まってしまっていた俺の顔を。

「あ、ああ……」

俺は大丈夫と言って首を振る。

そして、誰にともなく苦笑いを浮かべた。

「過去を見たのは初めてだな」

「え？　過去、ですか？」

「いいや。何でもないよ」

首を振り、ユーリに言った。

「行こうか。あの人に……クロースに伝えなきゃならないことができた」

「ふぅん。私が幽霊だとわかったくらいのことでもう挑みに来たのかい？」

クロースはさっき訪れたときと同じように、小さな身体をソファに腰深く預け、バリバリとお菓子を食べていた。ユーリと一緒に理事長室へやって来た俺を呆《あき》れたように、実につまらなそうに、見ている。

そんな彼女に俺は言う。

「ああ。正直、君が幽霊なのには少し驚いたけど、おかしいな。幽霊なのにお菓子を食べるなんて。色々と突っ込みたいけど、食料があるなら生きてる人間に……ユーリに回してくれてもいいんじゃないかな。食料は貴重なんだよな？」

「ふん。私が食べてるお菓子は私と同じで幽霊だ。君らが食べてもお腹《なか》はちっとも膨れやしないさ」

クロースはそう言って立ち上がった。

手のひらに乗せた緑色の鉱石を、俺に見せびらかすように掲げる。

「何かいい作戦を思いついたのかい？　お菓子の幽霊を齧《かじ》るよりはマシな暇つぶしになってくれると期待したいんだけどな」

「作戦？　まあ、そうだな……」

泣いて謝っても許してやらないぞ、と格好つけてしまった手前もある。英雄と共に戦ったというクロースに敵うわけもないことは十分承知だが、一度くらいは挑んでみよう。

「ユーリ！」

「は、はい……っ」

叫ぶのと同時に走り出した俺に、ユーリは手にしていたランタンをクロースの方へと放り投げた。ランタンの光が一気に、爆発でも起こすかのように膨れ上がる。

俺が合図をしたらランタンの光を、最大出力まで調整してほしいと頼んでいた。つまりは目くらましだ。閃光《せんこう》と化したランタンの光に怯《ひる》んだクロースの隙をつき体当たりして鉱石を奪う。そのつもりで俺は、閃光に備えてしっかりと瞼《まぶた》を閉じる。そのまま体当たりしようと、クロースが立っていた方に向かって全力で駆けるも――

「全然ダメだね。失格だ。肉体を持たない私がたかだか眩《まぶ》しいくらいのことで怯むはずないだろう？」呆れたような声が耳元で聞こえた。「ちょっと教育が必要なのかな。今回は少し強めにお仕置きしてやろう」

クロースの握り締めている鉱石が再び光り出した。

今度は放り投げて来るのではなく、密着したにも等しい至近距離。

ダメだ。

今度は一秒程度では避けられそうにない――爆発。グラグラと校舎が揺れる。

吹っ飛ばされた俺は、理事長室の壁に背中から叩《たた》きつけられる。ゲホゲホとうめき、床に転がった。

　そんな俺をクロースは見下ろし、首を傾《かし》げていた。

「んー？　ちょっとだけ君には不思議なものを感じていたんだけどな。さっきはギリギリで攻撃を避けられたように見えたし。気のせいだったのかな？　だとすると実に、心の底から、つまんない奴だね君って男は」

「は、ははは」

「なにを笑ってるんだい？　変なところでも打ったかな？」

「……いや。やっぱり、クロース。君には敵わないなと、そう思ったんだ。そうしたらさ、何だかすごく笑えてきた。ユーリの言うことはもしかしたら、正しいのかもしれない。そう思ったんだ」

「よくわからないな。さっきから君は何が言いたいんだい？」

「ああ、うん。ユーリが言うように前世の俺は、本当に、この世界を救った英雄だったのかもしれないなって。ほんの少しだけ、そう思い始めてきたって話だよ」

「…………」

　クロースは目を細めた。

　俺のことを英雄の生まれ変わりとは認めないとそう断言していた彼女には、殆《ほとん》ど宣戦布告にも等しい言葉と受け取られてもおかしくない。それをわかっていて尚《なお》、俺はそう口にするしかなかった。

「本当は、クロース。俺は君とこうして喧嘩《けんか》しに来たわけじゃない。君に言わなきゃならないことがあったのを思い出したんだ。それを伝えるために来た」

「……言わなきゃならないこと、だって？」

不審そうな眼差《まなざ》しだ。クロースのその瞳には、俺に対する嫌悪が滲《にじ》んでいるようにも見えた。

そんな彼女に俺が――英雄でも何でもない、ただここにいるだけの俺が言えるのは、たった一つだけだった。

「ごめん」

「はぁ？　なんだよそれ。まさか、謝ったら呪いを解いてもらえるとでも――」

「ごめんな」

クロースの声をかき消すように。

そして、ここにはいない英雄の言葉を代弁するように。

俺は……。

「約束を守れなくて、本当に、ごめん。……母さん」

俺は、鋭く向けられたクロースの視線を受け止めて、そう言った。

……夢だ。

生前のクロースを写した写真に触れた瞬間。

俺は、ほんの一瞬の長い、とても長い夢を見ていた。

3

――クロース・アドマンティアは、呪術を代々継承する忌み嫌われた家系に生まれ育った。

そんなクロースはある日、一人の少年を拾うこととなる。

後に英雄となり世界を救う運命を持つ少年だ。

それはクロースが成人し、殆ど脱走するのと同じように呪われたアドマンティア家の屋敷を飛び出し、世界中をあてもなく放浪していたときのことだった。

日本と呼ばれる異世界から召喚されてやって来たのだというその少年は、殆ど無能であることから召喚された目的にそぐわないとされ、右も左もわからない世界の中に放り出された。召喚魔法は高等魔法として確立されていたけれど、呼び出した人物を元の世界に戻す魔法はまだ開発されていなかった。

この世界を侵略しようと現れた〝獣の王〟を倒すため、〝英雄になりうる才能〟を持つ異世界人を召喚しようと、大陸の国々が手当たり次第に召喚を行っていた時期だった。

そうした計画の中で一方的に呼び出され、ゴミクズみたいに捨てられた少年だ。この世界を憎んでも仕方がない。

だからこそクロースは、この子を育てようと思った。

呪術を学ぶのに何より一番必要なのは素質ではなく、心に落とされた漆黒の濃度だ。

少年の命に杭《くい》打たれた背景は申し分ないとクロースは判断した。

最初は、復讐《ふくしゅう》のためだった。

親に呪われ、愛を知らずに育った忌み子こそ呪術を極めるのに相応《ふさわ》しいとアドマンティア家は考える。

だから純真《じゅんしん》無垢《むく》な女子供を攫《さら》って来ては強引に子供を産ませて育てていた。

忌み子として生まれて来たクロースは、最後まで母親に抱きしめられた記憶はなかったし、優しく微笑みかけてもらった記憶もなかった。

そんな母親の代わりに復讐することをクロースは誓った。

呪われたアドマンティア家の連中を根絶やしにするため、英雄になれなかったこの少年を育て上げる。

そうして次の〝獣の王〟にでも成り上がらせて、ついでに世界を呪いの底に沈めてやろうかとも考えていたが……。

最初に少年が「母さん」と、照れくさそうにそう呼んでくれたのは、あの子を拾ってちょうど一年が過ぎた日だった。

森の奥の小さな家で、二人だけで生活していた。

あの子のことを拾ったこの日を、あの子の誕生日とでもしておこうかと決めて、ささやかながらケーキとお菓子を用意した食卓だった。

「なあ、母さん。一緒に写真を撮らないか？　〝獣の王〟との戦争が本格化する前に、思い出を形にしておきたいんだ。ここもいつあいつらが攻めて来るかわからないし」

馬鹿な子だなと思った。

お前は私の復讐に利用されているだけなんだぞ？

……けれど、まあ。

一緒に撮影した写真を大切にしまっている私も、同じくらい、馬鹿だなと思った。

なぜだかあの子から「母さん」と呼ばれるたびに、叫び出したくなっている自分に戸惑っていた。

母親から愛されず育った私は、少年のことを母親として愛する方法を知らない。

そんな私がお前の母親になれるわけがないと思っていたのに……。

いつの頃からだろう。

この子にたくさんの幸せがありますようにと願うようになっていた。

いつの頃からだろう。

この子に悲しいことなど一つも起きませんようにと、祈るようになっていた。

……いつの頃からだろう。

呪われたアドマンティアの血脈を色濃く受け継ぐこの手で、忌み子ではなく、英雄でもなく、ごく〝ふつうの子〟を育ててやろうと決めていた。私はこの子の母親になりたいと、心から願うようになっていた。


けれどいつしか世界は〝獣の王〟との戦争の渦に呑《の》まれてしまう。

人々は一丸となり脅威に対抗。世界各地は破壊と炎に包まれる。

「もう二度と、この野蛮な世界が母さんを悲しませたりしないよう作り替えたいんだ。だから俺は戦いに行こうと思う」

つくづく馬鹿な子だなと思った。

お前の言うこの野蛮な世界は一度お前を捨てたんだぞ？　にもかかわらず、命を懸けて戦うのか？　……私のために？

いやだよ。と、本当はそう言いたかった。

戦争になんて行かないで。ずっと二人で、静かに暮らそう。

お前は英雄にならなくてもいいんだ。ふつうでいい。弱くたっていい。特別になんかならなくたっていい。ただ、そばで一緒に生きていてくれたらそれでいいんだ。

そんな言葉を私はグッと、呑み込んだ。

母親とはきっと、泣きごとを言わないものだと信じてる。

子供のやりたいことを、自分を犠牲にしても応援してやるものだ。そうだよね？　お母さん……。

あの子は本来、〝獣の王〟を打ち倒す英雄として育てられることを目的に召喚された異世界人。

けれど才能がないからと捨てられてしまったのだが、とんでもない。才能がなかったのはそう判断を下した何者かの方だ。彼には十分以上に、英雄たりえる素質があった。彼の奥深くに眠る魔力を解放させる。そのきっかけを与えてやればいい。それだけで彼は目覚めるだろう。

私にできるのは彼の中に眠る力を目覚めさせ、「どうか、お願いだから、死なないでくれ」と、そう願うことだけだった。


あの子が〝獣の王〟との戦いに加わってどれくらい経《た》った頃だろう。

もしあの子に何かあったときはこの身を挺《てい》してでも護《まも》れるようにと、私もあの子と共に戦場へ出ていた。そんなある日のことだった。あの子は一人の女の子を連れて戻って来た。戦場で一人ぼっちだったから拾ってきたんだとあの子は言った。

いったい、何を考えてるんだ。

私は呆《あき》れた。あの子が拾ってきたそれは、人の形に見えてはいるが——……

「誕生日おめでとう」と、私の小言などお構いなしに、あの子は拾ってきた女の子にそう言った。「今日、君を拾ってきたこの日を、君の誕生日としようと思う。俺のこの世界での誕生日も、母さんにそんな風にして決めてもらったからね。さて。君が俺たちの家族になった特別な日だ。俺からのプレゼントは名前にしようと思う。今日から君はユーリだ。よろしくな」

最初は名前というものが何なのかさえ、その女の子は理解していないように見えた。

けれど、なにか大切なものを贈られたのだということはわかったのだろう。

あの子からユーリと呼びかけられると、女の子はうれしそうに微笑むようになった。

そんな様子を見てしまったら、女の子を……ユーリを迎え入れる他に、選択肢はなくなってしまう。

「お前、ユーリを救うために自分の魔力をあの子に流し込んだんだろう」私は眠るユーリの顔を覗《のぞ》き込んだ。「そのせいでユーリはこれ以上、成長できない身体になってしまってる。生涯ずっと小さいままだ。それに、わかってるだろう？　ユーリは〝ふつう〟の子じゃない。他にどんな副作用があるか……」

「咄嗟《とっさ》だったんだ。他に方法はなかったんだよ。そうでもしないと、この子は……ユーリはすぐにでも死んでしまいそうだった」

私たちの声がうるさかったのか、起きだしてきたユーリは「眠れない……」と少しぐずった。

その様子を見て「まあ、なんでもいいか」と、少し気が抜けてしまった。

どう見てもこの子に危険はないなと感じられたのだ。

私たちはそんなあの子を間に挟んで、一つのベッドで一緒に眠った。

それから毎晩、そうすることがふつうになった。

そうして私たちは二人ではなく、三人家族になったんだ。

〝獣の王〟との戦争が終わったのはそれから数年後のことだ。

〝獣の王〟を倒したあの子は、英雄として世界中から賞賛されることとなった。共に戦い、生き残った私たちも、英雄の仲間としてあの子と同じように称賛された。

この世界は、誰にも期待されていなかったあの子の手により、救われる形となった。手のひらを返したように世界中から称《たた》えられるも、けれどあの子は戦争が終わってからというもの、ふさぎこむようになっていた。私とユーリが心配すると、悲しそうな、寂しそうな、胸の奥が痛むような微笑みを返してくれるだけだった。けっして自分からは何も語ろうとはしなかった。

自分がいなくなってしまったあとの世界に希望を残したい——

そんな縁起でもないことを口にしたあの子は、魔法使いを育てる学園を建設していた。それは〝獣の王〟との長きにわたる戦いの最中のことだった。

戦場を駆けることと並行して建設していた学園で、世界中から集まってくる子供たちに魔法を教えた。あの子は教師としても優秀だった。授業で使う教科書をはじめとした教材を、私とあの子とで一緒に作っていた。

そしてあの子は最後に、〝希望〟と名付けた一冊の分厚い魔導書を書き終えた。

「……ちょっと出かけて来るよ。ユーリと学園のことを頼んでいいかな」

書き上げたばかりの魔導書に、あの子は厳重な封印を施し終えてから私にそう言った。

この魔導書が必要になるような未来が訪れないことを祈ってる。小さな声であの子はそう呟《つぶや》いてもいた。

いつ戻るんだ？　と問いかけた。すぐだよとあの子は言った。すぐっていつだ？　と私は首を傾げた。夕飯までには戻るよと、あの子は困ったように笑った。

なぜだろう。おかしいな。嫌な予感がしたんだ。

今夜はお前と私とユーリ、久しぶりに三人で夕飯を食べよう。すぐにできるから、出かけるのは待っていてほしい。そう言って私は引き留めた。

「うん。それは楽しみだ。母さんの作ってくれるご飯はどれも本当に美味《おい》しくて、俺は大好きだよ。……でも、ごめん。すぐ帰るよ。約束する。だから、ユーリのことをお願いします。……行ってきます」

私の目を見ないままあの子は言った。

そしてそのまま、あの子は帰ってこなかった。

私は、あの子の帰りを待っている。あの子が最後に残した〝すぐ帰るよ〟と言った約束を信じてる。

あの子は死んだと、現実を受け入れろと、大勢の人間たちが私に言った。

けれど私はそんなの信じない。あの子が私に嘘《うそ》をついたことなんて一度もなかったんだ。誰に何と言われようと、いつか絶対、あの子は帰って来てくれると信じてる。

……でも、おかしいな。一人ぼっちで食べるお夕飯は美味しくなかった。

私って、こんなに料理が下手だったかな。そう思うと涙がこぼれた。

お願い。……お願いだ。早く帰って来てくれよ。

あの子と暮らした森の奥の小さな家で、たった一人で、毎日そう祈ってばかりいた。

そんな、ある朝。

私は寝床から立ち上がれなくなっていた。病にかかった私は、そろそろ寿命だろうかと察した。

こんなことになるのなら、と私は思う。

こんなことになるのならもっと、あの子に優しくしておくんだった。こんなことになるのなら、もっと、あの子と一緒に笑えばよかった。こんなことになるのなら、もっと、あの子を甘やかしておけばよかった。

お願いだ、と私は何度となく思うのだ。

英雄にならなくてもいい。

何か特別なことをなさなくたっていいんだよ。

ただ私に、「ただいま、母さん」と言って笑ってくれる。「聞いてくれよ母さん、今日はこんなことがあったんだよ」と、何気ないことをうれしそうに話してくれる。そんな毎日を一日でも、たった一秒でも多く、一緒に過ごしていられる。

ただそれだけで、私は、よかったんだよ……。

いつまでもずっと、幽霊になってもずっと、ずっと……私はあの子の帰りを待っている。温かなお夕飯を、笑って、一緒に食べられる日を夢見てる。

この願いが叶《かな》う日まで、いつまでも、ずっと……。

そういう呪いを、私は、自分にかけた。

「…………」

職員室に飾ってあった理事長時代の写真は、前世の俺がクロースと一緒に撮った写真だった。

額に入れられていたのはクロースの顔だけを切り取ったものだ。その写真に英雄の記憶、あるいはクロースの想《おも》いとでも言うべきものが残っていたのか。触れた瞬間に、そこに宿っていた記憶の全てが俺の中に流れ込んで来た。

どうしてそんなことが起こるのか……。

色々と不思議に思うことはある。

整理したいことも溢《あふ》れてる。

だけどまず最初にすべきことはわかっていた。

「ごめん、クロース……いいや。違う」

そうだ。

正しくはこう言うべきだったんだ。

「ただいま」

俺は、クロースの求めている〝あの子〟では、もはやないけれど……。

「ただいま、母さん。あの頃みたいに、一緒に……三人で一緒に、お夕飯を食べたいんだけど。いいかな」

この世界にやって来た俺は、まず最初に、クロースにこう言うべきだったんだ。

4

それから俺たちは三人で夕飯を食べた。

その温かい食卓は、クロースが用意してくれたものだった。

俺の「ただいま」の一言で。「ただいま、母さん」の言葉で。

クロースの表情は文字通り憑《つ》き物が落ちたように……実際、幾つかの涙がこぼれていたようにも、俺には見えたのだ……好戦的だった表情から力みが抜けた。ぺたりと膝から崩れ落ちた。そうか。やっぱり。と、クロースは囁《ささや》くように言ったのだった。

「……そうか。やっぱりあの子は、死んだんだな」

私、馬鹿みたいだと、クロースは苦笑いを浮かべる。

「……どんなに時間がかかっても、あの子は絶対、帰って来てくれると信じてた。誰もがあの子は死んだと私に言うけど、そんなの絶対に、私は、信じたくなかったんだ。だって、絶対に戻って来るって、あの子は約束してくれたんだよ。あの子が私との約束を破ったことなんて、一度もなかった」

私は、お前が英雄《あの子》の生まれ変わりだとは認めたくなかったんだ。クロースがそう言った。

「英雄の生まれ変わりが存在するということは、それはつまり、あの子は本当に死んでしまったんだという証明になってしまう。だからお前を認めない口実が欲しかったんだろうと思う。〝どうしてユーリを殺さなきゃいけないのか……〟。お前のこの問いかけは、お前のことを認めたくない私にとってちょうどよかったんじゃないかな。きっとね」

クロースはそれ以上は語らなかった。

ただ、食事を終えた後のことだ。

俺の頬《ほお》を両手で包み込むようにして撫で、

「おかえり」

と、クロースは言った。

「……おかえり。私のかわいい宝物。覚悟しろよ。これからお前のことを、前世でできなかったくらい、思いっきり甘やかしてやるからな」

クロースから受け取った鉱石によって、放送室の装置は修理を終えることができた。

「…………」

ユーリが何も言わず、修理し終えた機材に向かって座る。

その小さな背中を見て、おかしいな、と俺は思ってしまう。

三人で食事をした最中から、彼女の様子が少しおかしいように思えていた。こちらが話しかけても上の空。そんなことが何度かあったのだ。俺の中に何か、釈然としないモヤつきが残っているが……。

ともあれ、だ。

英雄が戻って来たことを世界中に伝えたいと彼女は言っていた。

そうして英雄の夢を叶えたいのだとも言っていた。

それが、世界を救うことに繋がるのだとも……。

英雄が戻って来た、か。ああ、そうだな。いい加減それだけは認めなければならないのだろうか。

俺はもしかしたら本当に英雄の生まれ変わりなのかもしれない。

クロースの記憶を垣間見《かいまみ》たことが大きかった。クロースの記憶の中で触れた英雄の想いや言葉は、確かに、今もまだ俺の心のどこかに眠ったままだと感じてしまった。

だからといって今の俺はただの学生であることに変わりはない。

世界を救えるほどの力なんて当然持ち合わせていないんだ。英雄の名を継いで世界を救う——そんな覚悟も勇気も、俺にはなかった。

英雄が戻って来たと呼びかけられるのは複雑な気持ちだ。

ユーリはこれから、静かな夜に沈んだ世界中へと何を語りかけるのか。どんな言葉が彼女の小さな唇からこぼれ落ち、夜の世界を震わせるのだろうか。俺は静かに耳を傾けていよう。

と、思ったのだけど。

ユーリがふと、俺を振り返る。

「…………」

不安そうな眼差《まなざ》しだった。どうしたんだ？　そう問いかけた俺に、ユーリは助けを求めるように言った。

「あ、あの、何を話せばいいのか、わからなくて……」

最初に世界中へ響き渡ったのは、その不安そうな一言だった。

マイクのスイッチがオンになっていたのに気づいていないようだった。

途端、ユーリは顔を真っ赤になってしまう。驚きと恥ずかしさに小さく身体を跳び上がらせて、両目に涙を滲ませた。

俺は思わず吹き出しそうになるのをグッとこらえた。

食事中に感じた違和感は気のせいだったのかな。それにこの子は結構、不器用なタイプだと確信した。

「思ったことをそのまま正直に話せばいいんじゃないかな」言葉は飾れば飾るほど嘘にな

る。少なくとも、嘘のように聞こえやすくなると俺は感じる。「下手でもいいんだ。変にうまくやろうと力まなければきっと気持ちは伝わる。何かあったら俺がフォローするよ」

ユーリは少しの間ジッと俺を見上げ、それから深くうなずいた。

それは彼女にとってお守りのようなものなのだろうか――首から下げている黒縁のメガネをかけて、胸に手を当て、深呼吸を繰り返していた。

もう一度マイクに向き直る。

この世界にはまだ希望があること。まだ諦めたくはないこと。英雄が学園に戻って来たこと。

そして、英雄が命を懸けて守り抜いたこの世界が自分は好きだということ。

この放送が、今、不安を抱き、それぞれの悲しみの中を、それでも必死に生きようとするあなたたちの〝希望〟になるようにと祈っていること。

そんな想いと希望とをユーリは話していた。

けっして雄弁なものではない。

言葉一つ一つの選択も、これを演説や講演と考えれば上手ではないけれど……。ユーリの穏やかな声で語られる言葉たちは、確かに、世界を静かに深い部分で震わせている。きっと誰かに、届いてる。そばで聴いている俺にそう感じさせていた。

語り終えたユーリはマイクのスイッチをオフにする。

またこちらを振り返り、不安そうに俺を見上げていた。

俺はそんなユーリにうなずいて、言った。

「うん。いいんじゃないかな」

「そうですか。……よかったです」

口元を緩めて微笑《ほほえ》んでいた。

言葉は少ないけれど、彼女のいるこの空間に暖かく、花が咲くような空気が満ちた。

「……よければあなたも、何か、話してくれませんか？」

「え？　俺も？」

「はい。予告も何もない放送です。きっと誰も聴いていない。電波を受信できる機材だって、世界中、どれだけ残っているかもわからない。だけどもし、今夜の放送を奇跡的に聴いてくれている人がいるとして……。その人たちはきっと、英雄の生まれ変わりの……新しい希望の声が聴きたいと、そう願ってるんじゃないかと思います。もちろん、無理にとは言いませんが」

「…………」

ちょっと、困ったな。

何も言えず立ち尽くしてしまう。そんな俺にユーリが言った。

「思ったことを素直に口にすればいいと思いますよ？」

仕返しだとばかりの、ちょっとだけドヤ顔っぽい雰囲気を感じた。

そんな彼女に俺は情けなくも苦笑いを返すしかできない。

「もし、緊張してるなら……はい。これをどうぞ」

そう言って、ユーリは首から下げたメガネを外し俺へと差し出した。

「前世のあなたの遺品です。これをかけると勇気が出る気が、私はしています」ふわりと、微笑む。「英雄と……前世のあなたと、同じ世界を一緒に見られているような気がして。同じ瞬間を見つめられているような、気がして。嬉《うれ》しいことも、悲しいことも、全部です。そばに昔のあなたの想いが寄り添っていてくれるような気がするんです」

「君にとって大切なものなんだよね？　借りられないよ」

「いいえ。気にしないでください。ただ、あなたのものだったものをあなたに返す。それだけです。……英雄だった前世のあなたの遺産です。きっとあなたの力になってくれるはずだとも思っています」

差し出されたメガネを躊躇《ためら》いながらも受け取った。

ユーリにとってはどうか知らないが、俺にとっては何の変哲もないメガネだった。

日本に住んでいれば誰もがよく知るブランドのロゴも入っている。

……そうか。英雄である前世の俺も、同じように日本から召喚されてやって来た。クロースの記憶が正しいのであればそういうことになる。

曖昧なままの心持で、俺は渡されたメガネをかけてみた。

度が合わずに一瞬クラリとした。

英雄は目が悪かったのだろうか。今の俺は特別、視力に不自由を感じたことはない。

おそらくだが、現在の俺が前世の俺に勝てるのはこれくらいのものだろう。

俺はユーリの譲ってくれた椅子に座って、マイクのスイッチをオンにした。

「…………」

何を話そう。何を語ればいいのかわからない──いや。違う。耳触りのいい演説をでっちあげることなら簡単だ。ユーリが言うように誰が聴いているのかもわからない放送であるのなら尚更《なおさら》だった。

けれど、ダメだ。

俺が英雄の生まれ変わりだというのなら無責任なことは言えないし、たった一つの適当な嘘《うそ》だって挟み込むことは許されない。そう感じてしまった。

……ため息をつく。

俺はユーリを振り返った。

「ごめん。これ、結構むずかしいんだな。君に偉そうにしていた自分が恥ずかしいよ。本当に、何を話していいのかわからなくて──……ん？」

そこで俺は、それに気づいた。

……なんだ？　あれは。

放送室の天井にぽっかりと開いた穴だ。

そこから覗《のぞ》く夜空の中に、小さな光が揺れていた。

それはおよそ一年後、この星を呑み込む運命にある光とはまた違う。夜空をかける流れ星のように、夜に光の尾を引いている。

その光はものすごいスピードで、大きく、膨れ上がり――

「こちらへ、近づいて来てる……？」

俺がそう呟《つぶや》いた瞬間だ。

ユーリも異変を感じ取り、頭上を振り返ったその瞬間だったのだ。

真夜中であるはずのあたりが、まるで大量のフラッシュをたいたように明るくなった。

――〝隕石《いんせき》のカケラ〟

――〝放送室の天井に開いた穴〟

――〝小さなカケラが、時おり鋭く地上に降り注ぐ〟

『あまりそこらをウロウロしてたら危険だよ』

クロースの言葉が蘇《よみがえ》り……。

まずい。

と、そう思ったときにはもう遅い。惑星《ほし》のカケラが学園の中庭を直撃してしまう。

まるで、ミサイルが着弾したかのようにも思える衝撃があった。爆発の轟音《ごうおん》にビリビリと空気がひび割れる。中庭の土石や校舎の瓦礫《がれき》が、時計塔最上階の放送室に取り付けられた窓からもうかがえるほど、頭上高く巻き上げられた。

その衝撃で、時計塔が大きく撓《たわ》んだ。立っていられないほどの揺れを感じた。

間もなく時計塔は大きな音を立て、崩壊——「あ……」という、ため息ほどの悲鳴が聞こえた。

ユーリだ。

時計塔は瞬く間に半壊し、俺の立っていた場所は何とか足場が保たれるも、彼女は座っていた椅子や放送のための装置ごと、外へと放り出されてしまっていた——

「ユーリ……!!　手をっ」

俺は叫んだ。

飛び交う瓦礫の中で彼女へと手を伸ばした。その中で目が合った。ような、気がした。

俺には全てがスローモーションのように見えていた——彼女が、こちらへ手を伸ばしてくれれば届くのに……。

けれどユーリは首を振ったのだ。

そして、諦めたように微笑んだ。

瞬間。

巻き上げられた土石や瓦礫に、彼女の身体が目の前で呑《の》まれて消えた。

……ザーザーと。

一度は巻き上げられた土や石や、校舎の一部だった木材などが嵐のように降り注ぐ。

どさ

瓦礫の嵐が地面を叩《たた》く轟音のその中に、落下した小さな身体が叩きつけられる。

そんな音を俺は、聞いてしまった——急いで半壊した時計塔の階段を駆け下りた。

中庭は噴水も、鬱蒼《うっそう》とした木々も見る影もなく吹き飛んでいた。破壊された校舎にはところどころから火の手が上がってもいた。まるで戦場のようなありさまだ。

そんな中に、見つけてしまった。瓦礫の下から伸びる真っ白な腕を。

飛びつくように駆け寄った。

瓦礫を掘り起こし、何とかユーリの身体を引きずり出すも……。

息を、していない。身体は既に冷たくなっていた。

また、だ。

また、助けられなかった。

遠いあの日の記憶が脳裏を駆け抜ける。

ユーリの冷たい身体を抱き寄せ、俺は、叫んだ——

5

「…………」
呼吸が止まる。
意識が、戻る。
ここはどこだ。
隕石のカケラに破壊された中庭？
違う。
放送室だ。
崩壊しているのはまだ、天井の穴だけだ。
吐き出すように俺は言う。
「……なんだ、今のは」
メガネだ。

ユーリから受け取った英雄の遺産……黒縁の分厚いメガネをかけた瞬間だった。脳裏に鋭い痛みが走ると共に、激しい映像が飛び込んで来た――隕石のカケラ――破壊される放送室と学園の中庭――放り出されたユーリの身体――冷たくなった身体を抱き寄せて、ただ叫ぶことしか、俺にはできない――……それはすべて、これから数秒後に起こるできごとだ。経験上、そう理解することができた。

けれど今回のはあまりに、長い。

俺は勢いよく、天井に開いた穴から夜空を見上げた。

ああ。光だ。恐ろしいスピードでこちらに近づいてくる光が既にそこにはあった。

何が起きているのかわからない。

……わからないが。

今回は助けられるかもしれない……っ。

「逃げよう！」

ユーリの手を引っ手繰るように摑《つか》んで叫んだ。

「今すぐここを離れないと……！」

「逃げようって、どうして……？」

「理由は後だ！　後で必ず説明する！　だからお願いだっ、とにかく今は俺の言う通りにしてほしいっ」

「わ、わかりました」

俺の必死さが伝わってか、ユーリは素直に従ってくれる。二人で放送室を飛び出した。

グルグルと塔の内側に巻き付くような階段を駆け下りる。中庭へと飛び出すも――ああ、ダメだ。遅かった。いつだって俺は間に合わない。既に辺りは大気を燃やす隕石の閃光《せんこう》に包まれていた。

急いでここを離れないと……。

けれど間もなく中庭へ隕石のカケラは着弾。土砂が舞い上がり、嵐のような轟音が響き渡った。あっという間に辺りは粉塵《ふんじん》に包まれる。

「大丈夫かっ⁉」俺は背後を振り返る。

けれど、そこに居るはずのユーリの姿も見えない。繋いだ手だけが粉塵の奥から覗いている。それほどもうもうと煙は立ち込めていた。繋いだこの手だけは離さないよう力を込めた。

ザーザーと。パラパラと。土砂や瓦礫が降り注ぐ。

「う、うう……」

粉塵の濃さにむせてしまうも、次第に、視界が晴れていき……。

俺は、絶句する。

今回こそはと、未来にほんの少しの希望を持ったのに。

ユーリは、俺と繋いだ片腕だけになっていた。

肘のあたりで千切れてしまった真っ白な腕。その断面からは真っ赤な血が噴き出している。ユーリを助けられたらという思いで放送室から連れ出した。あのままあそこにいたのでは、ユーリは時計塔から落下してしまう。けれどこれでは、先ほどの方がまだマシだったのかもしれない。

俺は、残されたユーリの片腕としっかり手を繋いだまま、その場にへたり込んでしまう。

「おい！　何があったんだ……っ！」

クロースの声がした。

騒動を聞きつけて中庭に出てきたようだった。晴れつつある粉塵の向こうから、うずくまる俺を見つけたクロースが駆け寄ってくる。

「どうした！　怪我《けが》でもしたのか⁉」

飛びつかんばかりの勢いで俺に抱き着いてきた。

放心している俺の顔や身体にクロースはペタペタと触れている。一通り確かめて、クロースはホッと表情を緩めた。

「……ああ、よかった。大きな怪我はしてないな」

ああ。俺は大丈夫だ。怪我をしていようとしていまいと、死んでしまっていようといまいと、そんなことはどうだっていい。でも。

「ユーリが……」

護《まも》れなかった。

どころか、もっとひどい結果に。

繋いだままになっている腕だけのユーリに俺は視線を運んだ。

何が、英雄。たった一人の女の子を助けられないで、世界を救えるというのか……？

俺が握り締めているユーリの腕を、クロースは俺から引きはがすように受け取る。

まだ温かさの残る腕を抱えて、目を細め……ため息。

「ああ……。隕石のカケラか。校舎も時計塔もかなりやられたな。これは元に戻すのが大変そうだ」

クロースは学園の方を心配していた。吹き飛んでしまったユーリではなく。

「何を、言ってるんだ。この腕が見えないのか？」

俺の困惑に、クロースはすぐさま返答をくれた。

「学園は元には戻らない。だけど、この子なら。……ユーリならすぐ元に戻る」

「……え？」

そこで、瓦礫の下から淡い光が発せられた。

驚いた。

まるで重力の楔《くさび》から解き放たれたかのように、大小関係なく瓦礫が空中へ浮くのが見えた――羽だ。真っ白な羽と真っ黒な羽が対となり、瓦礫の下から勢いよく現れた。

続けて姿を見せたのは淡い光に包まれたユーリだった。

ボロボロの制服姿でふんわりと宙に浮いている。

クロースが手にしていた腕も光を発する。そして細かな粒子となり、光を放つユーリへと引き寄せられていった。瞬く間に腕は元に戻った。

ユーリのまとう光が収まる頃には、破損していた肉体は全て回復。ふと、糸の切れた操り人形のように、光を失ったユーリはその場に倒れ込んでしまう――背中の真っ白な翼と真っ黒な翼も、幻だったかのように姿を消した。

宙を舞う白と黒の羽はまだいくつか消えることなく、俺たちの頭上に降り注いでいた。

俺は、様々な疑問よりもまず先に、ユーリへと駆け寄った。

「ユーリ！　……大丈夫かっ？」

「あ……」

うっすらと瞼《まぶた》を開いたユーリと目が合った。何が起きたのか理解が及ばない。けれど、生きてる。

「……よかった。本当に」

俺は安堵《あんど》する。心から。

謎はあまりに多い。けれど今は〝ただ、生きていてくれる〟。その現実さえあってくれればそれでよかった。涙だ。ポロポロと涙が溢《あふ》れて、こぼれる。助けられなかったが、こうして生きてる。あのときと違って。

「…………」

ユーリは何も言わなかった。

ただ、頬《ほお》を赤くして、馬鹿みたいに涙を見せる俺から視線を逸《そ》らした。

「ユーリ……？」

どうしたんだろう。

少し様子がおかしいなと、思った。

「まったく。半裸の女の子に詰め寄るんじゃないよ。……これはまた一から礼儀とかも教育する必要があるのかな。まあ、育てがいがありそうでいいけどね」

クロースにそう言われてようやく気づいた。

どうしてか肉体は修復されても、纏《まと》っていた衣服は戻らないようだ。

殆《ほとん》ど半裸の状態になっていたユーリに、クロースが自分の白衣を羽織らせた。そんなユーリを前に、先ほどの光景を俺は思い出してしまう。真っ白な翼。真っ黒な翼。自然と治癒していく身体。

いったい何が起きているのか……。

ようやくそこまで思考が追い付いた。

説明を求めた。なぜユーリは無事なのか？　なぜ、生きていられるのか――千切れた腕が元に戻った。それは、なぜなのか？

「〝希望〟がこの子の呪いになっているからだよ」

ユーリを抱き起こしながら、クロースはそう言った。

「〝どうして世界を救うそのために、この子を殺さなければならないのか〟……。それを気にしていたね。その質問にここで答えよう」

「……え？」

「今見た通りだ。ユーリは決して死ぬことができない。そんなこの子を殺すことができたなら、この子の中に封じられた〝希望〟を取り出すことができる。そう《ヽ》できなければ、あと一年で、この世界は終わってしまうんだ。それが、答えだよ」

[第二章] 君を蝕む世界の希望

ユーリは〝希望〟に呪われているという。
君と俺は、どこか似てるのかもしれない。

〝一秒先からはじまる未来が視える〟

それが生まれついて備わっていた俺の呪いだった。
だって、そうだろう？
たった一秒程度の未来視でいったい何ができるというんだ。
できることはギリギリでクロースの攻撃を避けて見せることくらい。
これが呪いじゃなければいったいなんだ。
英雄は大勢の人間を救ったという。
それなのに今の俺に護ることができるのは、いつだって、自分の命だけだった。

みんな。みんな。いなくなってしまった。

たった一秒の猶予じゃとても助けられない。
いや、違う。

俺は、助けようともしなかった。

それなのにどうして……。

誰か、教えてくれよ。

どうして俺だけ、のうのうと、生きているんだ……？


俺はいつまでもずっと、見えない誰かにそう問いかけ続けている。

1

隕石《いんせき》のカケラが学園の中庭を破壊した翌朝。

俺は、クロースと一緒に改めて、中庭の様子を確認していた。

ひどいありさまだった。

隕石が落ちたであろう場所には小さなクレーターができている。どこかの配管か水路が破壊されてしまったのか、中庭には膝のあたりまで水が満ちてしまっていた。

「あ～……こりゃあひどい。ちょっと泣けてきちゃうくらいだな」

じゃぶじゃぶと水面を遊ばせながら進むクロースは、めちゃくちゃになったそこら中を確認している。

その後に俺も続いて進んだ。

「放送室のある時計塔は何とか倒壊せずに踏ん張ってくれてるけど、中庭はもちろん、学園の校舎もかなりダメージうけてるな。これは私たち三人だけじゃ修復に何年かかるか……」

あと一年で世界は終わるのに、修復する必要はあるんだろうか？

もちろんクロースだってそれくらいのことはわかっているはずだ。

その上でつぶやいたクロースの言葉には、目に見えない様々な想《おも》いが滲《にじ》んでいるように感じられた。

そんなクロースに、俺はふとした疑問を投げかけてみる。

「そういえば。クロースは幽霊なのに、太陽が昇っていても姿が見えるんだな」

「ああ、うん。そうだね。基本的には夜が活動時間だよ。こうして太陽の時間に姿を現せるのは一日のうち決まった時間だけなんだ。制限時間が過ぎると眠りに落ちるみたいにして、突然意識がなくなってしまって——あ、わ、わわわっ」

前を歩くクロースが突然バランスを崩した。

どうやら足元に転がっていた瓦礫《がれき》に気づかず、足先を引っ掻けてしまったようだ——幽霊なのに？　と、ちょっと意地悪な言葉が頭に浮かんでしまう。

クロースは両手をバタバタとさせながら持ち直そうとする。

けれどそのまま、摑《つか》む場所もなく倒れてしまいそうになり……、

「おっと。大丈夫？」

その手を摑んで支えた。

やっぱり幽霊の身体に触れられるというのも奇妙な感覚だった。本当に君は幽霊なのか？　と、そう思ってしまうくらいには。

「あ、ありがとう。ちょっと恥ずかしいところ見られちゃったな」

クロースはこちらを振り返り、苦笑いを浮かべていた。

俺はそんなことないよと首を振って、言う。

「幽霊ならそもそも濡《ぬ》れてしまってもあまり関係ないかもだな。余計なお世話だったかもしれない」

「ううん。支えてくれた気持ちが嬉《うれ》しいんだよ。ありがとう」

ふと、クロースは微笑《ほほえ》んだ。

俺はクロースと前世の自分との過去を思い出してしまう。

何だろう。この、ふわふわした感じ。落ち着かないな。

いや。……気恥ずかしいなと、飾る言葉を選び直した方が正しいか。

ともあれだ。俺には捜しているものがあった。そのために破壊された中庭の惨状を、こうしてクロースと一緒に確認している。

捜しているのはユーリのメガネだ。

前世の俺がユーリへ残したのだという遺品。

あれからまたすぐにユーリは眠りに落ちてしまっていた。肉体の回復には力の消耗が激しいのだとクロースから説明を受けた。念のためにと運び込んだ保健室のベッドで、一晩経《た》った今もまだユーリは眠り続けている。

ユーリはあのメガネをとても大切にしているように見えた。目を覚ましたときあのメガネがないと不安に思うかもしれない——と、そのような殊勝な目的で捜しているのではない。ユーリには申し訳ないが。

あのメガネそのものに用があったのだ。

ユーリから渡されたメガネをかけた俺は、一秒以上先の未来を見たのだ——ユーリが隕石のカケラによって放送室から外へと放り出され、落下する。あの映像は確かに未来視によるものだと、いつもの経験上感じられている。

けれど圧倒的に、いつもの未来視より使えるものだった。

いつものたった一秒程度の猶予では、「行動を起こそう！」と思った瞬間、既に全て終わってしまっていることが多いのだ。

しかし昨晩は、隕石のカケラが降って来る二、三分前から未来を覗けていたはずだ。そのおかげでユーリを助けようと行動に移すことができた。結果は失敗に終わってしまったが……。

あのメガネが原因で、俺は一秒後より先の未来視をしたのではないかと思っている。

俺は英雄になんてなろうとは思わないし、なれるとも思わない。

けれど昨晩のように、一秒以上先の未来を自由に覗き見ることができるようになれれば……。

俺はせめて、この手の届く限りの人たちくらいは助けられる。そんな人間にならなれるのかもしれない。

そんな希望が、空っぽだった胸の中に芽吹き始めているのを感じていた。

……そして、もう一つだ。

どうしても確認したいことがあったのだ。

生前のクロースを写した写真に触れた際、俺はクロースと英雄との記憶を覗き見た。

なぜそのような現象が起きたのかは今のところわからない。英雄と魂を同じにしているからか……？　考えうる理由は曖昧だがそれだけだ。もしかすると俺は、前世の俺に関係しているものならば、そこに宿った持ち主の記憶を覗き見ることができるのかもしれない。

放送室であのメガネをユーリから渡されたときだった。俺は、未来視だけではなく、とある別の映像を同時に見たのだ。それはあまりに受け入れがたいものだった。

果たしてあれは、真実なのか……？

それを確かめるため、あのメガネにもう一度触れたいと思っていた。

……キラリと。

そこで水底に光るものを見つけた。半壊した時計塔がかろうじて建っているそばだった。

もしかすると、と期待しながら近寄る。

メガネだった。

思っていたより早く見つけられたことに安堵《あんど》する。

俺は手を伸ばしかけ、

「…………」

その指先がメガネに触れようかという直前で、手を止めた。

安易に触れてしまっても大丈夫だろうか。

もしも不安が的中してしまったら？

俺は頭を振った。

微《かす》かな不安を振り払いメガネを拾った。

「…………ああ。くそ」

そして思わずそうこぼしてしまった。

不安が的中してしまったのだ。

ごめん、ユーリ、クロース。

やっぱり俺は、君たち二人が望むような英雄なんかじゃ、なかった。

2

ガタン、ゴトン、と――

流れゆく車窓の風景を、俺は、ぼんやりと眺めていた。

古い蒸気機関車だ。

猛スピードで走る列車はユーリと俺を乗せて、様々な異世界の風景の中を通り過ぎてゆく――

錆《さび》に覆われた鉄骨と、たくさんの太い煙突が支配する町。

木々の緑に沈んだコンクリートのビル街。

明けない夜と濃霧の底に沈んだ村。

大小さまざまな形をした時計があちこちに飾られた、不思議な絵画の中のような国。

色とりどりのガラス細工と宝石のみでくみ上げられた、小さな子供のおもちゃ箱の中のような街。

戦争が終わった後もずっと消えることなく、生き物のようにくすぶり続ける炎に焼かれる荒野。

牛やバッファローに似た大きな体軀《たいく》と立派な角を持った動物が、草木の若葉を食《は》むように、大地を焼く炎をまるで柔らかな綿あめでも唇に吸い寄せるようにして食べている。

次は海に出たかと思えば、しかしそれは大きな湖だった。

古い映画の舞台かのような石造りの街が深い水底に見えてくる。立派な教会やお城、イタリアの凱旋門《がいせんもん》と似た建造物などなど、いくつか背の高い建物の頭だけが水面から顔を出していた。

それらを縫うようにして架けられた鉄橋の上を、今、俺たちを乗せた車両は走っている。

走る車窓から身を乗り出し下を覗いた。

湖の底に沈んだ街の様子を俺は眺めた。

汽笛の音に吸い寄せられたのか……。

列車の走る鉄橋の下を、クジラによく似た巨大な哺乳類が悠然と泳いでいる姿が見えた。

学園を出て今日で二日だ。こうしてこの世界の光景を目の当たりにしてきた。

驚きよりもなぜか懐かしさが先行し――ああ、やっぱり、俺の魂はこの世界を知っているんだなと痛感させられた。

次いでその懐かしさは、じんわりとした寂しさに上書きされてゆく。通り過ぎる世界の風景には誰一人、人間が映り込むことはなかったのだ。湖の水面から顔を出した建物の屋上には洗濯物が風になびいていた。落下防止の手すりに立てかけられた釣り竿《つざお》からは、水面に糸が垂らされていた。僅かながら人の気配は感じられるのだが……。

線路を走るこちらへ向かい、手を振る子供の一人もいなかった。

吐き出す黒煙と騒音に、顔をしかめる大人たちの姿もなかった。

ユーリいわく、戦争で使用された魔術兵器の魔力に汚染されてしまった場所も多いという。そういった場所に人間は住み着けないらしい。

命の温かさを感じさせない、どこか冷たい風景ばかりが次々と流れていった。

ああ、この世界は本当に、終わりかけているんだな。

ため息をつくようにそう思ってしまった。

──少し戻って二日前のことだ。

保健室のベッドで眠り続けていたユーリが目を覚まし、安心したのもつかの間、

「今から二人で、生活必需品など必要なものを調達してきてほしいんだ」

と、クロースからそのようなお願いをされたのだった。

「積もる話もあるだろうし、君ら二人にとってもちょうどいいんじゃないかな」

積もる話、か。

確かに問いかけたいことがそれなりに積み重なっているけれど……。

俺は、目覚めたばかりのユーリの横顔をチラリと見た。

保健室のベッドだ。目を覚ましたユーリは上体を起こしぼんやりとしていた。クロースが出ていったあとも暫《しばら》くそんな状態だった。

俺はさきほど中庭で見つけたメガネを取り出した。

「これ、英雄のメガネ。無事だったよ」

「……あ、はい。ありがとうございます」

俺から受け取ったメガネをユーリはじっと見つめていた。

それ以上は何もなく、沈黙してしまう。

……何だろう。様子がおかしいな。

俺は沈黙が重いと感じてしまった。

ふと、その沈黙に穴を開けるようにして、ユーリが先に口を開いた。

「……あっち」

「え？」

「……あっちを、向いていてもらえますか？　着替えを済ませたくて」

「あ、ああ、そっか。ごめん」

急いで背を向けた。

スルスルと衣擦《きぬず》れの音が聞こえてくる。ユーリが着ている制服は昨晩のままだ。ところどころが破れ、汚れてしまっている。その古い制服から、クロースが置いていった新しい制服に着がえているのだろう。

着替えが終われば「もういいですよ」と、声がかけられるものとばかり思っていたが……。

いつまで経っても声がかからない。

不思議に思っていると、背後から保健室の扉が開けられる音がした。

振り向くと保健室を出ていこうとしているユーリの後ろ姿があった。

ユーリはこちらをチラリとも見ないまま、俺を置いて出ていってしまった。

急いでその後を追った。

廊下を歩いていたユーリにはすぐに追いつくことができた。

ユーリはただ前だけを見てゆっくりと歩いている。

その隣に並んだ俺は何となく沈黙を嫌い、話題を無理やりにでも見つけようと必死になっていた。

「クロースから生活必需品を集めに行ってほしいと言われたけど、どこに行くのかな？」

「……行けばわかりますよ」

「そ、そうか。えっと……放送室もろともラジオの装置も壊れちゃったみたいだ。簡単には修理できないくらいめちゃくちゃだった。あの装置を直すのに必要な材料も見つけられればいいけど」

「…………」

「えっと……あ、そうだ。クロースに付けられたお腹《なか》の紋様も消してもらえたよ」

「……そう、ですか。それはよかったです。でも」

「え？」

でも……？

「あんなに喧嘩《けんか》をしていたのに、クロースとは、もうすっかり仲良くなれていて……何だか……いいえ。何でもありません」

唇を尖《とが》らせ目を細めていたユーリだったが、喉元で言葉を無理やりに飲み下す。そんな印象だった。

やっぱり様子が変だな、と感じた。

そういえば、思い起こしてみればクロースと三人で夕飯を食べたときから、少し様子が変だったなと感じていたのを思い出す。

どうしたんだろうと戸惑いながらも、俺はユーリの後をついて歩いた。

廊下の角を曲がった。

その先に現れた階段を、ユーリは一段ずつ踏みしめ下って行った。

窓もなく、照明もなく、昼間だというのに薄暗い階段だった。

ユーリは空っぽのランタンを掲げた。ぽっ、という音がして、ランタンに青白い光が灯《とも》った。

俺もその光を頼りに、ユーリの後について地下へと続く階段を、戸惑いながらも下りていった。

階段が尽きると、目の前に小さな扉が一つ現れた。

ユーリがノブを回して、開く。暗闇だ。扉を開けたその先は、夜より暗い、ただただ深い闇色だけが広がっていた。目を凝らしてみてもその空間に何があるのかわからない。

「は――」

扉を開いたユーリから声が上がった。

俺は「え？」と、弾かれたようにユーリを振り向いた。何かあったのかと警戒したのだ。

「――くちゅっ」

ただのくしゃみだった。

扉を開いた際に舞った埃《ほこり》を吸い込んでしまったようだ。

「う、うう……」

ユーリの顔が赤くなっているのに気づいた。

よく見れば身体をプルプルと小刻みに震わせてもいる。

くしゃみを見られたのが恥ずかしかったのか、誤魔化《ごまか》すようにユーリは言う。

「こ、この学園はかつて、大きな駅でした」

そのままユーリは、ランタンを頭の位置に掲げた。

一歩、闇の中に立ち入る。すると出入り口付近が淡く照らされ、そこが駅の構内であることがわかった。

漆黒の車体を持つ蒸気機関車がいくつか停車していた。

「……小さな町や、大きな街。小国や大国。人々に忘れられた聖域や秘境に至るまで。世界中にくまなく張り巡らされた線路の全てが、ここを終着駅として集まって来るように作られていました」

ユーリはポツリポツリと説明をしながら、広い造りの構内を進んでいった。そして停車している車両の一つに乗り込んだ。俺も急いでその後に続いた。

古い蒸気機関車の車内には、向かい合わせに設置された四人掛けの座席がずらりと並んでいる。そんな車内に満ちた空気はひんやりとして、かび臭かった。

この列車はちゃんと動くのだろうか？

見る限りあまり手入れも何もされていなそうだ。もしちゃんと動くとしても誰が運転するのだろうか。ユーリが操縦できるようには、申し訳ないがあまり想像はできなかった。

「……運転はこの子がしてくれます」

運転席のある先頭車両にまでやって来て、ユーリは指をさした。操縦桿《そうじゅうかん》に向き合うよう設置された運転席だ。そこには車掌服のような制服を身にまとう女の子が座っていた。

「この機関車を操縦するためだけに作られたオートマタ《機械人形》です。学園には雑務をこなしてくれる機械人形たちが他にもたくさんいます。……鉱石は持ってきていますよね？　放送室の機材を直すのに使った鉱石です」

「あ、ああ。持ってきてるよ」

メガネを探し出したその後に、放送室の装置から抜き取っておいたのだ。ズボンのポケットに入れたままだった。鉱石に宿った魔力によって、俺が持っていることをユーリは察しているようだ。

鉱石を手渡すと、車掌服に護られた少女の胸元をユーリがはだけさせた。真っ白で柔らかそうな肌が現れる。人形だと言っていたけど、見た目があまりに精巧で、人間の少女にしか見えなかった。

いきなりのことに戸惑い、固まってしまっていた俺を、ジト目でユーリが振り向いた。

「……この子、人形ですよ？」

「え？」

最初、ユーリの言いたいことがよくわからなかった。

ユーリはジト目のまま、頬《ほお》を赤くして言った。

「人形の裸でも、えっと……こ、興奮できる人なんですか……？」

「そ、そんなわけないって。急だから驚いただけだ。あっち向いてるよ。……何をするのかよくわからないけど」

どうしてユーリもクロースも、俺をやたらと性的に害があるような見方をするのだろう。

理不尽だ。

と、感じるよりも、少し嬉しかった。こちらへジト目を向けるその表情の中に、ちょっとだけ様子がおかしいというか、素っ気なくなる前のユーリの面影を見た気がした。

ほどなくして「もう大丈夫です」と声がかかったので、振り向いた。

「魔力の込められた鉱石がこの子たちの動力源です。行って帰って来る間は少し貸しておいてください。戻ったら返します」

そう言いながら、ユーリが少女型の機械人形の胸元をボタンで閉じた。

機械でできているらしい少女の身体から、キュルキュルと、ゼンマイのまかれるような音が聞こえた。蒸気で動く圧縮機みたいに、関節や口から真っ白な煙が勢いよく噴出――けれど、そのまま沈黙してしまった。

ユーリは首を傾《かし》げていた。俺も同じように首を傾げる。

もしかして、壊れてる？

そんな空気が満ちていた。

しかしそこでうっすらと、機械人形の少女が瞼《まぶた》を開いた。次いで真っ暗だった列車にパッと、光が灯る。車内の天井に、等間隔に設置されているランプだ。動力のよくわからないそのランプがジジジと音を立てていた。

大きな汽笛が一度鳴り。

ガタン、と大きく車体が揺れて。

その巨大な鉄の塊は、俺たちを乗せて動き始めた。

そうしてはじまった二人きりの列車の旅だった。

……現在。

ガタンゴトン、と——猛スピードで列車は進む。

俺は何度となくため息をついていた。

「はぁ」

積もる話もあるだろうからと、それっぽい理由を添えられた旅である。

しかし、俺はユーリとほとんど話ができていなかった。

俺はユーリに避けられてるんじゃないかと思う。

同じ列車にいるはずなのに、どうしても必要なときにしか姿を見せてくれなかった。

やっぱりユーリはどこか様子がおかしいと感じてしまう。俺の目をあまり見てくれなくなったし、話しかければちゃんと返してくれるが、会話は必要最低限という具合だった。

話が終わればそそくさと俺の前から逃げていく。そんな具合だ。

だから俺は一日の大半を誰とも話さず、こうして外の風景を眺めるしかすることがなかった。

「…………」

そろそろ異世界の珍しさに驚くのにも飽きてきたな。

散歩ついでに車内を探索するため、少し歩き回ってみることにした。

客車を出ると次の車両は食堂車両だ。

昨晩はここでユーリと夕飯を、そして今朝は、朝食を二人で摂《と》った。どうやら食事は一緒に摂ってくれるようだった。学園の畑で取れた穀物を干したものがメインの食事だ。

「……私は、死ねないんです。〝希望〟という名の呪いにかかってしまっています」

それは、昨晩のことだ。

味の薄い食事のつまみのような具合で、ユーリが俺の質問にポツリポツリと、やっぱりこちらを見ることなく答えてくれたのを覚えている——どうして世界を救うのに君を殺さなきゃならないのか？　それが俺の質問だった。

「……英雄は〝希望〟と名付けた一冊の〝魔導書〟を学園に隠していたんです。その魔導書があれば世界を救うことができるかもしれない。英雄が遺《のこ》した高純度の魔法や魔術のレシピが書かれているそうです。そこに世界を救える〝希望〟を、英雄は書き残してくれているかもしれない。クロースがそう言っていました。隠されていたその〝魔導書〟を私は見つけたんです。もう、ずいぶん昔のことですが」

「その中に、世界を救う方法は書かれていたのかな？」

「……わかりません。中を見る間もなく、魔導書は第一発見者である私の中に封じられてしまったんです」

希望の魔導書には、最初にその本を開いた者の命に宿る、という封印が施されていたのだという。

〝魔導書〟に記された数多くの魔法や魔術を、悪意ある者に悪用されないよう用いられた封印だというのだ。慎重に慎重を期されたその封印は、宿主の生命活動が停止しない限り解除されない。

しかし宿主を殺して〝魔導書〟を体外に取り出すことも不可能なのだという。

〝魔導書〟の封印は、宿主の命を護っている。どんな致命傷も瞬く間に修復。更には、〝魔導書〟を得ようと宿主の命を狙う者を一掃する防衛システムが発動。果たして〝魔導書〟を狙う者に命の保証はない。

〝魔導書〟の封印によって、誰にも殺すことのできないユーリだが、英雄の生まれ変わりである俺になら殺せるはずだ。

そうして〝魔導書〟をユーリの命の中から取り出して、文字通り、〝世界の未来をつなぎとめる希望としてほしいと願った。

それがこの世界に残された唯一の〝希望〟で、そのために俺は、こうしてここに召喚された。

――お願いします。もう一度、この世界を救ってもらえませんか？――

召喚した俺にユーリはそう言っていた。

その言葉の裏には、「私を殺して、世界を救って」という想《おも》いが滲《にじ》んでいたのだと知った。

「クロースは私を殺す以外にも方法があるから試してみようと言っています」

「他の方法？　ユーリを殺さなくとも魔導書を取り出せる方法があるってことなのか？」

「……はい。それは、〝魔導書の宿主である私の願いを全て叶えること〟、だそうです」

「ユーリの願いを？」

「はい。〝魔導書〟は希望と名付けられています。宿主の心に希望が満ちれば〝魔導書〟は居場所を失い、身体の外へ追い出されるのだそうです。英雄が〝魔導書〟を書くのを近くで見たクロースがそう言っていました。私は、英雄が作り上げた学園をもう一度、生徒たちでいっぱいにしたいと願っています」

だから放送室の装置を修理し、生徒たちを募る放送をしようと考えていたということだ。

そこでふと、俺の中に疑問が生まれる。

〝魔導書〟の封印を解くためにはユーリの願いを全て叶えなければならない、ということだけど……。

「学園を生徒でいっぱいにするだけで、君の願いは〝全て〟叶《かな》うのかな？」

「…………」

「ユーリ？」

「……このメガネはあなたが持っていてください」

「え？」

「あなたは英雄の生まれ変わりです。だからこのメガネは、半分は、あなたの物です。きっと役に立つときが来ると思います」

テーブルに英雄のメガネを置いて、ユーリは食堂車両を出ていってしまった。

それが昨晩の出来事だった。


そして、改めて現在だ。

俺は食堂車にいる。壁にはいくつか額に入れられた写真がかけられていた。かつてここで食事した乗客たちの記念写真だろうか。その中で一番立派な額に収められた一枚がある。〝旅を終えて。仲間たちと共に〟と書かれたプレートが付けられていた。

その写真に俺は視線を奪われてしまう。

戦士風の男だったり。魔術師のような風貌の女性だったり。白衣をまとった痩身の男性だったり。そして、今より歳《とし》を取った姿のクロースだったり。たくさんの人たちの集合写真。

その中心に立つ青年がいた。

歳若く見えるのに白髪の頭。そして黒縁のメガネをかけている。

クロースをはじめ、誰もが青年をたたえるかのような空気感があった。

その青年にぴったりと寄り添うように立つ少女がいた。ユーリだ。彼女は今と全く変わらない姿でそこに映っていた。

この人物が英雄……？

だとしたらこの写真はいったい何年前のものなんだ？　クロースは年老いているのに、ユーリは、今と変わらず若いままだ。

この写真に触れたなら俺は、また英雄の過去を見るのだろうか。クロースの写真に触れたときのように。英雄のメガネをかけたときのように。

英雄は、このとき何を想っていたのだろうか……。

「…………」

写真に触れようと伸ばしかけた手を下ろして、俺は、走る車窓から空を見つめた。

そこには巨大な惑星《ほし》の瞬《また》きがある。世界の終わりはおよそ一年後に迫っていた。

回避することのできない絶望的な運命だ。

何も知らない世界中の人々が、「今ここに英雄がいてくれたなら……」と嘆いている。

ああ、そうだ。

誰も知らない。

知る由もない。

写真の中で穏やかに微笑む英雄が、その笑顔の裏側で、いったい何を考えていたのかを。

しかし、俺だけが知っている。


……一年後。

この世界を消滅させるため刻一刻と接近してくる、あの巨大な隕石《ほし》を呼び寄せたのは、他の誰でもない、誰もが敬い、愛し、信頼する英雄自身、だったんだ。

3

英雄のメガネをかけた俺は、彼の想いのカケラを覗き見た。

彼はこの世界を憎んでいた。それも、どうしようもないくらい。

〝許せない〟〝この世界は存在してはいけない〟〝復讐《ふくしゅう》だ〟〝俺が、この手で……〟〝巨大な星を降らせてやろう〟〝じわじわと死に至れ〟

英雄のメガネからそんな怨嗟《えんさ》ばかりが断片的に流れ込んで来た。

英雄は、世界中の人々に絶望を贈った。回避することの決してできない終わりを贈った。

この世界をまるごと呑み込み、消滅させる――それほどに巨大な惑星《ほし》を呼び寄せる魔法を最期に唱えた。

いっぱいの憎悪と、あふれる悲しみとを両手に抱え、英雄は、その魔法に命の全てを注ぎ込み息絶えた。

なぜ英雄《俺》がそうしようとしたのかはわからない。

なにが英雄《俺》をそうまでさせるほど追い詰めたのかもわからない。

そこまで知ることができるほど、あのメガネには英雄《俺》の記憶は残っていなかった。

俺に知ることができたのは英雄の憎悪だけだった。

けれど確かなことはたった一つだ。

英雄《俺》はこの世界にとって救世主なんかじゃなかった。英雄《かれ》こそが破壊の原因。

およそ一年後、この世界を破壊するため接近してくる巨大な惑星《ほし》。それを呼び寄せたのは英雄《かれ》だった。そうとは知らず今も昔も、世界中の人々は英雄《俺》に助けを求め続ける。

それを知ってしまった俺は、どうしたらいいのだろう。

……俺にも何か、責任はあるのだろうか。

わからない。

何もかも、わからないものだらけだった。


──ガタンと一度、車体が大きく揺れて我に返った。

まる二日走り続けた機関車が、どこかの街で停車したようだ。甲高い汽笛と、蒸気の噴き出す音が聞こえた。

「着きました。ここが目的の駅です」

食堂車でぼんやりと立ち尽くしていた俺の背中に、ユーリの声が投げかけられた。

振り返る俺の顔を見て、ユーリが首を傾げた。

「……どうかしましたか？　顔が真っ青です。もしかして、調子が悪いんですか？　少し、休んでからにしますか？」

「あ、ああ……、いや、大丈夫。ありがとう。ちょっとボーッとしてただけだから」

むしろ心配してもらえたことに驚いていた。

「そうですか。だったらいいです。準備をしないといけないので、こちらへ一緒に来てもらえますか？」

ユーリに連れられて別の車両に移動した。

目的の車両の扉が開かれて、俺は思わず声を上げた。

「……なんだ、これ。すごいな」

連れて来られた車両には、大小さまざまな銃器が壁にずらりと並べられていた。

魔法と魔力とを練り込んだ弾丸。どれもそれ専用の銃なのだという。

これさえあれば呪文を唱えたり魔法陣を用意したりする必要もない。トリガーを引くわずかな時間で魔法を放つことができるということだ。

物資を調達しにやって来たこの街は、かつて戦争で使用された魔導兵器によって汚染されてしまっている。既に人の住める環境ではないが、廃墟《はいきょ》となった街には魔力汚染を受け、恐ろしい姿に変貌した獣が潜んでいるということだった。

「身を護る武器くらいは持っていかないと危ないです。もしものことがあっても、誰も助けてくれないので」

ユーリは壁にかけられていた銃を一丁、手に取った。

ショットガンに似た銃器だった。

しかしそれは、ユーリが想像していたよりずっと重たかったようで、

「ん、んんんん～……っ」

ユーリはプルプル震えていた。

重いダンベルを持ち上げようとするみたいに、真っ赤になって大きな銃を両手で抱きかかえている。

恐る恐る足元に一旦、ユーリはその銃を床に置いた。

今度は革のベルトを手に取った。

制服の上から腰に巻いたそのベルトは、猟銃のシェル《弾丸》をはめ込んで持ち運べるようになっている。弾薬の収まった箱からベルトに収められるだけ収めた。それから空のリュックをユーリは背負った。そこに回収した生活必需品を詰め込んで帰るつもりなのだろう。

最後にもう一度、足元の猟銃を両手で抱えるようにして持ち上げた。足元をフラフラさせながら。

「無理しなくても、そういうのは俺がやるよ？　銃なんて、おもちゃのエアガンだってあまり撃ったことないけど……」

けれど首を振って拒否されてしまう。

「いいえ。魔弾は魔法使いや魔術師でしか扱えないんです。それにいざというとき手元にないと、とっさに反応できないかもしれませんし。重さにはすぐに慣れます……たぶん」

「だったらせめて荷物持ちくらいはさせてほしいな。女の子にばかり重い物を持たせて平気な顔はしてられないよ」

「……そう、ですか。わかりました。じゃあ、リュックをお願いします。色々と詰め込んで持ち帰るつもりなので、帰りは重くなるのを覚悟しておいてください。それと、もう一つ。傘を持っていきます」

「傘？　雨が降ってるのかな？　気づかなかった」

「……いえ」

雨ではないです、とユーリは首を振った。

ではどうして、傘が必要なのか……？

「外に出てみればわかります。空から降って来るものには決して触れないように。それだけは注意してください。……では、行きましょう。私のそばを離れないでくださいね」

俺はユーリの後に続いて下車した。

プシュッと。

圧縮機が作動するような音と共に、背後で列車の扉が自動で閉まった。

俺たちが降り立ったのは、市電駅のような小さな駅のホームだった。

辺りには背の高い巨大なビルがいくつもいくつも建ち並んでいる。しかしそのどれもがいつ崩落してもおかしくない様相だ。太陽の光をギラギラと照らし返していただろう窓ガラスは全て割れ、苔《こけ》や蔦《つた》の深い緑に壁面は呑み込まれていて……。

綺麗に整備されていたのだろうアスファルトの道路も、歳を重ねた老年者の肌に刻まれた皺《しわ》のようにひび割れて、力強い草木がそこから芽吹いていた。ビルだけでなく街そのものが朽ちかけてしまっているようだ。

ここも車窓から覗いた数々の風景と同じだ。既に、終わってしまっていた。

「……行きましょう。目的はこの先のショッピングモールです」

そう言ってユーリは手にしていた傘を差した。

空から降っているのは確かに雨ではなかった。

羽だ。

窯に残った煤《すす》を固めて作ったかのような、漆黒色の羽が絶え間なく、誰もいないビル街にハラハラと降り注いでいる。

「……この羽には触れないように気を付けてください。戦争で使用された魔導兵器の空気汚染によるものです。もし少しでも触れたなら命の保証はできません。肉体のみならず精神まで瞬く間に侵食されて、生物としての存在を留《とど》められなくなって死に至ります」

そんな恐ろしい汚染を何十年と残したままの破壊兵器に、この街に暮らしていた人々や生物たちは、あっという間にその命を奪われたという。

いったいどんな兵器を使えばそんな汚染が残るのか……。

ゾッとしながらも、俺はユーリから鉄製の傘を受け取る。

開いた傘の下に身を寄せ合って進んだ。肩が触れ合い、少しくすぐったい。傘は一本しかないので仕方がなかった。

「何だかこれって、相合傘っぽいよな」

「…………」

ユーリはほんの少しだけ、俺から距離を取った。

傘から身体がはみ出ないよう、ほんの僅かだけれど。

「ご、ごめん。冗談だ。こっちに戻ってくれないかな。羽に触れてしまったら大変なんだろ？」

傘から身体がはみ出さないよう気を付けて、隣を歩くユーリの小さな歩幅に合わせて進んだ。

誰もいない大通りの真ん中を俺たちは歩いた。

足音さえも街中に響き渡るような静けさだった。時おり割れた窓ガラスの破片が、パラパラと落下する音が聞こえてくる。しばらく歩くと巨大なビルでできたトンネルが姿を見せた。何があったのかわからないが、巨大なビルがその中ほどで破壊され、大通りを挟んだ隣のビルへ倒れかかるようにして折れ曲がってしまっていた。

目的の場所はこの先のブロックにあるという。いつ崩れてきてもおかしくない恐怖心と共に、俺とユーリは、その下を並んで潜《くぐ》り抜けた。パラパラと窓ガラスの破片が落下してくる。鉄製の傘がそれをはじいた。

俺たちの進む大通りには、所々に乗り捨てられた車があった。

どれもめちゃくちゃに壊れていたり、炎に焼かれたのか煤まみれになっていたりして……。

この世界にはユーリと俺の二人しか存在しないのではないか。

……そんな気分にさせられてしまっていた。

「世界中、ありとあらゆる場所が戦場でした」隣を歩くユーリが言った。「人類の多くがその戦争で命を落とし、更に魔法や魔術などの兵器汚染が今もこうして世界中を蝕《むしば》んでいます」

更には学園を襲った隕石《いんせき》のカケラのような災害や、一年後に迫った〝世界の終わり〟によって絶望して暴徒と化した人たちの略奪。生きる希望を失った人たちの諦めによる怠惰。それらが美しかった世界のかつての姿を維持できなくさせている。

だから世界は隕石の衝突を待つよりも先に、こうして終わりかけてしまっているのだとユーリは言った。

「けれど、今も戦争以前と変わらない生活を営んでいる人たちの暮らす国や街も多くある――そう、聞いています。だから私は未来に希望を持てるような放送をしたいと、思っていて……」

「………………」

未来への希望？

それは〝英雄の生まれ変わり〟のことだろうか？

その存在が、世界を救ってくれるという希望だろうか……？

それは、つまり、自分が犠牲になってでも世界を救うと決めたんだと、ユーリの言葉の裏にはそんな想《おも》いが隠れているようにも思えてしまう。

世界を救わず、元の世界に戻ろうというつもりもない。もちろん、世界のために君を殺そうという気概だってないんだ。

だったらなんで俺はここにいる？

俺はこの子のことを、そしてこの世界のことを、騙《だま》しているのと同じなのではないか……？

目的のショッピングモールが見えてきた。

それは周りのビルたちと同じくらい大きな造りの建物だった。その外観にはいくつか垂れ幕がかけられたまま取り残されている。新商品や、決行されることのなかったイベント開催日などが書かれているのだという。俺にはそこに書かれた文字は理解できなかった。

翻訳魔法は耳から取り込む音声のみに有効らしい。

学園の敷地内にある物を持ち出せば、学園の外でも翻訳魔法は効果を発揮するとのことだ。

俺はクロースから預かっている鉱石を、運転席の機械人形から取り出してポケットに入れていた。学園から出てもユーリとこうして会話できるのはそのためだった。

たどり着いたエントランスの扉を押し開けて、俺たちは一階フロアに入った。

「ここの三階が、日用品の売り場だったみたいですね」

ユーリは、近くの壁に貼り付けられていた店内の案内図を確かめていた。

一階フロアから吹き抜けになった内装を見上げる。幾つも上に連なるフロアと、対面に渡るためのスロープの裏側が見えた。

店内にもかかわらずハラハラと、黒い羽が遥《はる》か上階から降っていた。見上げた天井は一部が崩壊してしまっている。その隙間から入り込んできているのだろう。傘はさしたままで進むことになった。

「案内図にはあまり詳しく書かれていないですが、八階が放送室の装置を直すのに必要な機材を扱ったフロアになると思います。……懐かしいです。ずっと昔に、ここの洋服店で英雄がいろいろ買ってくれたことがありました」

ユーリは目を細めて店内を見回していた。

英雄と並んで歩いたかつての自分自身の面影を探しているような表情だった。

「……そういえば、ユーリはいつも学園の制服を着てるよな。そのとき英雄に買ってもらった洋服とかはもうないのかな？」

「大切なものですから。いつか必要なときに備えてしまってあります」

「そっか。大切なもの、か」

何だろう。

胸の奥がモヤッとしたな……。

首を振って、俺は言う。

「行こうか。まずは日用品集めだから、一階でいいのかな？」

「はい。羽に触れてしまわないよう気を付けて進みましょう。それに、もしかしたら怖い獣が住処《すみか》にしているかもしれないので……」

そう言って、ユーリは重そうな銃を両手でしっかりと抱きしめていた。


売り場には缶詰や、乾パンに似た保存食などが少しだけ残されているのを見つけた。

あまり美味《おい》しくないやつだから残っているんだと思います。そう言ったユーリはちょっと残念そうだった。

それから俺たちは八階にも立ち寄った。

そこには放送室の装置を修理するのに使えそうなものが一通り揃《そろ》っていた。リュックはすぐに満杯になる。

このショッピングモールではこれ以上の収穫を見込めそうになかった。また日を改めて、別の街へ出かける必要があるかもしれない。そろそろ戻ろうかと、俺たちは一階フロアに降りて来た。

漆黒の羽がハラハラと舞い落ちる中、傘をさしたままでエントランスへと向かう。

その途中、洋服店の前に差し掛かった。

薄暗い店内を覗いてみる。服が大量に残されているのがわかった。

その様子を指さし、俺はユーリを振り向いた。

「服も必要じゃないかな？　やっぱりいつも制服姿なのも窮屈だろうし」

「……いえ。そんなことないですよ。見た目によらず学園の制服は動きやすいですし、デザインも結構好きな方ですし。……それに、いちいち毎日着替える方が面倒ですし」

「着替えが面倒、か。なるほど、そっちの方が本音だな？　クロースが手を焼くわけだ」

ちょっとだけからかうようにして言ってみた。

ユーリはむすっとして唇を尖《とが》らせた。

「……あなただって、昨日と同じ制服じゃないですか」

「ああ、そうだね。だから服もいろいろ調達できたらと思うんだけど……ああ、そうだ。互いに似合いそうな服を選んでみるのはどうだ？」

本当は俺も制服で充分だと思っていた。学園には新品の学生服がたくさん余ってもいる。

ただあともう少し、ユーリとの距離を縮めたい――そう思っての提案だった。

もしかしたら俺たちの様子が少し変だなと、敏感に察したからこそクロースはこうして、俺たち二人だけでお使いに行かせたのかもしれないなとふと思う。

学園を出てからまる二日だ。

少しはましになってきたような気もするが、まだまだユーリとの間に、どこか言いようのないぎくしゃくとした落ち着かなさを俺は感じてしまっている。

「制服の替えも限りがあるだろうし、気軽に着れる私服とかが一着くらいあってもいいんじゃないかな？」

「まあ……はい。そういうことなら、わかりました。替えの下着は必要ですし、少し寄るくらいなら」

うなずきながらも、あまり乗り気そうではないユーリを連れて、洋服店に立ち寄ることにした。


「……うーん」

どうしよう。何を選べばいいのかな。

俺は、あまり広くはない服屋の店内で腕を組み、悩んでいた。

お互いに似合いそうな服を選んで渡して、試着し合うのはどうかな、と。

入店するなり「何を選んでいいかわかりません」と難しい顔をしていたユーリに、こちらからそう提案したのはいいのだけれど……。

女の子に服を選ぶなんてことは初めてだ。姉の誕生日に欲しがっていたマフラーを贈ったことがあるくらい。それに、異世界のファッションセンスを理解できる自信もない。

それでも何とか選んでみた服を、ユーリはよく確認もせず俺から受け取った。

「あまり時間もかけたくないので手早く済ませましょう。……私も選びました。どうぞ、これがあなたの服です」

「あ、ああ。ありがとう」

お礼を言って、こちらも受け取る。

ユーリは重たい銃も一緒に抱えたまま、店内にあった試着室へよたよたと足元も頼りなく入っていった。

……閉められたカーテンの向こうから、微《かす》かな着替えの音がする。

試着室は一つしかないようだ。ユーリが着替え終わるまで待つことにした。

その間に、渡された服を確かめてみようとしたときだ。

「あ、あの……」

試着室の中から呼びかけられた。戸惑いの色に満ちた声だった。

「すみません。そこにいてくれてますか？」

「ああ。どうかした？」

「はい……。せっかく選んでもらった服ですが、着方がよくわからなくて」

そう言ってユーリはカーテンを少し開いた。その隙間から困り顔だけを覗かせる。

着方がわからない？

あまり複雑ではない服を選んだつもりだったので、俺は首を傾《かし》げてしまう。

「これなんですが……」

カーテンの隙間を広げて、そこからユーリは服をこちらに差し出した——俺は思わず、視線を逸《そ》らした。

「…………」

「どうして顔を逸らすんですか？」ユーリは不思議そうに首を傾げる。「これ、あなたが選んでくれた服。ワンピースみたいな服でいいんですよね？　何も知らない子みたいで恥ずかしいですが、どこから手を通していいのかわからなくて。どちらが前なのかもよく、わからなくて……ちゃんとこっちを見てくれないと相談できなくて、困ります」

「いや……」

どうしよう。

そっちを見られないわけがあるんだ。指摘してもいいのかな。

「あの……もしかして、笑ってるんですか……？」ユーリは頰《ほお》を膨らませた。「簡単そうに見えて本当は着るのが難しいものを選んだんですか？　意地悪です」

「い、いや。そういうわけじゃないんだけど」俺は弱ったぞと、態度で示すため自分の頭を撫でながら、言う。「……後ろ」

「え？　後ろ、ですか？」

「ああ。……見えてる。カーテンの隙間から」

試着室には大きな姿見が取り付けられている。

そこに下着姿のユーリの後ろ姿が映っているのが、カーテンの隙間からしっかり見えてしまっていた。

振り返ったユーリもそれに気づいて……。

「あっ、う、ううう……っ」

たちまち真っ赤になってしまう。

涙目でユーリは勢いよく、カーテンを閉めた。

「ごめん！　すぐにあっち向いたから見てないよ……一瞬しか」

「ぐす。一瞬……見たんですね？」

カーテン越しに鼻をすするような微かな音。

確かちょっと前にも似たような場面があったな、と思う。

ユーリは〝結婚する前の女の子は異性に裸を見られると成長が止まる〟、というこの世界の古い噂《うわさ》を信じているようだった。

泣くほどショックだったのかな。罪悪感で胸の奥がチクチクする。

「もとから私は大きくなれない身体なんです。それでも、希望は持ちたいっていうか。いつかは、大人な姿のクロースみたいに……」

「大丈夫。心配しなくてもちゃんと大きくなれるよ」とユーリに言って、試着室に背を向けようとしたときだ。

「ん……？」
なんだ？
まだ少し開いていたカーテンの隙間だ。
そこから僅かだけ覗《のぞ》く試着室の鏡に、なにか一瞬、影のようなものが過って見えたが
……？
と。
俺が眉根を寄せたその瞬間だった――……

「……ああ、くそ。一秒だ」


俺は唇を噛みしめていた。

まるでデジャヴだ。と、いつも思う。

唐突に〝一秒先からはじまる未来の光景〟が、俺の脳裏を駆け抜けたのだ――その瞬間。

俺は試着室のカーテンを、勢いよく開いた。

「え、な、なにを……きゃっ」

驚くユーリの腕を掴《つか》んで、問答無用でこちらに手繰り寄せる。

けれど、ダメだ。

もう何度も何度も、嫌というほど経験しているからわかってる。やはり一秒程度ではあまりにも、時間が足りない。

ユーリを抱き寄せたところで、時間切れだ。覗き見した一秒先の未来が現実となる。

破壊音と共にそれが、試着室の鏡の中から飛び出してきた——獣だ。ハッキリとした正体は俺にはわからない。ただそうとしか呼べない何かだった。

足の長い血統書付きの犬をイメージさせる漆黒色のフィルムに、鍛え抜かれた成人男性の腕ほどの太さの尻尾。耳まで裂けたまがまがしく大きな赤い口。半裸状態のユーリにその口で喰《く》らいつこうとしていた。

未来視で覗けたのはここまでだ——試着室のユーリが、獣に喰らいつかれるか否かという瞬間まで。

ここから先は、まだ誰も知らない未来の始まり。

たった一秒早く動けた俺だ。未来視で覗いた光景のように、獣がユーリに襲い掛かる前に、こうしてユーリを抱き寄せられている。

けれどそれだけだ。

まだ、何も危機は去っていない。俺はまだ、誰も助けられてはいない。

……鏡の中から飛び出してきた獣は、陳列された商品やマネキンなどをまき散らしながら着地。

すぐさま大きな口を開き、俺たちへと飛びかかって来る。

逃げ出すほどの余裕はない。

俺は、ユーリを庇《かば》うように自分の腕を差し出した。

「ッ!!」

喰らいつかれた右腕に、激痛。

狂暴な牙の数々が、鋭く俺の腕に食い込んでいる。一瞬で腕はズタボロ。それでもユーリのことだけは、と……叫び出したいのを歯を食いしばり、耐える。

「そんなっ、私なら、大丈夫なのに……っ」

腕の中でユーリが叫んだ。

ああ、そうだな。わかってる。

ユーリなら魔導書の呪いによってあっという間に元に戻るだろう。たとえ、この獣にズタズタに食い散らかされたとしてもだ。

だからといって、まあいいだろうとは思えない。

もしも蘇生《そせい》するはしから獣に喰われていってしまったら……？

蘇生、回復するとは言っても痛みだってきっとあるはずで……。

死ねないことがむしろ残酷。そんなのはただの地獄だ。

獣は喰らいついた俺の腕を引きちぎろうと、首を強引に振り回している。

その反動で俺とユーリは引きはがされてしまう。ゴロゴロと転がったユーリだがすぐに立ち上がった。

「待っててください、今、助けます……っ」

ユーリは試着室に残した銃に飛びつこうとした。

けれど俺に覆いかぶさった獣は尻尾でユーリを弾《はじ》き飛ばす。ユーリの小さな身体から何かが砕ける音を聞いた。

くそ……っ。

何だこのざまは。

これで英雄の生まれ変わりだと？　自分自身が情けなくなってくる。

ガバッと嫌な音を立て、獣が大きな口を更に大きく——俺のことを一飲みにできるほど大きく——頭蓋骨の構造を無視しているとしか思えないくらい、大きく開けた。

床に押し倒した俺を呑み込もうと、じりじりと近づいてくるたくさんの牙と真っ赤な口内。

何とか押さえているが……。

限界だ。腕に力が入らなくなってきた。

悔しがる俺に、満足そうに獣は笑った。

……瞬間。

「……え？」

獣の身体がスゥッと、半透明になっていっているのに気づいた。

自身の異常に獣も気づいたようだ。慌てた素振りを見せるも、まるで幻だったかのように、そのまま獣は消えてなくなってしまった――なんだ？　いったい、何が起きてるんだ？

わけがわからない。

だが、今はそんなことはどうでもいい……っ。

「ユーリ……！」

俺はユーリの許へ駆け寄ろうとした。

しかし身体に力が入らない。焦る気持ちでガリガリと床を掻《か》くばかり。

そんな俺の頭上に声が掛けられる。

「……その子、もしかして君の大切な人だったのかな」

心臓が止まるかと思った。

驚いて顔を上げて向いた先には、一人の少年の姿があった。

そのそばに女の子が寄り添うように立っている。

「……ごめん。全部、ぼくたちのせいだ」

警戒する俺に、少年が悲しそうな顔でそう言った。

4

「ふぅん。まさか物資を調達しに行ったその先で、生徒を二人も連れて帰って来るとは思わなかったな」

　二人で出かけて、四人になって戻って来た。

　そんな俺たちに驚くクロースに、学園に連れ帰った二人のことを理事長室で紹介する。

「えっと。こっちがルカで」少年の方をまず先に紹介し、「こっちの子が、ギン」少年の背中に隠れるようにして顔を出している女の子へと順番に、視線を向けた。

「二人とはショッピングモールの廃墟《はいきょ》で会ったんだ。先日のユーリの放送をたまたま聴いて、二人で学園を目指してたみたいだ」

　俺が簡単な説明をすると、少年の方――ルカが恭しく頭を下げた。

「よろしくお願いします。ここの制服を借りてますが、ぼくはここの学生だったことはないです。彼女は……ギンは短い間ですが、この学園で魔法を学んでいたみたいです。もう何年も前のことみたいですけど……」

「………」

オドオドと背中に隠れる女の子の様子に、「この子はちょっと人見知りが激しくて」とルカは苦笑いを浮かべていた。

そんな女の子の頭には、真っ黒な毛に覆われた獣の耳がしょんぼりと垂れ下がっている。同じくお尻には真っ黒な尻尾が、元気なく萎《しお》れてしまっていた。

「ふぅん。……なるほどね。ワーウルフか。珍しいじゃないか」

獣にズタボロにされた俺の腕に回復魔法をかけながら話を聞いていたクロースは、少年の背中に隠れた子の姿をしっかり見ようと身を乗り出している。

「まさかまだ生き残ってる子がいるとはね。その鋭い牙とモフモフの尻尾が魔術の素材として利用できるからと、確か、戦争中に非道な魔術師連中に根絶やしにされたと聞いていたけれど……。ふぅん？　ちょっと汚れがひどいな。かわいい毛並みが台無しだ。最近の子はお風呂が嫌いだったりするのかな」

ユーリもお風呂ギライだし、と首を傾《かし》げてクロースはギンに触れた。

「ぴっ」

クロースに尻尾の毛を撫《な》でられた女の子は驚いて、その場で小さく飛び上がってしまう。両耳と尻尾が一瞬で総毛立つ。また、ルカの背中に隠れてしまった。

それはそうだ。

いきなりふと姿を消した相手が、それだけでも面食らうのに不意打ちのようにそばに現れ、尻尾をふんわり撫《な》でてくる。そんなことされれば誰でも驚く。

「……なあ、空。私はあんな風に警戒されるほど怖く見えるのかな？　ちょっと、ううん、かなりショックなんだけど」

俺の腕の治療を終えたクロースは、ちょっと寂し気。

「いいや。そんなことないよ」俺は、無事に回復した腕に驚きながらも、言う。「俺はお腹《なか》殴られたり呪われたりもしたけれど、今はぜんぜん怖くないよ」

「なんだよそれ。あんまり意地悪なこと言ってると、大人でも泣いちゃうんだからな」

クロースは唇を尖《とが》らせた。

机に片肘を突き「それで？」と、クロースは気だるげにルカへと問いかける。

「君たちはこの学園を目指していたということだったけど、とりあえずその動機というか、目的を聞かせてもらっていいかな？　いやなに。ちょっとした入学試験の代わりだよ。どう見ても君らに危険はなさそうだけど、状況が状況だ。世界の終わりの中に在って性善説を唱えられるほど、こう見えて私はあまり若くもないからね」

「英雄に会うためです」ルカが答える。「……〝英雄が戻って来た〟と放送で聴きました。この世界を救う希望がまだ残されているって」

「ああ、そうだね」

今、ここにはいないユーリの代わりに、クロースがルカへとうなずいて答える。

「もう話は聞いていると思うけど、そこにいる少年が……大咲空《おおさきそら》がその英雄だ。正しくは英雄の生まれ変わりということになるけれど。その事実は、どうかな？　ルカくん、だったよね？　君の期待に応えられる結果だったかい？」

ルカはクロースの問いにハッキリと、〝はい〟とも〝いいえ〟とも答えなかった。

「…………」

俺はルカとクロースが話しているのを聞きながら、少し前のことを思い出していた。

それは、ショッピングモールで出会ったばかりのルカが『……ごめん。全部、ぼくたちのせいだ』と、悲しそうな顔でそう言った直後のことだ。


「全部君たちのせいって、どういうことなんだ？」

時間は少し巻き戻る——俺は、ショッピングモールで出会ったばかりのルカに、首を傾げてそう問いかけていた。

「それは……」

ルカは気まずそうに言いよどんでいる。

そこで、淡い光が辺りを照らした。俺が抱きかかえているユーリの身体が光に包まれている。

隕石《いんせき》のカケラが衝突したときと似ていた。俺の腕の中で、獣の尻尾に振り払われたユーリの身体は、あっという間に修復され、蘇生した。

今回は隕石のときより負傷が軽度だったからか、背中を突き破って羽が現れるようなことはなかったが。

そんなユーリに「よかった」と、俺は安堵《あんど》の息をついていた。

今度はユーリが慌てたような表情をする。獣に喰らいつかれた俺の腕を見て。

「凄《すご》い、血が出てます、大丈夫なんですかっ?」

「あ、ああ……」

正直なところ腕の激痛に眩暈《めまい》がしていた。

「急いで学園に戻りましょう。クロースが回復魔法で何とかしてくれるはずです」

ショッピングモールで見つけていた鎮静剤をたくさん飲んで、何とか痛みは落ち着いてきた。ユーリが消毒薬と包帯で手早く治療してくれた。あとは学園に戻るまでに出血が止まればいいけれど。

そんな俺たちの様子を見ていたルカとギンの二人は、俺の状態とは裏腹にあっという間に蘇生して見せたユーリのことを怖がるかと思った。

しかし少なくともルカの方は、蘇生したユーリを見てホッとした表情を浮かべて言った。

「本当によかった。……どういうことなのかわからないけど、とにかく、その子が無事でよかった。君の腕は重傷みたいだけど、君にとってその子は大切な子なんだよね？」

「大切な人……」

ふと、俺の腕の中でそう呟くユーリと目が合った。

瞳を泳がせたあと、ぷいっと、ユーリはそっぽを向いてしまう。それから慌てたように、ユーリは立ち上がった。

「ごめん。ぼく、何か空気の読めないこと言っちゃったのかな」

ルカが俺に耳打ちしてくる。

「いや、大丈夫。気にしなくても平気だよ……たぶんだけどね」

俺はただ苦笑いを浮かべるだけだった。

身体は修復されても、やはり身にまとう服までは戻らない。ボロボロに引き裂かれてしまった制服の合間から、ユーリの真っ白な肌が露出してしまっている。目のやり場に困った。俺はちょうど近くにあったマネキンから、丈の長いオーバーコートを取って来て、ユーリに羽織らせた。

「……ありがとうございます。でも今は、自分のことだけ心配してください。私のせいで、重傷で……すみません。お願いします」

ルカによると、先ほどの獣は鏡の中に閉じ込めていたということだった。

「あの獣はこのショッピングモールを縄張りにして、何か物資を探しにやって来る人間たちを襲って食べていたみたいなんだ。食い散らかされた人間の骨があったのを見つけたよ。ぼくらもいきなり襲われちゃって。そのときギンの魔法で、試着室の鏡の中に閉じ込めてもらっていたんだ。まさか他に誰かやって来るとは思ってなくて」

鏡を覗《のぞ》き込んだり、割ったりなどすることで、獣を封じていた魔法の拘束力が解かれる仕組みだったのだという。だから何もいないと思っていた試着室に、いきなり〝獣〟が現れたように見えたのか。

獣が一匹だけとは限らない。空から降る漆黒の羽もその量が増えてきているようにも感じられた。

俺たちは四人で列車へと急ぎ、乗り込んだ。

帰りの車内で互いの事情を簡単にだが交換し合うこととした。

向かい合わせの四人掛けの客席だ。ルカとギンが並んで座り、その向かいに俺とユーリが並んで座った。

「三日前くらいかな。食料とか日用品とかが少しでも残されていたらと思って、あのビル街にぼくらは寄ったんだ。そこで、放送を聴いたんだよ」

ルカは手のひらに収まるくらいの大きさの、携帯用のラジオをズボンのポケットから取り出した。

ショッピングモールで使えそうなものを探していた真夜中過ぎのことだった。スイッチの入ったままになっていたこのラジオから、あの放送が聴こえてきた。そして二人は知ったのだ。〝この世界にはまだ希望がある〟〝英雄が、戻って来た〟ということを。

「だから魔法使いの学園を目指そうと思った。英雄に、ギンのことを助けてもらえたらと思って……」

ルカは隣に座るギンのことを見た。

けれどギンは何も答えず、ルカにぴったりと身体を寄せていた。

何か事情があるのだろう。誰だって、俺だって、それぞれの事情を抱えて生きている。世界が終わろうと終わるまいとそれは同じだ。あまりずかずかと踏み込んで聞き出すような真似《まね》はできないなと感じた。

俺だっておいそれと、〝本当はこの世界を壊そうと決めたのは英雄なんだ〟と、そんなことを話して聞かせるわけにもいかないし。

そうして俺たち四人は、また二日分の旅を経て学園へと続く帰路についたのだった。

……その間、俺は腕の激痛に苦しむことにはなったのだが。

「ま、うん。いいだろう。二人の入学を認めよう」

時は戻って現在だ。そこまで話を聞いていたクロースがそう言った。

「これから短い間だが共に終末を過ごそうじゃないか——終わりを見届けることになるのか。それとも希望を目の当たりにさせられるのか。全ては英雄の生まれ変わりである少年、大咲空次第だ。それじゃあ空、二人を案内してあげてくれるかい？　君の隣の部屋を二人には使ってもらおうと思うんだけど……」

俺はクロースからカギを受け取った。

「あの。ぼくらは二人で一部屋でもいいですか？　ギンを慣れない場所で一人にしているのは少し不安で」

「ああ、いいよ。好きにすればいい……でも、いいかい？　二人きりだからっていやらしいことするんじゃないよ？」

すぐそういった話につなげたがるクロースに少し呆《あき》れた。

俺は二人を連れて〝第二理事長室〟を出た。

もうすっかり夜だ。月明かりを頼りに廊下を歩いた。

隕石のカケラが破壊した中庭や校舎の様子が廊下の窓からうかがえた。

「明日から学園の修繕作業をする予定らしい。よかったら手伝ってもらえたらとても助かる」

「うん。役に立てるかはわからないけど、やれることをがんばるよ」

俺の呼びかけにルカは人懐っこそうな笑顔を見せた。

けれどすぐに首を傾げて、ルカはこう続けた。

「腕の方はもう大丈夫なのかな……」

「ああ、もう平気だ。クロースが回復魔法をかけてくれた。痛みは残ってるが傷はすっかり良くなったよ……魔法って便利だよな」

実は結構、まずい状態だった。

腕は食いちぎられそうなほどズタボロになっていたし、ユーリたちを心配させてもいけないから大丈夫だと言いはしていたが、激痛とおそらくは出血しすぎて今にも意識が遠のきそうだった。

本当、魔法って便利だなと思う。

俺に習得できるものがもしもあるなら是非とも学びたい。

「大咲空くん。英雄の生まれ変わりってことは、これから世界を救うために何かするのかな？　もし役に立てることがあったら言ってほしい。手伝うよ」

「ああ、ありがとう。というか、信じるのか？」

「……この世界に来て色々と不思議なことを見て来たからね。生まれ変わりくらいあっても変じゃない。それだけじゃあもう驚かないよ」

ルカは苦笑いを浮かべていた。

「そうか。俺もようやく自分が〝英雄の生まれ変わり〟だと少しだけ受け入れられ始めてきたところなんだ。まあ、だからといってあまり期待されても困るんだけどな」

話していると目的の部屋の前までたどり着いた。

「色々とありがとう。また明日から改めて、よろしくお願いします」

ルカが部屋の出入り口で深々と頭を下げた。

「………」

けれどギンは相変わらずだ。ルカの後ろに隠れてしまったままだった。ここに歩いて来る間もずっとそうだ。スルリと扉の隙間に滑り込み、部屋の中に姿を消した。

そのままパタリと、部屋の扉が閉められる。

クロースはギンの反応を前に、寂しそうにしていた。けれど恐らく、ギンはルカ以外の誰に対してもこんな感じなのだろうなと思う。

これはただの予感だが、もしかしたらこれから一緒に生活していく中で、それなりに大変な思いをすることもあるかもしれないな。

「……さて。どうしようか。たぶんあそこにいるよな」

独り言をこぼし、俺は学生寮を出た。

「やっぱりここにいたんだな」

放送室だ。

そこに捜していた人物の姿があった。振り返ったユーリに俺は続ける。

「学園に到着するなりいなくなるから心配したよ」

「……ごめんなさい。初めての人はちょっと、苦手なんです。あの二人は悪い人たちじゃないとは思いますが」

ユーリは放送室の床に設計図を広げていた。そこへ視線を戻して、言った。

「たぶん、慣れるまで時間がかかると思います。何を話していいかわからなくて、その……頭の中がグルグルしてしまって。はじめての人の前だと緊張して、上手に、話せなくなるんです……」

つまり俺にはちょっとは慣れてくれたと思ってもいいのかな。

俺は、ユーリを怒らせてしまったのかと心配していたけれど……。

「そっか。無理はしなくていいと思うよ。向こうにも変に気を遣わせちゃうかもしれないし。自然に任せていていいんじゃないかな」

「…………」

ユーリはコクリと顎を引いた。

「腕は……大丈夫ですか？」

「ああ、もう平気だよ。ユーリとクロースが治療してくれたおかげだ。……それはそうと、放送室の機材もめちゃくちゃに壊れちゃったな。また最初からだ。俺も直すのを手伝うよ。隣、座ってもいいかな？」

「………」

返事はない。

けれど、拒否はされなかった……と、思う。

恐る恐るユーリの隣に腰をおろした。

半壊状態の放送室には、俺たちが列車で調達してきた部品の数々が散らばっている。ユーリが設計図とそれらの部品とを、眉根を寄せて見比べてはため息をついた。設計図は日本語で書いてある。図形以外はユーリには理解するのが難しい。

俺は、持ち帰った部品で装置を修理できるか否かを改めて確かめてみた。

この装置の修理が唯一、俺の役に立てる場面だった。

「ルカとギンはこの前ユーリがテストした放送を聴いて、学園に来てみようと思ったと言ってたな。装置が直ったらまた放送してみよう。もっとたくさんの人が学園に戻ってくるかもしれない」

その結果、〝魔導書〟の封印を解くことができるかもしれない。

〝魔導書〟の封印を解くには、現在の宿主であるユーリの願いを全て叶える必要がある、ということだった。たった一度のテスト放送をきっかけにして二人も生徒が増えたのだ。本当に希望はあるのかもしれない。俺にとってこの世界がどうなろうとあまり興味はないが、ユーリには生きていてほしいと感じる自分がいる。

「……明日も、ここで装置を修理したいと思います」ポツリと、ユーリが言った。「……修理しながら、一緒に、次の放送の内容を考えてもらえますか？」

「そうだな。そうしようか」

何でもない風にうなずいた。

けれど内心はこうして話してくれることに安堵《あんど》していた。

ちょっと警戒しすぎかもしれないなと苦笑いを俺は浮かべた。

「そろそろ部屋に戻ります。……眠くなってきました」

そう言って、ユーリは簡単に片づけを済ませて立ち上がる。

以前は英雄の部屋だったという〝第一理事長室〟で寝起きしていたという。今はクロースから学生寮に一室貰《もら》えたらしい。眠気で足元をフラフラとさせていた。そんなユーリに「部屋まで送っていこうか？」と言うも、「……大丈夫です。子供じゃないので」と、目をしばしばとさせながらユーリは答えた。

そのまま背を向け、足元をフラフラさせて進む。

放送室を出ていくのかと思ったが、

「……ごめんなさい」

こちらを振り返らないまま、ユーリは言った。

「本当に、ごめんなさい。あなたのことを召喚したのは私です。でも、あなたまで私たちと一緒に、この世界と一緒に、消えてなくなる必要はないんです。もう一度この世界を救ってくださいと言いましたが、あんなのは、気にしないでください。この装置が直れば、きっと……」

寝言のようにおぼつかない口元でつぶやいた。

そして、それ以上におぼつかない足元がふらりとして、

「あ、う……っ」

コツンと、放送室の出入り口で額を打ち付けていた。ユーリは鼻先を押さえてしゃがみ込んでしまった。

「……大丈夫？」

「へ、平気です……っ。魔法で壁をすり抜けようとしたけど失敗しちゃっただけですので！　寝ぼけてたわけじゃ絶対、ないので……！」

真っ赤になったまま足早に出ていってしまった——そんな後ろ姿を苦笑いで俺は見送る。

魔法を失敗するより寝ぼけていたことの方が恥ずかしいのかな。

「〝あなたまで私たちと一緒に、この世界と一緒に、消えてなくなる必要はない〟、か。本

当に、そうなのかな……」

俺は、ユーリがこぼしていった言葉を拾い上げるようにして呟《つぶや》いてみた。

天井に開いた穴。そこから覗いた星空の瞬《またた》きを見上げる。

その中に刻一刻と接近してくる英雄の憎悪の光が揺らめいていた。

ユーリに〝本当のこと〟を話すべきだろうか。

メガネに触れて覗き見た英雄の記憶と、その想《おも》い。

断片的ではあるし、なぜ英雄がこの世界を憎んだのかという道理まではハッキリとはわからない状態だ。

前世の俺はこの世界を一度は深く愛した。けれど最終的には何より強く憎悪した。英雄は、自分のことを愛してくれていた世界中の人々を見放したのだ。

自分を慕う彼ら彼女らの未来を奪う決断をして、英雄はこの世を去った……。

どうして英雄《俺》がそういった決断をしたのかを俺も知りたい。

ユーリから預かったままの英雄のメガネを取り出し、かけてみる。

レンズ越しに夜空を見上げた。くらりと、眩暈《めまい》。けれど今夜は英雄の想いも、一秒以上の未来も、何も覗き見ることはできなかった。

「なあ、英雄」

と、俺は呟いてみる。

「教えてくれよ。俺《お前》はどうして、この世界を壊そうと決めてしまったんだ？」

……教えてくれ。

お前にとってユーリとはいったい、どういった存在だったんだ？

あの子や、クロース。二人はお前にとって家族じゃなかったのか？

そんな二人のことも一緒に、破壊してしまおうと決めたのはなぜなんだ？

無理だ。

とてもじゃないが、今の俺には理解ができなかった。

なぜか装置の修理は一人だとあまり進まない。

しばらく一人で進めていたが、俺も今日は早々に切り上げることにした。

「ん……？」

自室に戻るため学生寮の廊下を歩いていると、何か騒がしいのに気づいた。

ガラガラガシャンと、盛大に物の壊れる音がする。この廊下の先だ。大浴場の方から聞こえてくる。

耳を澄ましてみると、誰かの叫び声みたいなものも聞こえてくるような……。

何だろう？　何か、あったのかな。

問題でも起きたのかと心配になる。同時に、嫌な予感もしていた。

自室には大浴場の前を通っていかなければならないが、これ以上進むのは時間を置いてからの方がいいかもしれない。

回れ右してこの場から離れようとしたときだった。脱衣所の扉がズバン、と大きな音を立てて開かれた。そこから誰かが勢いよく飛び出してきた――ギンだ。その姿に俺は、面食らう。

「えっ、な……っ」

全裸だった。

ギンは一糸まとわぬ姿で、全速力でこちらへ駆けて来る。

「何で、そんな格好……っ」

俺は慌てて背を向けようとするも、

「あ、空！　ちょうどいいところに！」続けて脱衣所から現れたクロースが俺に叫んだ。

「その子を捕まえてくれ……！」

「捕まえろったって……っ」

どうしろっていうんだよ！

とにかく両手を広げて通せんぼ。

けれど、ろくに前も見ず一心不乱に突っ込んでくるギンは、素っ裸。

こちらも目をつむるか、視線を逸らすしかなくて——

「ッ」

腹部にドシンと、衝突。ギンが勢いよく俺に飛びついてきた。

ゴロゴロと、もみ合うように廊下を転がる。

「——ルカ！　助けてっ、全身くまなく石鹸《せっけん》でゴシゴシされちゃうのっ」ギンは俺の胸に顔をぎゅーっと押し付けたまま喚《わめ》いている。「せっかく身体に染みつけてたルカの匂いが、あの幽霊に全部綺麗《きれい》綺麗にされちゃう……っ」

どうやら俺をルカと間違えているようだ……。

「あ、あの。人違いだ。ちょっと、どいてくれ」

硬く両目をつむったまま俺は訴える。

ほんと、頼むから。いろいろと、当たってるから。

「え……？」

そこで俺の胸に押し付けていた顔をギンは上げる。恐る恐る。

「……ッ」ゾワリ、と。俺と目が合ったギンの耳と尻尾の毛が逆立った。「あんた、誰なの……！」

いや、誰って……。

すぐに逃げ出そうとしたギンだったが、その首根っこをキュッと摑まれる。

「捕まえたっ。もう逃がさないぞっ」

ギンの背後にふっと現れたクロースが、ギンを捕まえて叫んでいた。

「まだ石鹸、全部洗い流してないじゃないか。このままじゃ風邪ひいちゃうぞ……」

「や、やだやだっ、放して！　……嘘《うそ》つき！　石鹸とかシャンプーとかしないって、ただお湯に浸《つ》かるだけでいいって、約束だったのに……！」

ずぶ濡《ぬ》れ状態のギンだ。頭や身体のところどころに泡を付けたまま叫んでいる。

「どこもかしこも泥だらけだったじゃないか……。女の子がいつまでもあちこち汚れっ放しだなんて。そんなの見過ごせるわけないだろ」

クロースはバスタオルをギンに羽織らせながらため息をついていた。ギンはジタバタと暴れている。

「はじめっから騙す気だったんだ！　ひどいの！　人間嫌い！　ルカ以外みんな嘘つきばっかなの……！」

「…………」

「おい、ちょっと……。ボーッとしてないで、この子をお風呂場まで連れて行くの、空も手伝ってくれよ……」

「……クロース」俺は指をさす。廊下の向こうだ。「ユーリが、こっそり逃げようとしてるけど。あれはいいのかな……」

俺に指をさされてユーリは飛び上がった——脱衣所から音を立てないようこっそりと出てきて、こっちとは逆方向へそーっと離れていこうとしているところだった。

「……っ!!!」ユーリは握り込んだ両手を胸の前でぶんぶんと、小さく上下に振りながら俺に抗議している。「もうっ、どうしてっ、バラしちゃうんですかっ」

「ユーリ！　お前もそこを動くな……！　お風呂には毎日入りなさいって、あれほど言ったろ！」

「やだ！　魔法で清潔に保ててるんだからいいんだって、私もあれほど言ったもん……！」

ユーリは小さく舌を出して、そのまま走って行ってしまった。

「ああもうっ、どうして、お風呂に入らないでこの子たちは平気でいられるんだっ、信じらんないよ……っ」

頭を抱えるクロースだったが、そんなクロースの前だと子供っぽい態度を隠そうともしないユーリが、なんだか俺には可笑《おか》しく思えたし、クロースが少し羨ましくも思えた。

「……私、お風呂、やっぱり入るの」

急にポツリと、ギンがそう呟いた。

ギンはしきりに自分の身体の匂いを嗅いでいる。耳も尻尾も、ぺったりと垂れ下がっていた。

「！」

「せっかく染みついてたルカの匂いが、他の男の人の匂いで上書きされちゃった……。それに、英雄は触っただけで女の子を妊娠させるんだって、聞いたことがあるし……」

むっつりとした目で睨《にら》まれた。理不尽だ。俺から触ろうとしたわけじゃないんだけどな。そもそも英雄って、前世の俺って、いったいどんな奴《やつ》だったんだ。少しの眩暈と一緒に、ため息を吐き出していた。

とりあえず今夜はギンだけでもお風呂に入れようと言い、クロースはギンを連れてお風呂場へと姿を消した。

5

翌朝。

「んー、よしよし。遅刻してきた者はいないね。偉いじゃないか……まあ、欠席者は一名いるけれど、それくらいは最初から予想していたさ。それじゃあ気を取り直して、久しぶりの授業をはじめることとしようか」

教卓の前に立つクロースが笑顔で言った。

校舎に数ある教室の一つだ。生徒用の机にルカとギンが隣同士で着席し、その少し離れた席に俺も座っている。そこにユーリの姿はなかった。

ふと、ギンと目が合った。さっと視線を逸らされてしまう。

たぶん、いや、確実に昨晩のことを気にしてるんだなと感じた。

そういえばまだちゃんと謝れてなかったな……。

これが終わったら少し話そう。もしギンが話を聞いてくれるなら、だけど。

……クロースの授業は俺たちの今現在と、これから必要になって来るだろうことの復習のような内容だった。

まず〝希望〟と名付けられた魔導書とユーリの関係についてだ。

〝魔導書〟の封印を解くにはユーリの願いを全て叶える必要がある。

それが無理なら〝魔導書〟の宿主であるユーリを殺さなければならない。しかしユーリは〝魔導書〟の呪いによって死ねない身体。

それは、俺が列車の中でユーリから聞かされた情報と寸分たがわず、という具合だった。

……やはり間違いじゃなかったんだなと知らされた。

「ルカとギン。君たち二人には新しい英雄の、新しい仲間になってもらいたいんだ」そこでクロースはため息をついた。「……ユーリを殺すなんて話はさ、あくまでもユーリの願いを叶えられなかったときの保険だよ。あの子の願いを絶対に全て叶えられるという保証はない。だから私たちは学園を復興させると同時に、あの子を殺せる可能性のある魔法と魔術を探すんだ。繰り返すようだけど、私だって、できればそんな最悪な事態にはなってほしくない」

そこで狙ったようにチャイムが鳴った。

教室に取り付けられているスピーカーから響いている。いつの間に修繕されたのだろう。

首を傾げた俺にクロースが言う。

「ああ。ルカが直してくれたみたいだ。朝の短い時間だけで直してしまうだなんて、すごいよな。君らのように優秀な生徒が揃《そろ》えば、あっという間に学園は復興できるし、騒がしかったかつての学園風景も取り戻していけるかもしれないな。……それじゃあ、朝のホームルームはこれで終わりだ」

午前は壊れた学園の修復作業。午後からは魔法の授業だ。

そうクロースから告げられた俺たちは、鳴《な》り止まないチャイムの音を聞きながら教室を出た。

午前は学園の修繕をするように、とのことだった。

しかし今のところあまりできることはないようだ。

列車を操縦してくれた機械人形。あの子と似た形の人形たちが、黙々と瓦礫《がれき》などの撤去作業をしてくれていた。それらが終わらなければ俺たちの出番はなさそうだ。この子たちもエメラルドグリーンに光るあの鉱石が動力源なのだろうか。

そんなことを考えながらぼんやりと、機械人形たちの労働を眺めていた。

「ねえ、大咲空くん。君は、あの子を……ユーリを殺すために、魔法とか魔術だとかを学ぶつもりなのかな？」

ルカが話しかけてきた。

中庭の瓦礫に腰掛けて、俺たちは一緒に機械人形の作業を見守っている。

「いいや。そのつもりはないよ。クロースも本心じゃないって言ってたけど、俺も同じだ」

「……そうだよね。だったらちょっとだけ安心したよ」

俺の答えに、複雑そうな表情でルカはうなずいていた。

「ルカも異世界から来たって言ってたよな？　もしかして、日本から？」

「ニッポン？　ううん。違うよ。それに、ぼくの場合は召喚されてやって来たわけじゃなくて、ただ偶然、ふらっと迷い込んじゃっただけなんだ。きっと今ごろ、あっちに残してきたぼくの家族は行方不明になったぼくのことを必死になって、捜して……いてくれるのかな。よく、わからないや」

苦笑いを浮かべてルカはそう言った。何か事情があるのだろうか。

けれどルカ自身が進んで話そうとしないなら、こちらから詮索するような真似《まね》はしないでおこうと思った。

そこから少しだけルカと世間話をした。チャイムを修理できたのは元居た世界で機械いじりが趣味だったかららしいとわかった。俺もラジオを造ったりしていた。共通の話題があったことで会話は途切れなかった。

こうしているとルカは物腰も柔らかく、とても話しやすい相手だと感じた。

「…………」

どうしようか、と俺は思っている。

ルカになら話してもいいかもしれない。そんな風に思い始めている。英雄の事実についてだ。

同じ世界出身ではないけれど、この世界から見れば俺たちは異世界人だ。境遇はよく似ている。そんなルカの意見を聞きたいと思っていた。

……英雄の真実についてはまだ何も、証拠を手に入れていないこの状況だけど、ユーリやクロースに話すべきなんだろうか、と。

けれどその前に、とも思っている。

ルカの隣で、さっきからずっと俺に鋭い視線を投げつけて来ているギンだ。

昨晩のことをちゃんと謝っておきたいが……。

「ちょっと、さっきからなにじっと見てるの？　気持ち悪いの」

ギンは目を細めて俺を睨みつけていた。

「それ以上、こっち見ないで。じゃないと嚙《か》み殺してやるから」

ガルルルルと、白い歯を見せ威嚇してきた。

「ダメだよギン。そんなこと言ったら」

「……ごめんねルカ。だってこの人が私に無理やり赤ちゃん産ませようとやらしい目で見て来るから……」

そんな目で見てないぞ。……見てない、よな？

「昨日の夜も裸を見られただけじゃなく、べたべた全身たっぷり触られちゃったし」

「え……」

驚いた顔でルカが俺を振り返る。

「ち、違う！　誤解だ！」

慌てて俺は昨晩のことをルカに説明。

「えっと。こっちこそごめん」いろいろと察してくれたのか、ルカは苦笑いを浮かべている。「……ギンはちょっと人嫌いというか。警戒心旺盛っていうか。いろいろあったから。最初はすっごく人見知りするし、口の悪いところもあるけど、本当は優しい子なんだ。この世界に迷い込んだぼくを案内してくれたしね」

「え？　そうだったの？」

ギンは目をパチクリとさせて首を傾《かし》げていた。

……どうして君が不思議そうなんだ？

「うん。そうだよ。もうずいぶん前のことだからね。覚えてなくても不思議じゃないよ」

ちょっと寂しげな表情でそう言うルカだったが、

「そっかそっか。ふふん。どんなもんなの？」

ギンは得意そうに胸を張る――え？　う、うん。別にいいけどさ、どうして俺の方を見て得意そうにしてるんだろう？

「え、えっと。改めて……昨晩は、ごめんな。もう一回ちゃんと謝っておこうと思ったんだ」

「噂《うわさ》では英雄はすっごくえっちな人だったたって聞いてるの」ギンは両目をすがめて俺を見ている。「種族も関係なく、女の子なら誰でもお嫁さんにしたがるくらい」

だからこれからもずっと警戒してるから、と言って、ギンはルカの背中に隠れてしまった。

「そんなことしないって……その噂が本当なら、前世の俺ってほんとろくでもない奴だったんだな」

ため息をついた。

しかしギンは人見知り、か。

確かに最初会ったときはルカの後ろでビクビクしていた。今じゃあのときの大人しさなんて見る影もないが。口では俺を変態扱いしているけれど、少しは慣れてくれたということなら、口の悪さもまあいいかと思うことにした。


俺たちは少し遅めの朝食を摂《と》ることにした。

クロースから朝は乾パンに近い食べ物と、お昼は同じものがもう一個、それぞれ渡されていた。ショッピングモールで回収した保存食だ。夜は全員で集まって一緒に食べよう。そういう運びになっている。

乾パンみたいな食べ物は、正直それほど美味《おい》しいものではないなと感じた。

「これくらい小さくしたら食べやすいかな。はい、ギン。あーん」

ルカがちぎって食べやすくした乾パンを、ギンの口元に近づけていた。

「あ、あ〜ん……？」

ギンは俺の方を意識してちょっと恥ずかしそうにする。

けれどまんざらでもなさそうに小さな口を開けた。その口にルカが小さくちぎった乾パンをそっと収める。ギンはもぐもぐしている。またルカは「はい、あ〜んして」と乾パンを小さくちぎった。その繰り返し。

何だろう。

二人のことなのだから好きにしたらいい。けれど見ているこっちは少し恥ずかしかった。

「な、何見てるの。人の口の中ジッと覗き込むなんて……とんでもない変態なの」

ジト目で俺を威嚇してくるギンだ。「そんなこと言っちゃダメだよ」とルカに叱られ、ごめんなさいと涙目になっている。ほんと、どう反応していいやら。俺はため息をついた。

午前は瓦礫などの撤去作業を見守るだけで終わってしまった。

昼食後の午後も、魔法や魔術の授業というよりは、〝どのようにしてこの世界に魔法が生まれ、どうして人々は魔術を作り上げたのか〟といった歴史を、クロースの口から簡単に語られた。どんな学問もまずはその歴史や背景を知ることが大切だ。クロースはそう言っていた。

あっという間に夜となり、四人分の夕飯をクロースが用意してくれた。

朝と昼に食べた乾パンのような保存食と比べるとかなり美味しいものだった。野菜が中心のシチューみたいなスープだ。夕飯もギンはルカに「あ～ん」して食べさせてもらっていた。それを見て面白がったクロースが、「ほらこっちもあ～んだ」と、俺にスプーンを押し付けてくる。恥ずかしがる俺を見てギンは得意そうにする。「あなたも私の気持ちを思い知ればいいの」と言いながら、それでもやっぱりルカに食べさせてもらっていた。

四人で囲んだ夕飯の席は騒がしい時間となった。

けれどユーリの姿はなかった。

「朝も昼も食べてないからきっとお腹《なか》を空《す》かせてる。ユーリの分の食事を持っていってあげてくれないかな」

夕食後にそうクロースから頼まれた俺は放送室へと向かった。

案の定、と言うべきなのか、それとも約束通りと言うべきなのか。ユーリはそこにいた。

「……お腹、空きました」

「ああ。だと思った」

「お腹が空いたくらいじゃ死なないんです。……このまま死んだ方が世界のためにはよかったのですが」

「そんなネガティブなこと言ったらダメだぞ。心は言葉に引っ張られるって聞くし、とりあえずお腹一杯、ご飯を食べよう。一日何も食べてないんだよな？」

俺から受け取った食事を口に運び始めたユーリに、今日あったことを俺は報告する。

ルカとギンの二人と少しだけ話ができたこと。ルカがチャイムを直してくれたこと。やっぱりクロースの作ってくれる夕飯は美味しかったこと。などなどだ。

いつかこのラジオ放送のための装置を直せたら、世界中に向かって呼びかける放送用のネタを探そうという流れだった。だから今日あったことをこうして報告し合ってる。

どんな些細《ささい》なことでもよかった。本当にこの会話の内容を放送するわけでもないだろう。

ただ、いつか訪れるだろう瞬間を、少しでも前向きに想像することが大事に思えた。

「明日からは日誌とかを付けたらいいかもしれないな。いつか放送ができるようになる日に備えて」

「はい……」

ユーリはうなずいた。

「明日はお夕飯と一緒に日誌帳を持って来る。教室に一冊残されてるのを見つけたんだ」

「はい……」

そうですね、と言ってユーリはまたうなずいた。

「ユーリの方は、今日はどうしてたんだ？　もしかして、ずっとここに？」

「……いいえ。お昼過ぎまで寝てしまっていて」

ただの寝坊です。とユーリは言う。ちょっと気まずそうに。

「クロースから言われていた授業の時間には間に合わないなと思ったので、つい、二度寝してしまいました。決まった時間に起きるのって昔から苦手なんです」

赤くなってもにょもにょとそう言っていた。

会話のネタが尽きたわけではないが、そこでふとした沈黙が生まれた。

俺は若干の気まずさを埋めるように、気になっていたことを問いかけてみることにする。

「……なあ、ユーリ。君と一体化してるっていう〝魔導書〟だけど。宿主である君の願いが全て叶わなければ、その封印が解かれることはない。もしくは君が死ぬ必要がある。そういうことだったよな？」

「はい」

ユーリはキッパリとは答えてうなずく。

「そうか。だからこそ今、俺たちは、〝英雄の作った学園を復興させたい〟という君の願いを叶《かな》えようと思ってる」

それは無論、君のことを殺したくなんてないからだ。

そもそも俺たち程度の力では、君を殺すなんてことは不可能だろうが……。

「この学園が生徒や教師らでいっぱいだったときみたいに、賑《にぎ》やかな風景を取り戻せたら君の願いは叶う。そして封印は解除される。かも、しれない。……でも」

君の願いはそれだけなのかな？

俺はそう問いかけたかった。

もしもユーリに〝学園の復興させること〟以外にも願い事があるのだとしたら……。

クロースが今日の授業で「ユーリを殺すか。ユーリの願いを全て叶えるか」とそう言っていた。それをきっかけに、ふと、こんな疑問が浮かんだのだった。

「………」

けれどユーリは何も答えない。そのまま食事を終えて立ち上がった。

そして俺に背中を見せたまま、言う。

「……自分が何を願っているか、だなんて。難しいです。自分のことは自分自身が一番、わかりません」

「え？」

「いえ。なんでもありません」ユーリは息をつき、首を振った。「ごちそうさまです。クロースに美味しかったって伝えておいてくれたら嬉《うれ》しいです。……すみません。私は、今夜はもう部屋に戻ります」

「あ、ああ……、わかった」

昨晩と一緒だ。俺はまた一人、残される。

まずいことを聞いてしまったのかもしれない、と少し後悔した。

放送室を出ていくユーリの背中を、俺はただ見送るしかできなかった。

翌日も朝のホームルームから始まった。

やはりユーリの姿はなかった。

「まったく二日連続で欠席だなんて、仕方のない子だな」

あきれ顔のクロースには、寝坊のことは秘密にしておこうと思った。

午前は昨日に続き、機械人形たちの作業をぼんやりと瓦礫《がれき》に腰掛けて眺めた。

隣には昨日と同じくルカとギンが並んで座っている。

三人一緒に、朝食を食べる。

昨日の内に中庭の片づけを終えた機械人形たちだ。今日は朝から学園の破損を修理するため忙しく走り回っていた。

「学園の修繕はこのまま機械人形たちに任せていればよさそうだね」

ルカが持ってきていた水筒の水を飲みながら言った。

「まあ、機械にはできない細かな作業は、やっぱり人間がしなきゃならないらしいけど。それまでは暇が続くな」

俺はラジオの知識で放送のための装置を修理できる。ルカはチャイムを直してくれた。ユーリと二人で直そうとしているラジオの装置も、ルカになら直せるんじゃないかなと思う。けれど何となくそれは俺の役目としたかった。だから毎晩、ユーリと放送室で会っているのも秘密のままだ。世界の救済がかかっているというのに、のんびりしすぎているだろうか。

ともあれそれぞれにやれることはありそうだ。

ギンは……何かできることがあったりするのだろうか。

ショッピングモールでは魔法を使って、獣を魔法で鏡の中に閉じ込めていたようだが……。

「ねえ、ちょっと、人を役立たずみたいな目で見ないでほしいの」勘のいいギンがツンとしてそっぽを向いた。「私だってちゃんと役に立ってるの。お洗濯も。お掃除も。魔法だってそれなりだし。朝の弱いお寝坊さんなルカのことを決まった時間に起こしたり。ルカのお世話なら誰にも負けないって思うの。……あ、でも、お願いされてもあなたのお世話はしないから」

「ほんと、かわいいのに、かわいくない子だよな、君は」

「……ちょっと、かわいいなんてやめてほしいの。あなたに言われなくてもわかってる」

私、とってもかわいい。そう言ってギンは得意そうにする。「英雄は女の子にだらしないって聞いてるの。世界中に子供がたくさんいるんだって。だからそんなあなたにかわいいだなんて言われても尻尾と耳の毛がブワッとなるだけだから」

「はは。二人共、仲良くなれてよかったね。ぼくはちょっと嬉しいな」

「はぁ？　なあ、ルカ。熱でもあるんじゃないのか。これが仲がよさそうに見えるのか？」

「そうよ！　そうよ！」ギンは両手を振り回して抗議する。「ルカは私がこいつに大変なことされてしまってもいいっていうの⁉」

「しねえよ！　大変なことって何だよ！」

頭痛がしてきた。ギンと話していると何だか自分のペースが崩される。そう感じていた。

暫《しばら》くはギンとぎゃんぎゃんと言い合っていた。


「ユーリの願いを全て叶えるか。それとも、ユーリを殺すのか……」

食事を終えて、一息ついたところだった。ルカがぼんやりと空を見上げてそう呟《つぶや》いていた。

ふとしたその呟きにドキリとさせられてしまう。

「あ、いや。突然ごめんね」苦笑いを浮かべてルカは言う。「この世界と、大切にしたいたった一人の女の子。どちらか片方しか救えない。そんなのはそこら辺に転がってる石ころくらいよくある難しい選択だと思う。でもあえて考えてみるとしたら……やっぱり難しいね。君は、どちらを救うのを選ぶのかな。少し気になったんだ」

「…………」

正直なところ俺はまだ、この世界について色々なことを呑み込み切れてはいないだろうが……。

ルカのその質問には一つ条件を加えてほしかった――〝世界は自分のせいで終わろうとしている〟。そのうえで、世界と少女、どちらを選ぶ？

「たぶんぼくは、大切にしたい女の子を救うと思う」

俺の代わりにルカがそう言った。

「申し訳ないけれどぼくにとってこの世界の事情は他人事でしかないんだ。だからユーリを殺すための魔法を学ぶのにどれだけの価値があるのか見極めかねてる。魔法を学ぶことで、大咲空くん。君が英雄の力を取り戻してくれるのなら、協力はするけれど……」

確かルカは、英雄がギンを助けてくれることを期待して学園を目指していたと言っていた。

「え！　大切にしたい女の子って……もしかしてルカって好きな子がいたの！　誰なの⁉　私の知ってる人……っ？」

「あ、えっと……あはは……うん。どうかな」

寂しそうな顔でルカは微笑む。

細められた瞳にため息が滲《にじ》んでいる。俺にはそう見えた。

二人には二人にしかわからない「何か」があるようだ。たとえば、この世界の行く末よりも大切な何かが。

「この世界を選ぶのか。それとも、か……」

俺は、誰にともなくそう呟いて空を見上げた。

そこには今日も変わらず英雄の憎悪が輝いていた。


その日の午後の授業内容は魔法の基礎的な知識についてだった。

「魔法を使うには魔力の流れを意識する必要があるんだ。コツは胸とお腹《なか》の間あたりに意識を集中させることかな——」

と。クロースの授業は続いている。しかし俺は上の空で、クロースの話している内容もあまり耳に入っていなかった。

最終目標はユーリを殺すこと。そんな授業の内容に、心のどこかが拒否しているようにも感じられた。

ルカから〝どちらを選ぶ？〟と言われたこともあり、自分はいったいどうすべきなのだろう、自分にはいったい、何ができるのだろう。そんな思いで頭が一杯だった。

そうして迎えた放課後だ。

俺は、別の教室にクロースを一人だけ呼び出すことにした。

「どうしたんだい？　放課後の教室に一人だけ呼び出すなんて……ま、まさか、お母さんのことをここで押し倒そうだなんて……」

「ないから。そんな気持ちも血のつながりも何もかもないから」

ため息をついた。

今はそんな軽々しいやり取りに頭を悩ませていられる余裕はなかった。素早く話を終えたい。今日も放送室で会う約束だ。もうユーリは放送室に来ているだろうか。僅かな焦燥を覚えながら、クロースに俺は問いかける。

「実は俺、この世界に来る前から一つだけ、悩みがあって」

「ふぅん？　悩み相談かい？　いいよ。そういうのもお母さんの役目だからね。で？　愛《いと》しのばか息子の生まれ変わりである君は、いったいどんなことで悩んでいたんだい？」

こちらへ身を乗り出してきて、興味津々といった具合に首を傾《かし》げていた。

「それは現在進行形の悩みなのかな？　それとも思春期特有の性的な悩みなら……うーん……興味はあるけれど、ほら、私は幽霊だしさ。ご期待に応えられるかどうか、自信がないかもね」

だからさ、もうさ、そっち方面の話はよさない？

そんな苦言をいちいちこぼしていたら時間がいくらあっても足りなそうだ。限りある時間を浪費しまくって気づいたら隕石《いんせき》だってこの星に到達してしまいそうだった。

「一秒だ」

と、俺は言った。

「たった一秒先の未来が視《み》える。視たいときに視られるような便利さは少しもなくて……いや、命の危険があるときは比較的に高い確率で見れるかな。とにかくさ、デジャヴみたいに前触れもなく突然ふっと視えることが多いんだ。この世界に来るまでは、この役にも立たない未来視に悩まされてた」

――こんな力があったところで無意味だ。大切な人たちのことを助けることもできない。

ズキリと胸が痛んだが、無視して俺は続ける。

「だけどこの世界に来て一度だけ、一秒以上先からはじまる未来を見ることができたんだ。数分程度だけど、そんなのはこれまで一度もなかった」

隕石のカケラが時計塔を破壊して、その衝撃でユーリが外へと放り出される。

現実化しなかったその未来視の光景を思い浮かべた。

そしてメガネを取り出した。英雄の遺品であるらしい、黒縁のメガネだ。

「このメガネを手に入れてから、おかしいんだ。数分ほど先の未来を視ることができただけじゃなくても、過去《記憶》を覗《のぞ》き見ることもできたんだ。こんな経験は今までなくて……ちょっと、戸惑ってる」

このメガネは英雄の持ち物だったらしいことをクロースに説明した。ユーリから渡されたことも。

「俺はまだ正直なところ、自分にこの世界が救えるとはとてもじゃないが思ってないんだ。

そこまでの覚悟も自分にあるとも思えない。だけどこの力は、どうなのかな。何かの役には立たないのかな。たとえば……」

「たとえば魔法や魔術の代わりに、ユーリを殺すことのできる能力に昇華させることはできるのか。そう問いかけたいわけかい？」

「いいや。違うよ」俺は首を振る。「ただ教えて欲しいんだ。この力を強化して、もっともっと先の未来を視ることが叶《かな》うなら。もしくは、遠い過去を自由自在に覗き込むことができるようになったなら。ユーリを殺す以外に〝魔導書〟の封印を解く方法を見つけられるかもしれない。そう思って……」

俺の前世であるらしい英雄が、なぜ、この世界を破壊しようともくろんだのか……。

強化したこの力で覗き込んだ過去、あるいは未来の中で、その確固たる理由を知ることができるかもしれない。世界を救う方法を知ることだってできるかもしれない。そう考えたのだ。

「なるほどね。能力の強化か。やってみなければわからないというのが正直なところだな。まあ、言いたいことはわかった。現時点ではどこまで空のお願いが聞けるかどうかはわからないけど、まずはその目をよく見せてほしいな。ちょっと失礼」

言って、クロースはつま先立ちをして俺に手招きをする。俺は腰をかがめてクロースの顔の位置に合わせた。

「ふむ……？」

クロースがジッと、俺の目を見て来る。否も応もなく視線ががっちりとぶつかってしまう。

恥ずかしくなって。気まずくもなって。思わず、目を逸《そ》らそうとするが、

「こら。目を逸らさない。良く見えないじゃないか」

ガシッと、両手で頬《ほお》を包み込ぬように摑まれ、首を固定されてしまった。

「んー……なるほど。よくよく見れば瞳の奥に魔力的な〝何か〟が宿っているね。これは人工的なものなのか。それとも生まれついてのものなのか。どちらにせよ、これは君の立派な才能と呼んでいいだろうね」

ジィッと。

俺の瞳を興味深げに覗き込んだまま、クロースはぶつぶつと言っている。

「ふむふむ、これは確かにちょっと面白い。ああ、そうか。もしかしたら英雄の魂に宿った魔力が、現在の君にまで影響を及ぼしているのかもしれないな。そしてこれが、君に感じていた違和感の正体。私の攻撃をギリギリでかわせていたのもこのためか。まあはじめから致命傷なんて負わせるつもりもなかったから直前で爆発は逸らすつもりだったし、あまり気にしていなかったけど……ふぅん。なるほど、なるほど、なるほどね」

ニコリとクロースは笑顔を作った。

「よしわかった。まずは一秒より少しでも先の未来を視られるようになる方法を探そうか。とはいえ一朝一夕にできるようなことでもなさそうだ。アプローチの方法を考えておくよ。君は明日からこの力を伸ばす特別授業に切り替えた方がいいかもしれないな」

「ああ……」

英雄の真実について、クロースやユーリに話すのはまた今度だ。今それを話したところで希望はどこにも存在しない。ただ俺の罪悪感を軽くするくらいしか価値はないだろう。すべて話すのは俺がこの手で世界を救えるとわかってからでも遅くない。と、そんな言い訳もただの逃避かも知れないが。

ともあれ、持って生まれた一秒先の未来視の能力がそうなりますようにと、願ってる。

「んー。息子が優秀かもしれなくてお母さんは嬉《うれ》しいよ。それにようやく世界を救うことに少しでも前向きになってくれたことも嬉しいかな。……まあ、我が子がどれほど無能力だろうと、どんなに見返りが見込めなかろうと、それでも心からの愛情を注ぐのが母親ってもんだ。今の私にできることを総動員させて、こうしてはじめて甘えてくれた息子に、お母さんとして格好つけさせてもらおうって思うよ」

私、がんばるからなとそう言って、クロースは笑顔を見せた。

ふと、そんなクロースの身体の輪郭が、半透明に透けているのに気づいた。

夕暮れに染まる教室の窓が薄くなった身体を映している。

カーテンがはためき、クロースの長い髪がふわりと攫《さら》われる。すぐにその身体は元に戻ったようだけど……。

ああ。そうか。この人は幽霊だったんだ。この人はもう、本当はここにはいないんだな。

そんな思いが胸に広がり、少し、寂しい気持ちに俺はなってしまうのだった。

夕暮れ色に凪《な》いでいた空はあっという間に夜に傾いた。

時計塔の階段を踏みしめて、俺は今日もまた放送室へとやって来た。

放送室は無人だった。まだユーリは来ていないようだ。ぼんやりとただ待っていてもしかたがない。一人で修理を進めておこう。

装置の設計図を床に広げて開こうとしたところで……、

「………」

何だろう。

背後に人の気配を感じた。

振り返る。

「……っ！」

放送室の出入口だ。そこに顔を半分だけ出していたユーリと目が合った。飛び上がるようにユーリは顔をひっこめてしまった。

「ユーリ？　どうかしたのか？」

「………」

返答はない。

……ああ、また元に戻ってしまったのかなと思った。

言葉にはしづらいし、正体もまだよくわからないが、ユーリとはどこか気まずい空気を感じている。

けれど昨日は少し話せるようになったのかなと秘《ひそ》かに感じていただけに、ちょっと残念だった。

「……はぁ」

ため息。

しかしそれは俺のものではない。放送室の出入口の向こうから、微《かす》かなそれは聞こえてきていた。続いて恐る恐る、というように声がする。

「……約束、してくれますか？」

「え？　何を？」

「笑わないって。……馬鹿にしないって。約束、してくれませんか？　約束してくれないなら、今夜はもう部屋に帰ろうと思います」

「あ、ああ。うん。わかった」とりあえず俺はうなずいておいた。「笑わないし、馬鹿にもしない。約束する」

するとと向こう側から「すぅ……はぁ……」と、恐らくは深呼吸を繰り返すような声が聞こえた。

そして間もなく、ユーリが姿を見せた。またも恐る恐る、という具合で。

姿を見せたユーリは、いつもの制服姿ではなかった。シンプルなデザインのワンピースだ。はじめて見たユーリの私服姿に驚いた——だけじゃない。

ユーリの着ている服には見覚えがあった。

「その服、俺が選んで、渡したやつ……？」

「あ、は、はい。……そう、ですね。こっそり持って帰っていたんです。あのときせっかく選んでもらったのに。ごたごたして、そのままだったから……」

それに、とユーリは続ける。

「それに昨日の夜は、ちょっと、変な感じのまま別れちゃったので……だから、その……お詫《わ》びと、言いますか……」

「だからわざわざ着て来てくれた？」

俺に見せてくれるために？

そう付け加えてしまったらそっぽを向かれそうな気がした。だから思わず俺は口元を押

さえた。

「……い、いえ。わざわざって、そういうわけじゃ、なくて」ユーリは唇を尖《とが》らせうつむいて、もじもじとしている。「あなたから選んでもらった服、こっそり部屋に持って帰ってたのがクロースにバレたんです。何となく持って帰っただけだって説明したのに。それなのに、納得してくれなくて。無理やり、着せられました。ちゃんとあなたに、こうして見せに行かないと、制服を返してくれないって、言い出して……だから、しかたなく……しかたなく、なんですよ？」

唇をもにょもにょとさせながらそう言っていた。その頬はほんのりと赤い。

そんなユーリに、最初に言うべきことを間違えていたのに気づいた。

「似合ってる。自分で似合うだろうなって思って選んだものだけど……、考えていたよりずっといいって思うよ」

「そ、そう、ですか……？」

「ああ。嘘《うそ》じゃない。すごく似合ってる」

「うっ、あ、はい……ありがとうございます」

一瞬、真っ赤になったユーリだったが、胸に手を当て繰り返し息を吐いていた。

「まあ、えっと……服が似合っていようと似合ってなかろうと、私的には別に、というか……」落ち着きは取り戻したようだが、長い髪の毛先をいじりながらユーリは独り言のように言っている。「……私は、学生服で充分なんですが。あなたがそう言ってくれるのなら、時どき、こういうのも着てみていいかもしれません。本当に、時どきなら」

「……俺が言うなら？」

「違います」

すんとした無表情でユーリは首を振った。

「そんなこと言ってないです。きっと、あなたの聞き間違いです」

耳がまた赤いのには気づかない振りをしておこうと思った。表情がコロコロ変わって見ていてかわいいなと思ってしまった。自然と頬が少し緩んだ。

「そっか。まあ、うん。とにかくよく似合ってるし、よければまたその服を着てるところを見せてほしいし……そうだな。また他の服を選びに一緒に出掛けるのもいいのかな。君が付き合ってくれるならだけど」

「………………」

ユーリは「はい」とも「いいえ」とも言わなかった。

けれど、小さく一度、顎を引いて見せてくれていた。

とりあえず今はそれだけで充分。こうしてまた話ができるだけで、充分以上だ。そう思うことにして、俺は今夜もユーリと一緒に装置の修理に取り掛かる。それぞれの一日を報告し合いながら。

「今日はどんなことがあった？」

「私は……昨日と同じです。寝坊してしまいました。だから授業も別に出なくていいかなって。そう思って、二度寝して。お腹《なか》が空《す》いたころに起きました。ついさっきのことです。さすがにちょっとダラダラしすぎました……。召喚魔法を無事に習得できて、気が抜けてしまったのかもしれません。クロースに怒られそう」ユーリはそう言ってため息をついていた。「そちらは今日、どんなことがありましたか？」

「俺の方も昨日とあまり変わらなかったな。朝は教室に集まって、ルカとギンと少し話して。そしてやっぱり、クロースの作ってくれる夕飯は美味しかった」

今夜の会話から〝いつかの放送〟に備えて、持ってきていた日誌帳に書き記していくことにする。修理の片手間に、会話の内容を書き込むために俺はペンを走らせている。

終わりを目の前にしている世界だからこそだ。平凡で、何気なくて、当たり障りのない日々に価値を見出《みいだ》し、耳を傾けてくれる人も、世界のどこかにはいるんじゃないだろうか。

「クロースは大切だと言うけれど、魔法だとか魔術だとか。そんなのは別に使えなくてもいいと俺は思ってる」

「……え？」

「俺は、英雄の生まれ変わりなのかもしれない。だけどこの世界に来るまではごくふつうの学生に過ぎなかったんだ。そんな俺が世界を救うだなんて――」そのために、君を殺すだなんて。「──そんなのは、俺にはちょっと荷が重すぎたんだ。だから、俺は……」

……俺は世界じゃなくて、君を救いたい。

そのために俺は、〝一秒先の未来が視《み》える〟能力を強化できないかとクロースに相談した。君を救う過程の中で、結果として、世界が救われるならそれがいい。そう思ってる。

ユーリにはそう報告したかった。

自分が世界を救っている想像は規模が大きすぎてうまくできない。けれど今、目の前にいる人間を助けたいと強く願うことは、よっぽど現実的に感じられたのだ。

けれどユーリは首を振る。俺の言葉を遮るように。

「ごめんなさい」

「え？」

「あなた一人に責任を負わせてしまって……」

振り返ると、ユーリは唇を嚙みしめている。

「全部、私のせいです。一方的にあなたのことを召喚して、この世界の事情に巻き込んでしまいました。本当に、ごめんなさい。あなたがこの世界の未来を気にする必要はないんです。この装置が直れば、もしかしたらあなたのことを元の世界に……」

そこでユーリは、続く言葉を呑み込むようにしてうつむいた。

「すみません。来たばかりですが今夜はもう戻ります。私もまだ、自分の気持ちを整理できていないのかもしれません……おやすみなさい。今夜もあなたがいい夢を見られるよう、祈っています」

ユーリはそのまま放送室を出ていってしまった。

俺は、その背中を見送ることしかできなかった。

なぜ咄嗟《とっさ》に違うと言えなかったのか。なぜ、君のせいじゃないと伝えられなかったのか。

——おやすみなさい。

——今夜もあなたがいい夢を見られるよう、祈っています。

ユーリからもらったこの言葉が、なぜだかずっと、俺の心の中に響き続けていた。


それからどこか晴れない気持ちのまま一晩を過ごし、翌朝。

中庭の瓦礫《がれき》に腰掛けて、機械人形たちが労働に勤《いそ》しむのをぼんやりと眺めていた。

「…………」

「なぁに？　朝からしょぼくれた顔をして。辛気臭いったらないの」

「……狼《おおかみ》さん。悪いけど、今は君に付き合ってられる気分じゃないんだ」

隣に誰かが座る気配がしたので、ルカかなと思ったが……。相手は口の悪い狼だった。

「ちょっと、勘違いしないでほしいの。こっちだって別にあなたにわざわざ構ったりしない。ただ、あなたに元気がないとルカが心配するから。だから私が代わりに話しかけようって思ったの」

「……心配？」

ギンの隣に腰掛けていたルカを見る。

ルカは苦笑いを浮かべて言った。

「ごめんね。〝世界とあの子。どちらを救う？〟って話。君の状況も考えずに、無神経なことを言ったかもしれないなって……」

そんなことはない。

ルカのくれた問いかけがあったから、クロースに一秒先の未来を視る瞳について相談する気持ちになれたんじゃないかと思う。

「……いや、少し考え事をしてたんだ。ルカのせいじゃないよ。ちょっと、ユーリと気まずくて。どうしたらいいのかなって思ってたんだ」

「気まずい？　何かあったのかな？」

首を傾げたルカに俺は苦笑いを浮かべる。

「俺が召喚された最初の夜からずっと、どこかぎくしゃくしてるっていうか……」

いや。違うな。

自分で口にしておいて〝今、考えていたのはその件じゃない〟と気づいた。

今はその件だけではなく、昨晩ユーリにおやすみなさいと言われて別れてからというもの、どうしてだが胸の奥が騒がしいのだ。俺は何かを忘れてる気がしてる。その何かを思い出そうと考えていただけで……。

「えっと。難しいな。何て言葉にすればいいのか。俺は、ユーリには好かれてはいないだろうなと思ってるっていうか……え？」

「ねえ。あなたってもしかして、バカな人なの？」

ルカが驚いたように、ギンが呆《あき》れたように、二人して俺のことを見ていたからだ。

自分の中の違和感をごまかすようにそう言って、俺はたじろいだ。

「……はぁ？」

またギンにじゃれつかれてるのかと思った。

けれど、違った。

ギンは真っすぐに俺へと視線を投げたまま、

「あなたたち二人のことはまだよくわからないけど……あの子があなたのこと嫌いって、ほんとに、ほんとに、そう思ってる？」

「……何が言いたいのかわかんないんだけど」

「だって、においがしないもの」

「におい？」

首を傾げた俺に「そうなの」と言ってギンは答える。

「あの子があなたと話すとき。あの子があなたの隣を歩いてるとき。あの子があなたのことを見てるとき。あの子から〝嫌い〟ってにおいは全然しなかった。あなたが他の誰かと話しているときはちょっとだけ拗《す》ねちゃってもいたし。あの子はたぶん、あなたの思ってるよりずっと嫉妬深いんじゃないかなって思うの。だって、あの子からはあなたのことが〝好き〟ってにおいしか……きゃん！」バシッと。「ちょ、ちょっと！　あまり余計なことはっ」ルカがギンの口元を勢いよくふさいでいた。「ひ、ひどいの！　舌を噛《か》んじゃったの血が出ちゃってるかもなの撫《な》でてほしいの……」「ご、ごめんね、つい……」めそめそするギンの頭をルカが慌てて撫でていた。

「………」

いやいやまさか、と俺は思った。

ユーリに嫌われていると言われた方が納得できる。俺にはどうしてもユーリに避けられているような、そんな距離感があるように思えてならなかった。たとえば、目を見て話してくれなくなった。召喚された最初の夜はそうでもなかったはずなのに……。ギンはその頃のユーリを見ていないからそう言えるんじゃないだろうか。

ユーリが俺のことを〝好き〟だなんて……。

もしそうだとしても、ユーリは俺を通して英雄の姿を視ようと必死になっているに過ぎない。そのはずだ。

「ま、まあ、とにかくさ。ぼくとギンが言いたいのは、何か気になることがあるなら直接ユーリに聞いてみたらいいんじゃないかな？　って。そういうことなんだ」

「直接？」

「うん。そうだよ」ルカはうなずいて言う。「もし何か思い当たることがあれば謝ればいいのかもしれないし、もしも何も思い当たることがなかったそのときは、やっぱり謝っちゃえばいいんじゃないかな。ほら、先に謝った方の勝ちだって……君の世界ではそんな諺《ことわざ》みたいなのはない？」

「はは。そうだな。似たようなのは聞いたことがあるよ」

確かにそうだなと思った。

事実がどうであれ、まずは直接ユーリに聞いてみることだ。一人で勝手に想像を巡らせていても何も解決しない。今夜も放送室で眠る前に話ができるなら、そのときは俺の気になっていることを勇気を出して聞いてみよう。

ギンとルカにいろいろと言われてそんな気持ちになれていた。

「二人共ありがとう。ギンにはお礼にいつか、美味《お い》しいジャーキーを食べさせてあげよう」

「……ジャーキーってなんなの？」

「乾燥させたお肉だよ。ちょっと塩っ辛いけどすごく美味しい。乾燥じゃなくて燻製《くんせい》だったかな？　機会があれば作ってみる。そのときは一番に君にあげるからな」
そろそろチャイムが鳴る頃だ。魔法と魔術を学ぶ午後の授業が始まる。
授業よりも先に、まずはユーリに逢いたかった。
まだ寝てるかもしれないし、放課後まで待っていた方がいいか？
そう思った俺はとりあえず立ち上がろうとした。
そのときだった。

ドガン……。

突如、学園に響いた地鳴りのようなその音は、チャイムにしてはあまりに不穏なものだった。

ガラガラ、ガラ……。

続いて建物が倒壊するような音が響いた。
何が起きてるのかわからない。
しかし学園に何か異常が迫ってる。それだけは確かなはずだ。

「久しぶりね、英雄。できれば二度と会いたくなかったのだけれど」

更に続いて響いたその声は、俺たちの未来に絶望を連れてやって来た——そう予感させるには充分なものだった。

［第三章］

過去からの呼び声

「こうしてまた会えるなんて夢みたいだけど……私のこと、まあ、覚えてはいないわよね」

けたたましい破壊音と共に現れた一人の女性が、ルカと俺とを順番に見て言った。

「あら。男の子が二人もいるなんて、話が違うわ……。教えて欲しいわね。どっちが英雄の生まれ変わりなのかしら？」

その人物は学園校舎の壁に大きな穴を開け中庭に姿を現した。

もうもうと舞う土埃《つちぼこり》。付着した埃を払うように長い金色の髪をかき上げていた。

真っ白な肌に青い瞳。動きやすそうな衣装と、先のとがった両耳。

その特徴はファンタジー小説やアニメでよく見かけたように思う。そう、あれは確か……。

「エルフがそんなに珍しいのかしら。そこのモブ顔のお兄さん」現れた女性が肩をすくめた。「戦争以前は差別を受けることも多かったのだけど……。そう珍しがられるような存在でもないと思うわ」

「…………」

確かに耳の方も気にはなった。

しかしそれよりも、女性の顔を俺はどこかで見たことがある。その方が俺は気になっていた。

……あとはモブ顔だとか言われたことだろうか。

俺ってそんなにふつうかな。まあ、いいけれど。

「ん〜……つまりそっちの男の子が、英雄の生まれ変わりってことでいいのかしら？」

「え」

女性はルカに視線を移した。ルカが怯《おび》えたように小さく声を上げる。

「英雄の生まれ変わりがモブ顔なわけないものね」その割にはあなたもちょっと弱そうだけどと女性は首を傾げる。「でもまあ、整った顔してて私の好みだわ。さっそく目的の一つと出会えたってわけね。話が早くて助かるわ」

「ちょっとおばさん。さっきから何をぶつぶつ言ってるの？　もしかしてショタコンってやつ？　うわぁ……キモイったらないの」

人見知りだと思っていたギンが、戸惑うルカの盾になるようにして前に出る。どうやらルカを護るためなら人見知りも吹き飛ぶらしい。

「はぁ？　おばさんですって……？」

私のどこがと、その女性は眉根を寄せていた。

「ちょっと！　またでっかい音がしたけど今度は何があったの——ああ、もうっ、せっかく修理し始めた学園がまた、こんな姿に……っ」

校舎から飛び出してきたクロースが頭を抱えていた。

「あら。そこにいるのはまさかクロース……？」

「んん？　そう言う君は……？」

「私よ。ピースエンドよ。久しぶりね……というか、あなたは確か亡くなったはずじゃなかったかしら……？　葬儀にも出席させられた記憶があるのだけれど。それにそんな若い姿で。ちょっと混乱するわね」

「ああ。そのとおり。ここにいるのは私の霊体だ。まだまだ現世に未練たらたらでね。死してなおこの世にこうしてしがみついてるってわけさ……って、そんなことはどうでもいいんだよ！　おい！　どうしてくれるんだ！　校舎がめちゃくちゃじゃないか！」

地団駄踏むようにしてクロースが訴えている。

「曲がるのが面倒くさかったのでとにかく真っすぐ歩いてきただけよ？」何か問題でも？と言わんばかりに首を傾《かし》げていた。「壁が在ろうと何が在ろうとただただ真っすぐ歩くのみ。それが私の生き方よ。何人たりとも私の行く手を阻むものは許されないわ。ぶち抜いて。ぶち折って。ぶっ壊して。ただただ我が道を行くのみよ」

面倒くさいというより嫌いなのよ曲がるのがと、肩をすくめてそう言っていた。

「……相変わらず気持ち悪い奴《やつ》だなあ君は。正体不明の〝獣の王〟なんかよりよっぽど不気味だ。あの頃から何も変わっちゃいないじゃないか」

クロースはため息をついた。

「こいつはね、私と同じで英雄の元仲間だ。かつて力を合わせて〝獣の王〟と、その軍隊と戦ったうちの一人だ」

　言われて思い出した。どこかで見たことがあると感じたのも当然。列車の中で見つけた集合写真だ。その中にいた一人だと思い出した。

「……で？　いったい何の用だい？」とクロース。「まさか私に会いに来たってわけでもないよな。私たちは仲間だった当時もそれほど仲がよかった記憶はないもんな」

「先日ここから放送されたラジオを聴いたのよ」とピースエンド。「〝英雄が戻って来た〟。〝希望はまだある〟。〝生きることを諦めないで〟、だったかしら？　感動的なスピーチだったわ」パチパチと拍手。「あの声はユーリね。楽しかった戦争時代を思い出しちゃって。聴いてるだけで、ほら、私ったら泣けてきちゃったわ」ブルリと身体を一度震わせる。

「だから、ユーリと英雄。二人を貰《もら》いに来たの。居場所に案内してくれるかしら？」

「説明になってないぞ。なぜ、二人のことを……？」クロースが首を傾げる。

「〝希望の魔導書〟を開く方法が見つかったのよ」さらりと言う、ピースエンド。「つまりあの子を殺せる方法が見つかったということね。あの子を殺して世界を救うわ。……悲しいけれど、寂しいけれど、心苦しいけれど、それしかないのよ」

「まったく悲しそうにも寂しそうにも、心苦しそうにも見えないけどね」クロースが目を細めた。

「あの子に恨みはないのよ。どころか愛着さえ感じているわ。心のどこかで妹のように思っていたんだと思う」胸に手を当てしみじみとする。「けれど、仕方がないことなのよ。あの子一人が犠牲になれば、この世界に生きている何千、何万、何億という命が救われる。あの子には人知れず犠牲になってもらうしかない。世界もろとも大勢の命が救われて……」そこでピースエンドはニッコリとする。「そうして私は、世界中から賞賛を抱えきれないくらいたくさんもらえる。つまり次の英雄は私ってことよ。英雄の世代交代ってやつね。さあ。教えなさい。ユーリ《あの子》はどこに？　それともまさか」キョトンとした表情で小首を傾げた。「……まさか、クロース。あなた、一人の犠牲もなく世界が救えるとでも思っているのかしら？」

「…………」

クロースの無言を拒否の姿勢と受け取ったのだろう。

「……残念だわクロース」

と、ピースエンドは首を振る。

「教えてくれないのなら自力で探すわ。本当に、心の底から残念よ、クロース」

言い終わるのと同時だ。ピースエンドは真っすぐこちらへ向かってきた。

進行方向にある瓦礫《がれき》や噴水などの遮蔽物。それらを避ける素振りはまったくない。その全てをガラガラと、バキバキと、大音声をまき散らし破壊しながら、こちらへゆっくりやって来る。

クロースが叫んだ。

「ああ、もうっ。こうなったら手が付けられないんだこいつはっ。三人とも、あんなのまともに相手にしちゃだめだ、とにかく逃げよう！　……こっちだ！」

俺たちはとりあえず校舎に逃げ込んだ。クロースの後について廊下を駆ける。

破壊音がした。

背後だ。走りながら振り向く。

校舎の壁をぶち抜いて、中庭から強引に中へと侵入したピースエンドが、ゆっくりとした足取りでこちらへ向かってくる姿があった。

そんな彼女の周りだけ、空気が歪んでいるように見えた。

その歪《ゆが》みが触れたものは問答無用で破壊されているみたいだった。

「あいつはああ見えても魔術師だっ」俺たちの先頭を走るクロースが言った。「得意な術式の系統は〝重〟と〝壊〟。その射程距離《テリトリー》は広くはないけれど、あの空気のゆがみに触れたものは問答無用で、生物だろうが無機物だろうが、きっと神さまだろうがおかまいなしに破壊する。それも基本的な戦闘スタイルは格闘家よろしく拳一つって具合だ……つまりは脳筋なんだよ、魔術師のくせしてっ」

目の前の障害物をまるで意にも介さない。周りの全てを破壊しながら、ただただ真っすぐ歩くだけ。

まるで、台風だ。

俺たちはじわりじわりと追いつめられている……。このままだときっとすぐに逃げ場はなくなる。

「ああもう！　あそこも、あそこも！　昨晩一生懸命掃除したのに！　全員寝てる間にせっせと埃とか掃いておいたのに……後からちゃんと自分で掃除するんだろうな⁉」

クロースはそう叫び、俺たちを振り向いた。

「あいつよりも先にユーリを見つけないとだっ。そして地下の駅から列車に乗って、いったんどこか遠い場所へ避難するんだ……っ」

「ええっ、せっかく学園の生活にも慣れてきたところなのに。また、野宿生活に逆戻りなの？」

「今はあまりわがまま言ってられる状況じゃないよ。あの人に捕まったらひどい目に遭わされそうだし……」

ギンは顔を青くし、ルカはため息をついていた。

「……なぜだかルカの方が英雄の生まれ変わりって誤解されちゃって。私たち、完全に巻き込まれちゃったの。空がモブ顔なせいで」

ギンがため息をついていた。悪かったな個性のない顔で。


扉を開け放ち、校舎を飛び出した。

そのまま学生寮まで続く連絡通路を俺たちは走る。

目指すはユーリの部屋だ。たぶんあの子はあそこにいるはずだ——そんな俺たちの後を追うピースエンドが続けて連絡通路に現れる。さっき俺たちの通った扉をバキバキと破壊しながら。

あともう少しで、連絡通路を渡り切りろうかというところだった。

——バン、と。

目前の学生寮の扉が勢い良く開かれた。何者かが内側から扉を蹴破ったのだ。

続いて野球ボールくらいの大きさの何かがいくつかこちらへと投げ込まれた。カツン、カツン、カツン、と三つ。鋼鉄の塊が地面に転がる音がした。投げ込まれたものが手りゅう弾のような形をしているのを理解して、数秒後。追ってくるピースエンドの足元に転がったそれらが炸裂《さくれつ》。三つの手りゅう弾からは大きな灼熱《しやくねつ》の炎の柱が立ち上がった。ごうごうと音を立てピースエンドを呑み込む。突如として発生した高熱に肌を焼かれて両目を細める——そんな俺たちに、続けて声が投げられた。

「伏せて」

ユーリだった。

学生寮の出入り口から現れたその手には、小さな身体には似合わない無骨な鉄の塊が
――ショットガンのような形状をした、重そうな銃器が握られていた。その銃口は俺たちの背後へと向けられている。一瞬、俺は息を呑《の》んだ。

「伏せて、ください」

もう一度繰り返されたユーリの言葉にハッとした。その場にいた全員が頭を低くしてしゃがみ込む。合わせて、ユーリは引き金を引いた。空気を引き裂くような破裂音。続いて、ガラスの塊を地面に叩《たた》きつけたような、バリバリという鋭い音がした。

背後へ視線を向ける。

立ち上がっていた炎が一瞬で凍り付いてしまっているのがわかった。

「〝魔弾〟で炎を凍らせ閉じ込めましたが……。きっと、これじゃあろくな足止めにもなりません……」

ユーリが次の弾丸を装塡《そうてん》しながら言い終わるのとほぼ同時だった。一瞬で、氷の柱がバラバラに砕けた。

足元に散らばった氷の破片を踏みしめて、ピースエンドが何事もなく姿を現した。その様子を見てユーリはため息をつく。

「今のはちょっと、イラッとしたわ」と憮然《ぶぜん》としてピースエンドは言う。「見なさい。お気に入りの服が焼けてボロボロじゃない。世界が終わるのを理由に、まともに働いてる服屋もほとんどないのよ」

「それくらい我慢してください」とユーリ。「あなたは学園をもっと壊しちゃってるじゃないですか」

「……ユーリ。久しぶりね。暫《しばら》く見ない間に大きくなったわね……と、再会の折にはそう伝えようと思っていたのだけど。あなたはあの頃と同じように、かわいいままだわ」

ピースエンドは目を細めてユーリを見ていた。

「再会のシーンくらいは感動的に仕立て上げたかったのだけど。こうして抵抗するということは、あなたにもこの世界を救うつもりはないということかしら？」

「いえ。ただ、あなたのことが嫌いなだけです」

きっぱりとユーリがそう言った。

「……英雄が作った大切な学園を、こんなに、めちゃくちゃにして。許せません」

昔からあなたのことが苦手でした。と、ユーリは淡々と言う。

「今回のことで〝苦手〟から〝大嫌い〟になりました。だから一発くらい、魔法を撃ち込まなきゃ気が治まらなかった。それだけです。……私に世界を救うつもりがないとはどういうことですか？」

「あなたを殺せる方法を見つけたのよ」

「……本当ですか？」

「ええ。本当よ。大切な仲間だったあなたに嘘《うそ》をつくなんて。そんな曲がったことはできないわ。私は常に真っすぐにしか進めないのよ」

「そうですか。……嫌いなあなたの言うことをどこまで信じていいのかわりませんが、私が死んで救えるものがあるのならそれでいい。喜んで、英雄が護ったこの世界のために命を捧《ささ》げます」

そう簡単に言ってのけ、ユーリは銃を下ろした。

「ただ、お願いします。ここにいる三人は見逃してほしい」

「ええ。わかったわ。最期の願いくらい聞いてあげる」そう言ってピースエンドがうなずく。すると、その周りに展開されていた空気のゆがみのようなものもふと解除された。

「でも、悪いわねユーリ。三人全員というわけにはいかないわ。あなたと一緒に英雄の生まれ変わりも連れて行く。英雄にはちょっとした恨みがあるのよ。ついでにこの手で殺せるのなら願ったり叶《かな》ったりだわ」

ルカの方を見ながらピースエンドは言った――まだルカを英雄の生まれ変わりと誤解したままであるようだ。

ユーリは再び銃を構えた。

それに合わせるように、ピースエンドはユーリへと手のひらを向けた。

何だろう。嫌な予感がした。

「英雄は……英雄の生まれ変わりは、私がちゃんと元の世界に返します。そう、約束したんです。こんなところで死なせるわけには……ッ」

そこまで言ってユーリは銃を落とした。

いや。突然ガクッと、膝から崩れ落ちるようにして、ユーリはその場に倒れ込んでしまっていた。

見るとピースエンドがユーリへと向けた手のひらを握り込んでいた。

「外見と同じように中身も成長していないなんて悲しいわ。こんな簡単な意識遮断の術式さえ疎外できないだなんて。まあ、あなたのそんなところもかわいいのだけど」

ピースエンドは今度はルカへと手のひらを向けた。そして軽く握り込む。ルカは何の抵抗もできないまま、ユーリと同じようにその場へ倒れた。

「……！」

きっと無意識だったのだろう。

ギンが弾かれたように、ピースエンドへと飛びかかっていた。鋭い牙と爪をむき出しにして。

けれどギンは簡単に、ピースエンドにその場に叩《たた》き落されてしまう。ただ鬱陶しい羽虫をいなすように、片腕をはらうくらいの動作だった。その軽々しさとは裏腹に、〝ぐしゃり〟、と嫌な音がした。ギンはそのまま動かなくなってしまう。

「クロース。あなたは無駄な抵抗はしないわよね。あなたは私には勝てないわ。あなたは相手に触れなければ呪いの烙印《らくいん》を刻めない。私は私に触れるもの全てを破壊する。私とあなたは昔から相性が悪すぎるもの」

聡《さと》いあなただものね、最初からわかっているわよねと、ピースエンドは肩をすくめた。

「それはそれとしてあなたも一緒に来てくれたなら楽なのよね。優秀なあなたには利用価値が充分にある。どう？ 一緒にユーリを殺して、この世界を救わない？ もう一度、救世主と呼ばれるのも悪くないのではないかしら？」

「………」

クロースは唇を噛《か》んでいた。

その様子にピースエンドは「ふん」と、つまらなそうに鼻を鳴らした。それがあなたの選択なのね、と。

「心配しなくともきっちりユーリを殺して〝魔導書〟の封印を解くわ。きっとそこに書かれてるのだろう希望《魔法》は、魔術師である私には解読不可能だろうから……クロース。魔法にも魔術にもある程度精通しているあなたが手伝ってくれたならと、そう期待してもいたのだけれど。まあ、いいわ。他にツテがないわけじゃない。あなた以外の仲間を頼るわ」

ピースエンドは意識を失ったユーリとルカの二人を、軽々と両肩に一人ずつ担ぎ上げた。

「ああ、それとね。そこのモブ顔の男の子。あなただけよ」

立ち尽くす俺にピースエンドは呆《あき》れたような一瞥《いちべつ》だけ送った。

「ただそうやって突っ立っているのはあなただけ。ワーウルフの子は勝てないのをわかっていて飛びかかって来たし。クロースは決断したのよ。ユーリを手放し世界を救うことをね。唇を噛みしめて」

で？　あなたはどうなの？　とピースエンドは目を細めた。

「このままじゃ、本当にただのモブだわね」

「…………」

「ふん。まあ別に何でもいいわ。モブでい続けることもあなたの選択だもの。それじゃあそろそろおいとまするわね。二度と会うこともないだろうけれど、お別れの挨拶だけはさせてもらう。それでは永遠に、さようなら。地下の列車を使わせてもらうけど、文句はないわよね？」

そのままゆっくりと、俺たちの前から去って行ってしまった。

「…………」

二人が連れて行かれた方を見つめながら、思う。俺はなぜ、何もしなかったのだろう。ただ震える拳を握り締めている。おい、まさか、と俺は自分に問いかける。まさか俺は怖かったのか？　恐怖で身体が動かなかったのか？

小さな身体のギンでさえ飛びかかっていったというのに？

もう二度と後悔したくない。自分に失望したくない。だからこの手が届く限りの人間は助ける。助けられるよう、この手を伸ばす。

家族を失った幼い頃、そう、誓っていたはずなのに……。

魔法だとか魔術だとか、今まで知らなかった強大な力を前に、身体が、心が、すくんでしまっていたのか……？

情けない。あまりにも。

ぐったりとしたまま目を覚まさない。そんなギンを抱き上げ、息があることを確認した。よかった、と安堵《あんど》する。同時、自分の不甲斐《ふがい》なさに、あまりの情けなさに、苦々しい悔しさに、俺は強く唇を噛んでしまう。

「仕方ないじゃないか」クロースが俺の肩に触れてそう言った。「君はこれまで魔法も魔術も何もない世界で生きてきたんだ。何もできなくて当然だよ」

悔しさと不甲斐なさに震える俺の内心を察したように、クロースが慰め以上の何物でもない言葉をくれた。

その言葉が尚更《なおさら》に、英雄でも何でもない今の俺には、ほの暗いヴェールのように覆いかぶさってくる。

もし、ここにいたのが俺じゃなく〝英雄〟だったなら。どうしてもそう考えてしまう自分もいた。

少なくともみすみすユーリを連れ去られてしまうようなことはなかったはずだ。ルカが自分の代わりに連れ去られるのをただじっと見ているわけがない。無力だろうと、敵《かな》わなかろうと、殺されてしまおうと……それでも向かっていく勇気くらいはあったんじゃないのか。

『このままじゃ、本当にただのモブだわね』

……ピースエンドの言葉が頭の中に爪を立てている。

もう二度と自分に失望しないようにと誓った。

……そんな幼い頃の自分が、今の自分に落胆している。

このまま何も行動しなければ、俺は生涯、自分で自分を許せない。そんな予感も心を鋭く引っ掻《か》いていた。

追いかけよう。そう決めて一歩踏み出す。

「ちょっと待つんだ」

クロースに肩を摑まれた。そのまま無理やり振り返らされる。

「そんな怖い顔をして、どうするつもりだ？」

「二人を助けに行かないと」

「助ける？　どうやって？」クロースは首を傾げた。「まだ君の未来視は一秒以上先の未来は見えないままだし、おまけにそれはいつ発動するかもわからないんだ。比較的命の危険が迫ったときに発動するってことくらいしかパターンも判明していない。とても戦闘に利用できるような代物じゃない。それは自分が一番わかってるだろう？」

「……何が言いたいんだ？」

こんなことしてる場合じゃないだろうと俺は言いたかった。

「何がって。……そんなの、わからないよ」クロースは唇を嚙みしめうつむいた。「私には何もわからないんだ。君にも、ユーリにも、無事でいてほしい。ただそれだけを願ってる。でもこのまま君がユーリを助けに行ったら、間違いなく二人とも殺されてしまうことになる。それだけはわかるんだ」

「それは……」

それはつまり、ユーリを見捨てるということなのか……？

俺は、驚く。

クロース。……なあ、クロース。どうしたんだよ。君は俺が「どうして、ユーリを殺さなきゃならないのかな」と聞いたとき、あんなにも怒って見せていたじゃないか。

けれど、更に続く言葉に、その驚きに朝もやのような濃い霞《かすみ》がかかってしまう。

「ごめんな。私は君に、どうしても無事でいてほしいと願ってる。……また〝さよなら〟をするのは嫌なんだ。殺されるとわかっていて行かせるなんて、私にはできない」

出かけたきり帰ってこなかった英雄。その帰りをずっと待ち続けていたクロース。その映像が脳裏によみがえった。

「………」

俺は、言葉を失くしてしまう。

――いいのか？

代わりに心がざわついている。

――お前はそれで、本当にいいのか？　また見殺しにするのか？

何度も何度も、心がざわつく。

「それに……なあ、空《そら》。大咲《おおさき》空。君はさ、ユーリのことをどう思ってるんだ？」

「ユーリのことを……？」

「君とユーリは出会ってまだ数日くらいしか経《た》っていないじゃないか。単純な疑問だよ。自分の命を懸けてまで助けたいと願える相手なのか？　それを教えてもらえなければ、このまますみす殺されてしまうとわかっているのに、君を行かせるわけにはいかない」

「……ごめん。俺にもわからない。わからないから、それを確かめに行きたいんだ」

俺は、ユーリが使っていた銃を拾った。

さっきのを見る限りこれは魔法使いにしか使えない銃なのだろう。俺にはただのこん棒くらいの使い道しかないかもしれない。

けれどこれは持って行く。戦え。逃げるな。そういった自分自身への意思表示のつもりでもあった。

——モブが物語の主人公やその仲間たちに勝てるわけがない。どうあがいても。

不安や恐怖が声になり、心に響いていた。

——それでもお前は行くと言うのか……？

ああ、それでも俺は、行くんだよ。

俺はクロースに背を向けた。

「ごめん、クロース。……もしかしたらまた帰ってこられないかもしれない。でも、行かなくちゃ。じゃないと俺はきっと死ぬまで……いいや……また生まれ変わった次の人生でもずっと、ずっと、後悔して生きていくことになる。そんなのはもう嫌なんだ」

これ以上、自分を嫌いになりたくないんだ。

最後に小さく付け足した言葉は足元に落として、俺はクロースと、まだ目覚めないギンの二人を置いて、駆け出した。

急いで真っ暗な階段を駆け下りた。

学園の地下は巨大な構内《ホーム》となっている。そこには予想通りの光景があった。一両の機関車が今まさに出発しようとしていたのだ。機関車のライトが暗闇のホームを照らし出している。煙突からもうもうと蒸気を吐き出し、一度、汽笛を鳴らした。それは悲鳴のように甲高く、暗闇の空気を乱暴に引き裂くようだった。

「あら。まさか来るとは思わなかったわ。ちょっと意外ね」

ホームには機関車に乗り込もうとしているピースエンドがいた。開いた列車の扉に片足をかけている。ユーリとルカの姿は近くに見当たらない。もう既に車内へ積み込んだ後だろうか。

俺は銃口を突き付けた。

「二人は、どこだ！」

「なるほどね。見たところ二人を取り戻そうっていう覚悟は決めたみたいだけれど。残念ね。魔法使いでも何でもないあなたにその銃は使えないわ。そんな無用の長物ただ一丁きりでどうするつもりなのかしら」

ピースエンドはふん、と鼻を鳴らした。

「見逃してあげるから大人しく帰りなさい。いい？　いつだってモブは無駄死にするからモブなのよ。命は大切になさい」

「……ッ」

冷たい視線に俺は奥歯を噛みしめた。銃口はおろさない。おろしてはいけない。そのまつい、叫んでいた。「もう、誰も、見捨てたくないんだ……！」

俺はずっと昔、大切な人を助けられなかった——いいや。助けなかったのだ。この胸には後悔ばかりが渦巻いている。得体の知れない恐怖を前に一度は身体がすくんだ。危うく俺はまた、この後悔を繰り返すところだった。だからこそ繰り返し、思うのだ。もう二度と、自分自身に失望したくない。

「やれやれだわ」

ピースエンドは大仰に首を振る。

「いい加減、面倒になって来たわね。敵への忠告はただの一度だけと決めているのよ。それなのに……ああ、まったく……心の底から面倒よ、あなた」

そう言ってピースエンドは真っすぐにこちらへと向き直った。

ゾワッと、彼女の周囲の空気が歪んだ。

「私たちには時間がないの。残された時間は誰にも等しく、残りおよそ一年ほど。ここでこうして浪費してる一秒、一秒が、この世界にとって命取りにならないとも限らない。つまりあなたの自己満足に付き合ってる時間はないのよ。あなたの顔はもう見たくもないわ」

胸の位置に腕を持ち上げ、その手を開いた。

するとピースエンドの周りで歪んでいた空気の層が、その手のひらに集まっていき、

「こうしてやって来た勇気に免じて、せめて一瞬で消し飛ばしてあげましょう」

ピースエンドの手のひらに、ハンドボールくらいの球体になって集まった空気のゆがみ。

それを俺に向かって軽く投げつけた。バリバリと音を立てゆっくりと、直線状にあるベンチや時刻表の立て看板などを破壊しながら接近してくる。

俺は、避けることもできず立ち尽くしていた。

あのゆがみに呑《の》まれたら、おそらくは一瞬で、存在そのものが破壊されてしまう。ベンチや時刻表やホームの床みたいに。

今すぐ回避しないと、と思うのに……どうやって？　どうやって、避けたらいい？

最初はハンドボールくらいの大きさだった歪《ゆが》みが、こちらへ近づくたび膨れ上がっている。すでにダンプカーくらいの大きさにまでなっていた。前後左右、どこへ飛び退《との》こうと無駄だ。回避できない。命の危険が迫っているはずなのに一秒先の未来視も働かない。

それはつまり、もう俺に見せる未来はないと、そういうことなのか……。

走馬灯だなんてものもなにもなく、ただ、息を呑む。俺にはそれだけのことしかできなくて、迫りくる最期の瞬間に、瞼《まぶた》を閉じる――

「……ッ」

——そんな俺の首根っこを誰かが掴《つか》んだ。

そしてそのまま乱暴に放り投げられた。俺は、硬いホームの床をゴロゴロと転がった。太い柱に背中をしたたかに打ち付けた。全身打撲の苦痛にあえぎながらも、いったい何が起きたのかを確かめる……そんな俺の視界に映ったのは、クロースだった。さっきまで俺が立っていた場所に、今は彼女が立っている。

「……まったく。いつの時代も、母親っていうのはなかなかつらいな。勝てる見込みがないとわかっていても、息子がどうしても戦うんだと決めたなら……。全力で、応援してやらないわけにはいかないよな」苦笑いだ。地べたにはいつくばっている俺に彼女は言う。

「君の目に込められていたささやかな魔法。その回路を開いておいた。今投げ飛ばしたのと同時にね。君から相談されたあの放課後に、こうして瞬間で回路を開けるよう既に仕込んでおいたんだ。今ならその銃が使えるはずだ。けれどおそらく魔法の回路はすぐ閉じる。それまでは君の目に宿ったアドバンテージも自由なタイミングで利用できるはず……一秒だ。これだけ言えば、わかるだろう？」

何かを急《せ》くように、一気に言葉を並べたクロースが肩をすくめてみせた。

「君が本当に私の息子なら、あんな程度の奴《やつ》を相手に後れを取ったりは絶対しないぞ。どうせなら格好《かっこ》いいところを見せてほしいな——と、まあ、君のことを最後まで見届けられないというのはちょっと、ううん、かなり残念だけどね」

「……え？」

「……ばかねクロース。私とあなたは相性が悪いと忠告したばかりじゃない」

ピースエンドが目を細めていた。

投げつけられたはずの空気のゆがみは、背後に停車していた列車をぐしゃりと押しつぶしながら遠ざかっていっていた。よく見ればクロースの立っている場所に、ゆがみが通過した跡がしっかりと刻まれている。

クロースの姿がうっすらと、まるで遠い地平線に揺らめく陽炎《かげろう》のように不確かなものに見えた。

「幽霊だろうと何だろうと、私の破壊の術式に触れたなら……消滅以外に道はないのよ。もちろん、あなただって例外じゃいられないわ。……最悪な気分よ。仲間を二人も手にかけなきゃならないだなんて。ほんと最低な役回りね。私の身にもなってほしいわ」

吐き捨てるように、そして苦々しく眉根を寄せてそう言い、ピースエンドは機関車へと乗り込んだ。

俺は急いでクロースに駆け寄ろうとした。

けれどそんな俺に「ばか！」と、クロースは叫んだ。

「こっちじゃない！　早く行け！　ユーリを助けると決めたんだろう？　私のことなんて気にしてどうするっ」

その叫びに俺はビクリとして立ち止まる。

「いいか？　君はモブなんかじゃない。いや。自分がモブでいるのかいないのか――あの子にとって英雄でいるのかいないのか……それは他の誰でもない、君自身が決めることだ――なんて。どこにでもよくあるような言葉しか浮かんでこないな。これで最後だっていうのに、情けないばっかりだ。いつまで経っても私は、君たちのお母さんとして失格だ」

クロースは最後にふと微笑《ほほえ》んだ。

「……行ってこい。もう二度と逢《あ》えないと思ってた。けどこうして逢えた。ただいまと、君は言ってくれた。私の願いは叶ったんだ。だから、私の最後はこれでいい。そろそろ私も子離れしないとだよな。私は、君の母親でいられてよかった。心からそう思うよ」

それだけを言い残し、クロースの姿はあっけなく、闇に溶けるように消えてしまった。

俺は、動き始めた機関車へと飛び乗った。

俺の中に眠る英雄の記憶がそうされるのか。それとも、以前クロースの記憶を覗き見たせいなのか――涙が、止まらない。

頬《ほお》を濡《ぬ》らす大粒の涙に俺自身が驚いている。

俺は思いの外、クロースのことを一人の人間として好きだったのかもしれない。心のど

こかで、彼女のことを母親として見ていたいと、そう願っていたのかもしれなくて……。

そんな彼女とはもう二度と逢えない。

かつて護《まも》れなかった本当の母親や、家族と同じように。

その事実がどうしようもなく、胸に刺さって痛かった。

……ダメだ。今はとにかく前へと進もう。

クロースだってきっとそれを望んでくれる。さよならを嘆くのは全てが終わったその後だ。

走り出した列車は少しずつ加速する。ガタンガタンと揺られる車体を感じながら、俺は客室の中央通路を慎重な足取りで進む。

「ちょっと、まさか一人で行く気なの？」

「うわっ」

思わず飛び上がった。突然、背後から声を掛けられたのだ。心臓が止まりそうになった。

おっかなびっくり振り返るとそこにギンが立っていた。

「しーっ！　騒がないで……！　あのおばさんにバレたらどうするの!?」

ガバッと、ギンは俺の口を両手で押さえて来た。俺は口を閉ざされたまま何度もうなずいて見せた。

「あなたに抱き上げられたとき目が覚めてたの。……でも、すぐには動けなくて。それをいいことに、あなたに身体をまさぐられるんじゃないかって、尻尾とお耳がぞわっとしたの」

「そんなことしてないって……なあ、あのさ、隙あらば俺を変態みたいに言うのやめないか？　しかもこんな場面になってでも……」

俺の訴えに「ふん」と小さく鼻を鳴らしギンはそっぽを向いた。

「あなたとクロースが私を置いて行ってからすぐ、動けるようになったの。それから急いであなたたちの後を追った……私もギリギリ、列車に飛び乗れた。……クロースが消えちゃったのも見た。もうここから先は誰にも頼れない。助けてくれる大人はいない。私たちだけで何とかしないと」

「………………」

「それはそうと。ねえ、どうしてルカが英雄の生まれ変わりってことになってるままなの？　どうして誤解を解いてくれようと思わなかったの？　信じらんないの」

まるでゴミ捨て場を荒らすカラスでも見るかのような目だった。

「う。ごめん。それについては本当、言い訳のしようもなく……」

「ふん。反省しているならそれで今はいいってことにする。その気持ちは行動で示してほしい。何か作戦はあるの？　まさか。たった一人であのおばさんと戦おうって思ってたの？　何の作戦もなく？　だとしたらやっぱりあなたはバカな人なの」

「作戦だなんて……」

言われる通りそんなものはなかった。ただ、行かなきゃダメだという焦燥に突き動かされた結果に過ぎない。今は俺にもこの銃が使える状態にあるらしい。頼みの綱はそれだけだった。

ギンはため息をついた。

「だからあなたは大ばかなの。……いい？　ただむやみやたらと突っ込んでいくだけじゃダメ。あなたがあのおばさんに勝てるかどうかが、ルカも、ユーリも、そしてあなたも私も、生き残ってるみんなの命にかかわる。自分は死んでも構わないっていう自己満足だけで行動しないでほしい」

「……うん。そうだね。その通りだ」

うなずいて見せる。

「ちゃんとした作戦を今から立てるの」安堵《あんど》したようにギンもまたうなずいた。「もうわかってると思うけど、私は捕縛魔法が得意。鏡の中に敵を閉じ込めることができる」

ギンは大きな音が鳴らないよう慎重に、車窓の窓ガラスを握り締めた拳で割った。その破片を拾ってポケットに忍び込ませた。

純然たる鏡でなくとも、対象の姿を映せるものであれば魔法の発動条件はクリアできるのだという。

「このガラス片の牢獄《ろうごく》にあのおばさんを閉じ込められたら、私たちの勝ち……かは、わからない。あのおばさんのことだからすぐに拘束から抜け出してきちゃうんじゃないかなって思う。だけど、一瞬だけでも時間は稼げる」

ピースエンドを取り込んだ鏡の破片を、走る車窓から外へと放り投げるのだ。

「その隙に列車の速度を目一杯に上げて、ずっとずっと遠くへ逃げることはできるかも。これでもし、ダメだったそのときは……」

「…………」

「……ごめんなさい」

「え？」

「偉そうにあなたに作戦を立てなきゃって言ったけど、私にはこれくらいしか思いつけないの」

ギンは珍しく気落ちしている様子だった。尻尾と耳が力なく垂れている。

「ううん。充分だ。俺みたいに何も考えず突っ込もうとするよりずっといい。……ありがとう。追いかけて来てくれて。君が来てくれなかったら、ただただ、考えもなしに特攻して無駄死にしてしまっていたかもしれない」

もう二度と、感傷的になってなりふり構わず突っ込んでしまわないようにと、自分自身を律した。手にした銃のグリップを強く握り込んだ。

「本当にありがとう。あんなに俺のこと邪険にしていた君なのに……すごくうれしいし、助かる」

「……なに、それ。こそばゆいし気持ち悪いからやめてほしいの」顔をしかめてギンは小さく舌を出す。耳と尻尾をピリピリとさせていた。「まるで今から死にに行く人みたいなこと言わないでほしい。縁起でもないの。私たちは無事に大切な人を取り戻して逃げる。それは決定事項なの。失敗はあり得ない」

「ああ、そうだな」

一刻も早く二人を助け出してギンを安心させないと……。

英雄の生まれ変わりという期待には応えられない俺だが、目の前の人たちの不安を少し拭えるくらいの存在にはなりたい。

そう思った。

そう、思っていたのだけど……。

列車が地下から地上へ出たときだった。

突然、大きな爆発音がした。

先頭車両の方角だ。家のすぐ近くの電柱に落雷があった夜のことを思い出させられる。

それほど強烈な爆発音だった。

その直後、走行中の列車が一瞬、宙に浮いたように感じた。ふわりとした浮遊感に包まれる。間もなくドシンと音を立て車両は着地。車輪と線路が大輪の火花を散らせる。その火の粉が車窓の向こうにギャリギャリと音を立て止めどなく咲いているのが見えた。

列車の揺れに身体の重心を翻弄される。足を滑らせ倒れそうになっていたギンを思わず抱き寄せた。

ギリギリ脱線することなく列車はそのまま走り続けている。

いったい何が起きたんだ……っ。

「大丈夫かっ？」と腕の中のギンに問いかける。「う、うん、平気。大丈夫」とギンが応える。

俺たちは急いで爆発音のした方向へ――先頭車両へと向かった。


「…………」

幾つかの車両をギンと走って通り過ぎ、爆発音の正体にたどり着いた。

そうして俺は、言葉を失くしてしまっていた。

俺だけじゃなくギンも、そしてその場にいたピースエンドもきっと、同じだったのだろう。

俺たち三人は呆然《ぼうぜん》と立ちすくみ、それを見ている。いや。視線を外すことができないでいる。

車両の天井には内側から大きな穴が開き、そこから暴風がごうごうと音を立て吹き込んできている。その風が巻き上げるものは、ギンとピースエンドの長い髪、そしてスカートの裾だけではない——羽だ——はら、はら、はらりと——白と黒の羽が車内のそこら中に舞っていた。

しかしその大半が、走行する列車に開いた天井の穴から吹き飛んでいっている。

そんな光景の中心に誰かがいた。その人物は、客車の通路にへたり込むようにして、小さく、背中を丸めていた。

そのうずくまった誰かの背中。そこから真っ白な片翼と、漆黒の片翼が一枚ずつ伸びている。その二枚が天井に穴を開けたのだろう。伸びた翼の先は天を突くように列車の外まで伸びていた。

そしてその頭上だ。そこには淡い光に包まれた一冊の本が宙に浮いていた。

この光景に近いものを見た覚えがある。

学園の制服を突き破って生えた、白と黒の二枚の大きな翼。

うずくまる人物のその姿にも、見覚えがあった。

「……ユーリ？」

「…………」

俺の呼びかけに反応したユーリは、顔を見上げこちらを向いた。

しかしその瞳には生気がないように見えた。

「違う……」ピースエンドがたじろぎながら、言った。「こんなのは、違う。私の知ってる魔導書とは違うわ。ただ私は、ユーリの身体と魔導書とを分離させてみようとしただけよ。私だって好き好んでユーリを殺そうとしてたわけじゃない。本当にユーリを殺さなきゃ魔導書を開けないのかどうかを試したかった。分離には少し乱暴な術式を使わなくてはならないけれど、それに賭けてみようと、思った。そうしたら、突然……」

ユーリの背中を突き破り羽が現れ、列車の天井を突き破った。

そして魔導書を取り出そうとしたピースエンドの左腕を、開かれた翼が鋭く切り落としたのだという――よく見るとピースエンドは左腕を失くしてしまっていた。その断面から大量の出血。足元には切断された手首が転がり、血だまりができていた。

「ああ、なるほど。これが魔導書の封印……自動防衛システムってわけね。魔導書を開こうとした者を自動的に排除する……宿主の持つ力を最大出力で利用して……対象を排除しきるまでは決して止まることはない……」

どうして、とピースエンドは苦々しく言う。

「おかしいわ。どうして英雄は、こうまでして魔導書を護ろうとしたの……これじゃあユーリそのものが魔導書と一体化してしまう。そうなってしまえばもう、生物であることさえ……、このままじゃ手がつけられなくなる……隕石《いんせき》の衝突を待つことなく、世界が終わる……」

宙に浮く一冊が――あれが希望と名付けられた英雄の魔導書だろうか――パラパラと自然と捲《めく》られて行き、ピタリと、どこかのページで止まった。そしてユーリがゆらりと立ち上がる。こちらへとゆっくり、腕を伸ばした。

「――――」

ユーリが何か小さな声で囁《ささや》いていた。しかしそれは俺には理解できない言語だった。そもそもこの世界に存在しない言葉だったのかもしれない……英雄にしか使えない呪文だったのかも、しれない。

そうだ。そのささやきがピースエンドやギンよりもいち早く、魔法のための呪文なのだと俺にだけ理解できた。

一秒だ。

これからはじまる最悪な未来の光景を、覗き見したからだ。

「……まったく。やれやれだわ。これのいったいどこが、〝希望〟だというのよ」

英雄の仲間として積み重ねた歴戦の経験がそうさせたのか。ピースエンドは未来視をせずとも危険を察した。その身を護るように、自身の周りに空気のゆがみを発生させていた。

俺は、隣のギンに勢いよく覆いかぶさる。

瞬間、ユーリのささやきが止まった。

同時、こちらへ伸ばしたユーリの手のひらが、光った。

〝灼熱《しゃくねつ》を帯びた光の塊が、ユーリの手のひらから放たれた。閃光《せんこう》。轟音《ごうおん》。辺りの客席や天井などが一瞬で吹き飛ばされる〟

〝連結された後続の車両も全て、大音声を立ててめちゃくちゃに粉砕された〟——


……一秒先から始まる未来視は、ここまで、途切れた。


俺は、隣のギンに勢いよく覆いかぶさる。

瞬間、ユーリのささやきが止まった。

同時、こちらへ伸ばしたユーリの手のひらが、光った。

閃光。轟音。覗き見した未来と同じ衝撃がビリビリと身体を震わせた。

俺はギンに覆いかぶさるだけでなく、そのまま限界まで一緒に伏せて、それを避けた。

……と。

未来視とは違う行動をした。

しかしここから先は知らない未来だ。

たった今覗き見した未来では、放たれた灼熱の閃光が俺たち三人を一瞬で呑み込んだ。その結果、俺たちは死んだのだろうか。まともにあの閃光を受けて俺たちが無事でいられるはずがない。

そんな最悪な未来だけは回避することが叶《かな》うも……、

「……ギンッ、頼むから、手を離すなよ……ッ」

俺は、ギンの腕を必死に摑《つか》んでいた。

灼熱の閃光に撃たれた列車は止まることなく走り続けている。しかし俺たちのいる車両は、天井や壁、足場となる床も半分が吹き飛ばされてしまっている状態だ。

放たれた光の衝撃と勢いに、しっかりと抱き寄せていたはずのギンの身体が、胸元からすり抜けてしまい——そのまま勢いよく、猛スピードで走る車両の外へと放り出されそうになった。そんなギンの腕を、俺は、すんでのところで摑んでいた。

もう片方の手で客席の手すりを摑んで、空中に放り出されたギンをつなぎとめている。

この手を離せば、あっという間だ。紙くずみたいにギンの小さな身体はふき飛ばされる。

列車は今、湖の上に敷かれた橋を走行している。この高さとスピードで水面に叩《たた》きつけられたらひとたまりもないだろう。

ギンが俺に叫ぶ。

「もういい！　離して……！　じゃないと、あなたが……ッ」

「いいから黙ってろッ！」

ああ、うそだ、やめてくれやめてくれ手のひらが汗ばんでギンの手がすり抜けそうだ……もう、やめてくれッ、お願いだッ、頼むから俺にこの子のことを、助けさせてくれ……！

全身を駆け抜ける激痛など知ったことかと歯を食いしばり、ギンの小さな身体を引き寄せて車内に戻した。

よかった。ギンを助けられた。

けれど灼熱の光線を避けきれていなかった。

ギンを護ろうと盾にした俺の背中は焼けただれ……。

俺は、安堵《あんど》と同時に眩暈《めまい》がし、思わずへたり込んでしまう。そんな俺を支えたギンが小さく悲鳴を上げた。

「うそ、酷《ひど》い……背中、めちゃくちゃ……骨が、見えて……内臓も……」

「う、ううッ」

痛みがようやく襲ってきた。俺たちより前にいたピースエンドが一瞬、盾になってくれなければこの程度では済まなかった。むろん、俺たちを護ろうとしたわけではないだろう。

位置関係で偶然そのような形になったのにすぎない。ピースエンドは一瞬で蒸発してしまったのか、その姿はもうどこにもなかった。

「ルカ……！　どこ！　どこにいるの！」ギンが虫の息な俺をしっかりと胸元に抱き寄せ、辺りを必死に見まわしている。「そ、そんな、嫌だ……まさか、今ので外に……」

ユーリは……いや、ユーリと一体化した英雄の魔導書は、ピースエンドだけではなく俺たちも消去すべき対象とみなしたようだ。

「――――」

再び呪文をささやき始めた。俺の耳にはただのノイズのようにしか聞こえない独自な言語と発音だ。

どうする。また次にあんなものを放たれたならもう、俺にはそれを避けるだけの体力もない。ゾッとした。しかしその恐怖は一瞬で過ぎ去ってしまう。

「――お願い――」

意識が戻ったのか。聞き取れない呪文の合間に、ユーリの声がしたのだ。

「やめて――」

空洞のように虚《うつ》ろな瞳から、涙がこぼれた。

「お願いだから――もう、――やめて――」

それでも呪文は止まらない。再びユーリの手のひらが光り始めている。

「――早く――お願い、早く私を――私を、――殺して――」

けれど、ダメだ。君を殺せる方法を知っていたピースエンドは蒸発してしまったようだ。もしピースエンドが生きていたって、俺たちは君を殺す選択だけは選ばない。しかし逃げ出そうにも身体がもう動かない。意識まで遠ざかって行っているようで……ああ、くそ、どうして……どうして俺は、いつも、いつでも、いざという時役に立たない……っ。

――ああ、まったく。これだからお前には誰も助けられないんだ。

心の奥から声がした。

ああくそ。嫌になる。

こんなときにまた恐怖に呑まれ始めてるのか俺は。

――お前はさっき、「頼むから俺にこの子を助けさせてくれ」と、そう言ったな？

うるさい。今はそんなときじゃない。

――救うのはその子だけでいいのか？

ああ、うっせえなあ。ちょっと黙っててくれよ。

――代われ。お前じゃ無理だ。

……。

――メガネをかけろ。俺のメガネだ。持ってきてるんだろう？　お前に〝希望〟を見せてやる。

ああ、わかったよ。好きにしろ。

――救われる側が何を偉そうに。違うだろ。

……助けてくれ。

――そうだ。

……お願いだ。ユーリを、助けてやってくれ。

――ああ、いいだろう。お前の、お前たちの未来に、この俺が花束をくれてやろう。

はは。何が、希望だ。花束だ。偉そうにしやがって。全ての元凶はお前じゃないか。

――……遠い過去からの贈り物だ。ありがたく受け取ることだな。

馬鹿みたいだ。

こんな場面に至って何を俺は自分の心と言い合ってるんだ。走馬灯にしてはあまりに趣味が悪いじゃないか。そう、呆《あき》れた瞬間だった。ふと意識が遠のいた。背中の激しい痛みも、今まさに放たれた二発目の閃光も、全てがどこかへ遠のいていき……そこからはまるで、他人の夢を覗《のぞ》き見ているかのようだった。

俺はふらりと立ち上がった。

だがそれは俺の意思ではない。そのはずだ。そのまま俺は、放たれた二発目の閃光をただ、右手を一振りする軽い動作で弾いてしまう。閃光は空高く消えていく。そのまま俺はユーリのそばへゆっくりと向かう。何度か連続で閃光が放たれた。その全てを簡単にいなした俺は、「ごめんな。こんな姿にしてしまって。こんなつもりじゃなかった」と、ユーリへと都合の良すぎることを呟《つぶや》いた。ユーリのそばに浮かんだ一冊の本を――希望と名付けられた〝英雄の魔導書〟を手に取った。そして最後の抵抗をするように激しい光を放ったそれを、強引に、閉じてしまった。

カチリと。

錠前を回転させるような音がしたかと思うと、俺の手の中で魔導書は光を失った。そして、本棚の元あった場所に収まるようにして、魔導書はユーリの胸元に消えていった。すると背中を突き破って生えた翼も、ユーリの小さな身体の中へと納まった。

ユーリは意識を失い倒れ込む。

その小さな身体を支えようと伸ばした腕を、しかし、俺はユーリに触れることなく躊躇《ため》わせていた。伸ばした腕を結局はおろしてしまう。眠るユーリを見下ろして、唇を噛みしめながら俺は、俺に言ったのだ。

「あとは任せた。次はお前の番だ。俺じゃだめなんだ。だから俺の代わりにこの子を、ユーリのことを、救ってやってくれ。……ここからが本番だぞ。腐ってもお前は俺の生まれ変わりだ。何とかできると信じてる。お願いだ。俺に〝希望〟を見せてくれ」

本当に勝手な奴《やつ》だなと俺は心の中で吐き捨てた。

勝手に世界中から希望を奪って、勝手にユーリを救ってくれとのたまって。

お前はいったい、俺はいったい、どうしたいんだ……？

俺の呼びかけに返答の声はない。

代わりに、遠のいていた意識が戻ってくる。

そんな気配があった——


「ちょっと！　ねえ！　今のはなに⁉　どうなってるの……っ？」

——身体を激しく揺さぶられていた。

気づくと俺は気を失い、倒れてしまっていたようだ。ギンが俺を揺さぶっているのがわかった。俺が目を覚ましたのに気づくと、安堵したようにギンは表情を緩めた。

ギシギシと軋《きし》む身体を起こしながら、何があったのかと俺は問いかけた。

「それはこっちの台詞《せりふ》なの。重傷だったはずなのに、いきなりあなたが立ち上がったかと思うと……見間違いだったのかな？　あなたの髪の色が一瞬、真っ白に変わったように見えたけど……」

俺の髪に触れながらギンは首を傾《かし》げていた。

「ううん。それよりも背中の傷は大丈夫なの？　……って、あれ？　おかしいの。傷がないの。骨……どころか、内臓も見えちゃってたくらい、酷い傷だったのに」

「………」

そうだ。俺はギンを庇って背中に重傷を負ったはずだった。しかし傷がない……？　その激痛に気を失ってしまっていたのではないのか？　わからない。思い出せない。

「よくわからないけど無事ならいいの」うなずいてはいるものの、しかし納得しきれていないような表情でギンは言った。「でも、あのおばさんは助からなかったみたいなの。別にそうしようとしたわけじゃないだろうけど、結果的に私たちの盾になって粉々になっちゃったんだろうと思う」

俺はギンを庇《かば》うのに必死だった。

だからピースエンドの最期を見ていない。どんな有様だったのかを想像するのはやめておいた方がよさそうだ。

列車は停車していた。湖にかけられた橋の途中にある小さな無人駅だ。真っ青に晴れ渡る空を映した水面がどこまでも広がっている。

ルカは先頭車両の運転席で眠らされていたらしい。まだ深い眠りから目を覚まさない。そばの客席に横たえられていた。

立ち上がった俺は、そんな目の前の光景をぐるりと見まわしていた。

「いろいろあって疲れたと思うけど、大丈夫そうならそろそろ帰るの」ギンは立ち上がりスカートの裾を払う。「ルカは運びやすいよう私の魔法で鏡の中に入ってもらって、そのまま眠っててもらおうと思うけど……。私たちは学園まで線路を歩いて行かなきゃならないの。食料もないし、水もない。一日で戻れるかどうか不安なの」

「…………」

「どうしたの？　何か、気になることがあるの？」

「いや……なあ、ギン。ちょっと聞きたいんだけど」

「うん。なに？」

えっと……。

「俺は……俺たちは、いったい誰を、助けに来たんだったっけ……？」

いや。

俺は何を言ってるんだ。俺たちはルカを助けに来た。ルカは静かな寝息を立てている。

これが求めた結果だ。英雄の生まれ変わりだと誤解されたからこそこうなってしまった。

何を引き換えにしても助けたかった。俺にはその責任があった。無事に学園へ戻れたらちゃんと謝罪しようと思う。

けれど……。

それだけだったのか？
俺たちがここにこうしているのは、それだけが理由だったのか……？
「…………」
はらはらはらり、と。
一枚の真っ黒な羽が空を舞う。
その行く先をただ、俺は目線で追っていた。

［第四章］

最後の願いは……

私は、遠い、遠い、はるか昔の夢を見ている。

1

「なあユーリ。もしも明日、この世界が終わるとしたら。最後に君は、何を願う?」

ふと、あの人が私にそう言った。

それは、この世界の命運を懸けた最終決戦前夜のことだ。強大凶悪な力を持つという人類の敵、〝獣の王〟を、世界の最果てにある小さな古城へと私たちは追い詰めた。日の出と共に最終決戦がはじまる。双方の生き残りが命を懸けて戦うことになるだろう。そうして長く続いたこの戦争にピリオドを打つのだ。

朝日が昇ったら惨憺《さんたん》たる時間が待っている。それだけは幼なかった私にも想像できた。

これが、最後の夜になるかもしれない。

生きて帰ってこられる保証はどこにもなかった。ここまで英雄と共に戦ってきた仲間たちは、思い思いの相手と最後の時間を過ごしている。私の相手はあの人だった。後に〝英雄〟と呼ばれるようになるあの人だ。

二人きりで話すのは久しぶりで少し緊張していた。クロースと、あの人と。そして私。三人で家族みたいに森の奥で暮らした時間が懐かしい。世界を救う戦いの旅をはじめてからというもの、あの人の周りには常に他の誰かがいたからだ。

私たちはその夜、蒸気機関車の屋根によじ登り星空を見ていた。

〝獣の王〟の軍勢と戦いながら世界中を巡った機関車は、もうずいぶんと古びてしまっていた。たくさんの出会いと別れを繰り返した旅の記憶が、傷だらけの車体にも深く刻まれているようだ。

深い森の川べりに敷かれた線路の途中に列車は停車している。そんな機関車のそばには小さな焚火《たきび》の揺らめきと、その揺らめく明かりを囲んだ数人の仲間たち。談笑と歌声。弦楽器がつま弾かれる温かな音色。すすり泣く声もどこからか聞こえてくる。たゆたう音楽はその泣き声をかき消すためにつま弾かれているのだと知った。

この旅ももうすぐ終わる。

そう思うとほんの少しの寂しさが胸に残った。

「俺には夢がたくさんあるんだ」と、あの人が私の隣で星空を見上げ、そう言った。「まず、一つ。クロースと俺とで作った学園を、この世界で一番の学園にしたいんだ。そこでたくさんの子供たちの未来を育てたい」

流れ星を見つけたあの人は少し声を大きくしていた。

「昔は元の世界に戻りたいと思っていたこともあった。けど、この世界で教師として生涯を全うするのも悪くないかなって思ってる。今は結構、この世界のことが好きなんだ」

あの人は苦笑いを浮かべて「そして、もう一つ」と言った。

「ユーリ。君にはふつうの女の子として生きていってほしい。俺の作った学園で、友だちを作ったり、勉強したり、部活動とかしてみたり。……誰かに恋してみたりして。どこにでもいるごくふつうの女の子として、幸せに、生きてほしいんだ」

私は、戦場で今にも息絶えそうになっていたところをこの人に救われたと聞かされている。この人が魔力をわけてくれたから、私はこうして生きながらえたらしい。

そんな私はふつうじゃないのだろうか……？

この人に救われるより以前の自分を思い出そうとすると、決まってあの人は首を振りそれを止めた。「俺にも、好きな人がいたんだ」あの夜はそう言って、昔の自分を思い出そうとする私の思考に蓋をした。

「俺は元居た世界ではふつうの学生だったし。その人も、ふつうの女の子だった。あの頃の俺はそれがどうしようもなく嫌だったんだよ」苦笑いを浮かべてあの人は言った。「何者でもないふつうな自分だからあの子に振り向いてもらえないんだと思ってた。誰もが驚く特別な力が欲しかった。誰もがうらやむ特別な存在になりたかった。そうすればあの子に好きになってもらえると思ってた。……馬鹿だよな。ふつうに、何事もなく、昨日と同じような今日を生きていける。好きな人に〝おはよう〟と言える。〝また明日〟を手を振って、笑い合える。それがどれだけ幸せなことなのか。この世界に来て気づけたように思うんだ」

……逢いたいなあ、と。

あの人は涙みたいなため息をこぼした。

「もう一度だけでもいいからあの子に逢いたい。絶対に叶《かな》わない恋だとわかっていたけれど……。夢の中でも構わないから。幻だって、いいから。最後に一言だけでもいい。あの子と話ができたらと、流れ星に祈ってる。きっとこれが、俺の最後の願いだ」

夜空にまた一つ流れ星を見つけたあの人は、「もしも明日、世界が終わるなら……」とそう言った。

「なあ、ユーリ。もしも明日、この世界が終わるとしたら。最後に君は、何を願う？　こんなにたくさんの星が流れる夜なんだ。最後の願いの一つくらい叶うかもしれないよ」

私は……。

私は、隣で夜空を見上げるあの人に触れようと、そっと、手を伸ばした。

たった一言だけでいい。と私は思ったんだ。

あなたが好きだというその人みたいに、私にも……。

そこで仲間たちから声が掛けられた。

振り返る。

列車の屋根にのぼった私たち二人を、焚火のそばに集まった仲間たちが見上げていた。

これで最後になるかもしれないから、生き残った仲間たちで写真を撮るのだという。

……私は、後悔している。

「写真を撮った後も一緒にいてほしい」「もう少しだけ二人で話をさせて」「一つだけ、お願いを聞いて」「それが、私の最後の願いになると思うから」

それくらいの我がままを言ったとしても、あの人はきっと許してくれたはずなのに……。

一緒に写真を撮った後、明日の作戦会議をするからとあの人は仲間たちに呼ばれていた。

「なあ、ユーリ。このメガネ、少しの間でいいから預かっていてくれないかな。とても大切なもので、戦いの中で壊れちゃったら嫌なんだ。日本の思い出のある唯一のものだから」

仲間たちの許へ戻る前にあの人はそう言って、いつもしていたメガネを私に渡した。

「……必ず取りに戻るよ。約束する。それまでは君が持っていてほしい。……ユーリ。君の見ているものが、俺の見ていたものが、このメガネを通して繋がれるようにと願ってる。いつも、いつまでも、君の幸せを祈ってるよ」

あの人はまるで別れの言葉のようにそう呟《つぶや》いた。

そして誰に告げることもなく、朝を待つこともなく、たった一人で古城へ向かった。

たくさんの仲間や、無事でいてほしいと願う私たちの祈りの全てを置き去りにして。

あの人は〝獣の王〟と、その軍勢と、たった一人で戦った。

あまりに無謀だ。仲間たちはいったい何のために存在するのか。彼の不在にようやく気づいた誰かが怒りと悲しみの声を上げていた。今すぐみんなであいつを助けに行こうと仲間たちは立ち上がった。それは、朝日が眩《まぶ》しく辺りを照らし始める頃だった。勝利を手にしたあの人が、朝日と共に、私たちの許へと戻って来た。

「終わったよ」と言った。「ごめん」と首を振った。「悪いけど今は眠りたい」と肩を落とした。「少し、一人にしてほしいんだ」と声を荒らげた。仲間たちの誰とも目を合わせず、機関車の自室へと戻った。

その日からあの人はただの一度も笑わなくなってしまった。

いったい何があったんだろう。まるで人形のようだと、思った。心の大切な部分を乱暴に削り取られてしまったように私には見えたのだ。

無事に帰って来てくれた。私はただそれだけでよかった。多分クロースも同じだった。

でもあの人の心はまだ、遠いどこかをさ迷い続けていて、私たちのところへ帰ってきていない。そんな漠然とした不安があった。戦争を終えた後あの人は、学園の〝第一理事長室〟に長い間引きこもるようになったのだ。

〝獣の王〟をたった一人で倒したあの人は、英雄として世界中から賞賛された。

世界中の誰もがあの人を称《たた》える声は、けれどあの人にはまるで届いていなかった。

幾つ季節が過ぎた頃だろう。どれだけの仲間があの人の許を去って行っただろう。

やつれ切ったあの人はようやく部屋から出て来たかと思うと、心も命も空っぽみたいな顔でクロースと私に微笑《ほほえ》んで、「少しだけ出かけて来るよ」「大丈夫。すぐに帰るから」「それじゃ……行ってきます」と、心配する私たちにそれだけ言って、どこかへ出かけていってしまった。

それっきり、あの人は二度と戻ってこなかった。


話によるとあの人は、〝獣の王〟の根城だった古城でたった一人、息絶えているところを発見されたのだという。

どこかの国の偉い人たちが研究のためだと言って、強力な魔法式の込められたあの人の遺体を持って行ってしまった。「お前たちは別に英雄の本当の家族じゃないだろう。何も教えてやる義理はない」と怖い人たちにそう言われたきりだ。クロースも私も、あの人の遺体にただの一度も会わせてもらえなかった。だからあの人が死んだということも実感が中々わかなかった。

あの人の訃報を受け取っても、クロースは、一粒の涙も流すことはなかった。

ただの飾りでしかない空っぽの墓標に、私とクロースは二人で一緒に花を手向けた。

そのときもクロースは泣かなかったし、あの人の名前が刻まれた墓標に祈ることさえ一度もなかった。

ただぎゅっと、墓標の前で私の手を強く握った。

その手は今まで触れた何よりも冷たいと感じた。かすかに震えていたその手を握り返せばよかった。そうすればクロースは私のそばにいてくれたかもしれない。あの人みたいに私たちを置いて、どこか遠くへ行ってしまうなんてことはなかったかもしれない。

程なくしてクロースは、あの人の後を追うように死んでしまった。

彼女の遺体を最初に見つけたのは私だ。クロースは私たちが三人で暮らしていた森の奥の小屋で自ら命を絶っていた。三人で一緒に眠った少し大きめのベッドで、クロースは一人で瞼《まぶた》を閉じて冷たくなっていた。

遺書もなく。遺言もなく。その意志をうかがい知ることのできるものは何もなかった。

だからこそ尚更《なおさら》に、クロースは誰より深い悲しみの中にいたのだと私には感じた。涙を流していないからといって、その人が泣いていないわけではないのだと、私は知った。

私は最後にクロースを抱きしめて一緒に眠った。

深い悲しみは目には見えないし言葉にだって到底ならない。冷たい身体のクロースを抱きしめることで、〝さよなら〟と、〝ありがとう〟と、〝嫌だよ。置いて、行かないで……〟という寂しい気持ちを伝えられたらいい。私はそう祈ってた。

それから程なくして、国営放送の電波が〝世界の終わり〟をアナウンスした。

はるか宇宙のかなたから、巨大な惑星が接近してきているのだということだった。宇宙の果てを知りたいと長く観測し続けてきた大国の研究チームがそれを発見。その惑星が私たちの世界を呑《の》み込むまで残り十数年ほどだという。

惑星を発見した研究チームの属する北陸の小国と、この世界を分断する四つの大国とは力を合わせ、その惑星を破壊するなりして危機を回避する方法を様々に考案。けれどその惑星はあまりに巨大過ぎたのだ。十数年程度の猶予では惑星の軌道を変えることも、あまりにもあんまりな巨大さを誇る惑星《ほし》を破壊することも、どれも不可能だと判断された。

世界中の人間たちをこの世界から脱出させるほどの技術力もない。絶望だ。

〝獣の王〟を倒したような〝英雄〟が、残された十数年の間に再び現れない限り、私たちの終わりは決して覆らない――どうかみなさん。残り十数年。大切に。大切に。それぞれの隣にいる誰かのことを。どうか。大事に。大事に。一秒、一秒を。悔いのないよう、生きてください。

代表して〝世界の終わり〟をアナウンスしていた大国の王様は、湿っぽい演説を終えると、これからは国民のためじゃなく自分の人生を自分のためだけに生きたいと残し、王の座を辞した。

噴出した批判や暴動にも聞く耳持たない元王様の様子に、〝ああ、これは本当なのかもしれないぞ〟と世界中の人たちは恐る恐る空を見上げた。世界の中心には〝世界終末時計〟と名付けられた巨大な時計塔が建設された。その秒針は一秒、一秒、確実に進んだ。

世界は本当に終わるのだ。

それもあと十数年で……。

誰もが生きることに投げやりになってしまった。誰もが自分の人生に意味はなかったのかと首を傾《かし》げて涙を流した。誰もが残された自分の時間だけでも豊かにしたいと、昨日まで愛していたはずの隣人の命を平気で蝕む。

そして誰もが英雄に助けを求めた。どうしてこんなときにお前はいないんだと、誰もが英雄を恨んだ。

大好きだったものはカケラも残さずあっという間に消え失《う》せた――こんな世界、あまりにも、悲しい。

お願い、と私は思う。

もう二度と目を覚ますことのないクロースの隣で瞼を閉じる。お願いします。神さま。どうか目を覚ましたらすべて元に戻っていますように。あの人と。クロースと。私。三人で家族みたいに暮らしていたあの頃に戻してください。

2

私の祈りは聞き届けられなかった。悪夢は覚めることなく続いた。

……おかしいな。

どうして生きてるんだろう私。

二人と同じところに行きたくて、眠る前に、毒をたくさんたくさん、飲んだんだけどな。

たった一人で生きていけるほど私は強くできてない。

鋭い刃物で身体を切りつけてみた。傷はあっという間に治ってしまった。

……そういえば私、今まで怪我《けが》をしたことあったっけ。

どうでもいい。

二人にもう一度だけ逢いたい。ただそれだけを願ってた。

……もしかしたら私の異変は、このときすでに始まっていたのかもしれない。


私は魔法学園の〝第一理事長室〟に忍び込んだ。

あの人の部屋になら、死ねない私を殺してくれる、そのための方法があるかもしれない。そんな希望を抱いた。

忍び込んだ理事長室はカーテンも閉め切られ真っ暗だ。けれど、淡い光が一つだけ灯《とも》っていた。本棚だ。そこに収められていた一冊が、夜空の星みたいに瞬いている。

その一冊はひとりでに本棚からこぼれ落ち、宙に浮かんだままパラパラとページが躍った。


――ごめんな、二人とも。もしかしたらこれが最後になるかもしれない。

どこからかあの人の声がした。私は「どこにいるの！」と思わず叫んだ。

――本当はもっと、君たち二人と一緒に笑える一秒を、たくさん、たくさん、重ねていきたかった。それだけの人生で本当は、よかったんだ。

私の呼びかけに、声は答えてくれない。

――ユーリ。ごめん。君を戦場で助けて、家族にしたのに。それなのに、もしかしたら俺は、君の人生に責任をもってやれないかもしれない。

その声は、古いテープに録音された声みたいに、決められた言葉を繰り返すだけ。

――クロース。ごめん。本当は、あなたにはたくさん〝ありがとう〟を言わなきゃならないはずなのに。こんな最期で、本当に。ごめんなさい。

この本に込められたあの人の魔力に、この声は、宿っている。そう感じた。

――〝希望〟と名付けたこの魔導書が、いつか、君たちの願いを叶えてくれると信じてる。この世界のためなんかじゃない。君たち二人の幸せだけを、いつまでも願ってる。

私は叫んだ。「いやだ!」「お願い……っ」「私を置いて、行かないで……」

でも……。

声は途切れた。

本は光を失って、本棚ではなく、私の胸の中へと納まった。

3

死ねない私は、死にゆく世界を旅することにした。

私は毒を飲んでも深く刺しても死ぬことができない。なぜかは知らない。知りたくもない。けれど私はとっくに死んでいた。

私は、世界中からいつの間にか存在しないことになっていたのだ。

まだ学園に残っていた数名の生徒や教師たち。

近所の町に暮らす人たち。

野良猫や野良犬に至るまで……。

命あるもの全ての記憶から〝私という存在〟が消えてなくなってしまってた。

誰も私の姿が見えないし。誰も、私の声は聞こえない。まるで、最初から世界中のどこにも存在していなかったみたいに……。どうやら鏡も私の姿を忘れてしまったらしい。覗《のぞ》き込んだクロースの鏡台に、私の姿は映らなかった。これじゃ寝癖も直せない。誰にも見てもらえないならそれでもいいかとすぐに思った。

いつからこうなっていたのかはわからない。

私は、二人に置いて行かれてしまったことを悲しんでばかりいた。死ねない自分を殺す方法を考えるのに大忙しで、自分の変化に気づけなかった。思い当たるのは〝第一理事長室〟で見た一冊の本だ。けれど原因を確かめる方法はなかった。

もしかしたら、と私は思った。

一緒に〝獣の王〟と戦った仲間たちの中になら、私を覚えてくれてる人がいるかもしれない。私を、殺してくれる人がいるかもしれない。

誕生日にクロースからもらった靴を履き、小さな鞄《かばん》と杖《つえ》を持ち、英雄から渡されたメガネをお守り代わりに握り締め、私はどこまでも歩いていくことにした。

世界各地に散らばっている仲間たち。それぞれの故郷を訪ね歩く旅だった。

最初に訪れた仲間は、彼の帰りを待っていてくれた幼馴染《おさなな じ》みと結婚し、子供を作り、一人、二人と家族を増やし、幸せに生きていた。私がやって来たときちょうど三人目の出産日だった。かわいい子だった。やっぱり私の声は届かなかったけど「おめでとう」と言った。

彼の故郷は色とりどりの名もない花に彩られた森の奥深くにあるエルフの町だった。お祝いのつもりで、町中に咲いていた綺麗《きれい》な花をたくさん摘んで、玄関先を飾った。

私を殺して、と伝える代わりに、玄関先に改めて「おめでとう。幸せに」と、摘んで来た花で文字を作った。


次に訪れた仲間は、自分の無力さに嘆いてた。

世界は終わる。大切な家族の未来を護ってやれない。英雄になれない俺でごめん。そう言ってうなだれる仲間の手を取った女性が「そんなことない」と首を振り微笑《ほほえ》んだ。「あなたはこうして戻って来てくれた。それだけで充分だ。特別になんてならなくてもいい」

彼の故郷は蒸気で動く歯車とブリキでできた労働者の国だった。彼は手を取ってくれた女性と結婚し、残り十数年の結婚生活のために、終わる世界の中ででも懸命に働いて今日を生きていた。残された時間。一秒、一秒。自分の全ては妻のために使うんだと決めていた。

「私を殺してほしい」だなんて、とてもじゃないけど言えるような空気じゃない。

言ったところでこの仲間にも私の姿は見えないし、私の声も聞こえないのだから、意味はなかっただろうけど。

私は、旅の途中で拾った綺麗な色の宝石で指輪を作ってポストに入れた。宝石には花言葉みたいに一つ一つ意味があるらしい。未来を祝福する言葉の贈られた宝石だった。

次に訪れた仲間は、恋を諦めようとしていた。

彼女は故郷に残してきた恋人と将来を誓い合っていた。けれど〝獣の王〟との戦いで戦死したと、間違えた訃報が恋人の元に届いていたようだ。戦争が終わるまで悲しみ抜いた恋人は、その悲しみに寄り添ってくれた幼馴染みと新しい恋をした。戦争を終えて急いで戻って来た仲間はその事実を知り、恋人には会わないまま、再び故郷を去った。今はたった一人で小さな部屋に住んでいる。毎晩一人で、泣いていた。

眩暈《めまい》を起こしそうなきらびやかなネオンの瞬く町だった。

そこには明日が見えない一人ぼっちな人たちが集まって来る。その誰もが〝人生で一番楽しかった思い出に浸れる薬〟を乱用し夢と現実の区別もつかなくなっていた。彼女もまたその薬を毎日バリバリと、まるで美味《おい》しいお菓子を頰張《ほお》るように大量に嚙《か》み砕《くだ》いていた。どんな夢を見ているのだろう。薬を大量に吞《の》み込んだ彼女は横になったベッドの上で朝まですっと泣いていた。楽しい夢が見られる薬を飲んだはずなのに……。

「……おやすみなさい。どうか、いい夢を」と、眠り続ける彼女に私はそれだけしか言えなかった。私を殺してほしいだなんて、とても言えない――俺、好きな人がいたんだ。でもその人とはもう二度と、逢《あ》えない。

あの英雄《ひと》の声がどこからか聞こえた気がした。


どこまでも、どこまでも、私を殺してくれる人を探して歩く旅だった。

私はどれくらいの距離を歩いただろう。私は、どれくらいの仲間たちを訪ねただろう。

訪ね歩いた仲間たちは結局、誰一人として私のことを見つけてくれなかった。

世界はあと十数年で終わりを迎える。それでも仲間たちは誰もがそれぞれの〝今〟を生きてる。結婚をして。大人になることのできない子供を作り。震える小さな心を励まし合って。二度と逢えなくとも愛したままの人を想う日々。

誰もがみんな、自分以外の誰かを大切に想おうと、必死になって今を生きてる。

……私にはもう、そう想えるような人はどこにもいない。

旅を続ければ続けるだけ、その事実をただ思い知らされるだけだった。


――ユーリ。君の見ているものが、俺の見ていたものが、このメガネを通して繋がれるようにと願ってる。


ふと、英雄《あのひと》の声が聞こえた気がした。

それは誰もいない川べりで火をおこし、野営していた寂しい夜のことだった。

寂しいときは、お守り代わりに身に着けている英雄《あの人》のメガネをかけてみる。それが私の癖になっていた。遠いどこかで英雄《あの人》が同じ風景を見ていてくれる気がして。すぐ隣に、英雄《あの人》がいてくれるように、思えて……。

一人ぼっちの夜を越える勇気が欲しくて、その日も、メガネを何気なくかけてみた。

すると不思議なことが起きたのだ。

どこからか英雄《あの人》の声が聞こえた気がした次の瞬間だった。メガネの向こうにあるはずのない光景が映り込んでいるのに気づいた。私の目の前には雲一つない星空と、焚火《たきび》がゆらゆらと揺らめいている。けれどメガネの向こうは雨降りの冷たい夜だったのだ。ザーザーと、激しい雨音さえ聞こえてくる。

メガネを通して〝誰か〟の視界と繋がる感覚があった。

不思議とそう理解できてしまえる自分の感覚もおかしかったけど……。

メガネを通して伝わってくる男の子の息遣いに懐かしさを覚えた。それは、英雄《あの人》と同じ命のきらめき。英雄《あの人》と同じ魔力の気配だ。確かにそれを、男の子の中に感じたのだ。

魔力は人それぞれに形が違う。決して同じものはありえない。それは生まれ変わろうと変わることのない魂の特徴だ。

つまりこの子は、信じがたいことではあるけれど、英雄《あの人》の生まれ変わり……？

何が起きているのかわからなかった。

このメガネには英雄《あの人》の魔力が宿っているのを感じる。だからといってなぜ、こんなことが起こるのか……。疑問に思いながらも、不思議に思いながらも、あともう少しだけと、罪悪感に蓋をしながら長い間、男の子の人生を私は覗《のぞ》き見ていくことになる。


男の子が生きているのはここととは違う別の世界だった。

そこで男の子は人知れず苦しみながら生きていた。生まれながらに〝一秒先の未来が視える〟という力があるのに、自分は家族を護《まも》れなかった。みんなが死んだのは自分のせいだ。ただ家族と一緒に、ただふつうに、生きていきたいだけだったのに。それさえも叶わない。私が覗き見るとき、男の子は決まって泣いていた。

この現象にはルールがあることに気づいた。

メガネをかけても常に男の子の視界を覗き見れるわけじゃない。男の子が苦しいと思うとき。悲しいと思うとき。流れる涙が止まらなくなったとき。そういうときにだけしか視界は繋がらないようだった。

男の子は「一人は嫌だ」と毎夜のように泣いていた。「誰も俺のことを見てくれない」

……そうだよね、一人ぼっちは寂しいよね。

そう答えてみても私の声は届かない。

男の子は「ただ、ふつうでいたかったのに」といつもため息をついていた。「ただただふつうの人生がほしかった。それなのに、どうして……」

……そうだね。私も、ふつうの女の子みたいに生きていたかった。でも、ふつうが一番難しい。きっと世界を救うことよりも。

男の子は「ダメだ。悪い夢ばかり見る」と言って毎晩頭を抱えてる。「俺はきっと、死ぬまでずっと、一人きりだ」

……大丈夫。あなたを一人ぼっちにだけはさせないよ。……って、そう、伝えられたらいいのにな。

メガネを通して男の子のことを見つめる度に、私はそう祈るようになっていた。届かないとわかっているのに、メガネ越しに声を掛けている。

英雄の仲間たちが大切な人の隣に戻っていったように、私にも、大切な人ができたんだと思いたかったのかもしれない。男の子が一人ぼっちで、それでも少しずつ成長していく姿を、私は、長い、とても長い間、ここから見守っているつもりだったのだ。

だからこそ私は、ある日ふとメガネを通して垣間見《かいまみ》た、いつもと違うとある光景に、息を吞《の》んだのだった……。

その光景を視た私は旅を終え、急いで学園に戻った。

〝第一理事長室〟には英雄《あの人》の作ったたくさんの魔法が記録されている。そこに今、必要なものがあるはずだ。

早く、早く、と私は焦る。

早く召喚魔法を習得しなければ。

早く、あの子にこの世界を救ってもらわなければ……。

私は〝第一理事長室〟に溢れた本の中に、召喚魔法についてのレシピが記されたものを見つけた。けれどそれは難解すぎて、通常なら開発者ではない私が習得するには長い時間がかかるだろう。

死ねない私が永遠にも等しい一生涯を賭してでも習得できるかどうか……。

この世界に残された時間は限られてしまってる。一生涯なんて誰も待っていてはくれない。それに時間がかかればかかるほど、あの子の心や精神はどんどん擦り減り、取り返しのつかないくらい、傷ついて行く……。早くしないと間に合わなくなる。急げ、急げと、私は未熟なばかりの自分に毎日叫んだ。旅の途中、メガネを通して見たあの光景を、現実のものにさせてはいけない。そのために召喚魔法を完成させる必要があった。

最初にメガネを通して繋《つな》がったとき、男の子は二桁にも届かない年齢だった。少年から青年に手が届きそうになるくらいの長い時間を見守った。今は確か十六歳。そろそろ大人になろうかという年齢だ。身体は大人になると強くなる。けれど、心は大人になると少しだけ脆《もろ》くなる。男の子の心はそろそろ限界なのだろう。メガネが男の子の視界と繋がる頻度が日に日に増えていっている。

メガネが私に見せたあの光景。その瞬間が、刻一刻と、近づいてくる……。

未熟な私は召喚魔法を習得できないまま、ついにその日を迎えてしまった。男の子が十七歳の誕生日を迎えたとある夜。男の子は誰もいない学校の屋上に立っていた。男の子の心は深い悲しみに満ちている。「やめて」、と私は叫んだ。けれど、だめだ。私の声は届かない。いつだって、そうだ。

あの子は学校の校舎から飛び降りた、その瞬間。

「お願い……クロース……お母さん……どうか私に、力を貸して……っ」

まだ完ぺきではない召喚魔法を私は使った。


難解であるはずの召喚魔法を、私はたぶん、成功させることができた。

魔法使いの学園に残された魔法は全て英雄《あの人》の遺産だ。きっと私たちの未来を想《おも》い、遺《のこ》してくれたもの。だから成功できたのだと私は信じる。

けれどこれは本当に、成功と呼べるのか……。

男の子は、今にも死にかけていた。砕けた骨が皮膚を突き破り。呼吸はか細く、頼りない。横たえた床が血の色にジワリと染まっていっていた——ギリギリ間に合わなかったのだ。男の子の身体が硬い地面に叩《たた》きつけられた。その瞬間に、召喚魔法は発動した。

ダメだ。私に回復魔法は使えない。

私は、冷たくなっていく男の子の手を握る。ようやくこうして触れられたのに。私は、男の子の名前を繰り返し呼んでいた。ようやくこうして、声が届くのに。

この光景を回避させたくて私は召喚魔法を覚えるのに長い時間を、かけたのに……。

「大丈夫。私に任せろ」

ふと声がした。

驚いた。振り向いた先に女の子が一人いたのだ。

その子がそっと、無数にある傷口の一つに触れる。すると男の子の身体はあっという間に修復された。呼吸も脈拍も正常に戻る。男の子は穏やかな寝息を繰り返し始めた。

あ、ああ……。よかった。本当に。

安心した。気づくと涙が溢《あふ》れてた。私は制服の袖でそれを拭った。

そこで私はようやく気づいた。

男の子を助けてくれたこの子には、どうやら私の姿が見えているようだ。色々と突然で、その不思議にようやく気づいたのだ。

あなたは、誰……？

「ああ、そっか。こんな姿だからわからないのも無理はないよな。私だよ。クロースだ」

え？　でも、あなたは死んだはずじゃ……。

「そうだよ。とっくに死んでる。今の私は幽霊だ」

そう言ったクロースはふと、私の知っている姿に戻ってみせてくれた。森の奥の小さな家で、三人で一緒に暮らしたときの姿だ。

「普段は私が生涯で魔力が一番充実していた頃の姿を選んでる。まあイメージの問題でしかないけど……、おっと」

「ッ」

私は思わずクロースに抱き着いていた。

ずっと、ずっと、一人ぼっちで、寂しかったんだよ――そんな気持ちを言葉で伝える代わりに、力いっぱい。

ああ。クロースの匂いだ。お母さんのあったかさだ。幽霊なのに不思議だなと思って、少し、可笑《おか》しくなった。また、逢えるなんて。また話せるなんて。また、抱きしめてもらえるなんて。すごい。……すごいよ。ありがとう、神さま。

「……ごめんな。本当に馬鹿なことをしたと思ってる」いきなり抱き着いた私に驚いていたクロースだったが、すぐに私のことを両手で包むように抱き返してくれていた。「いつかあいつは戻って来てくれると思いたかったんだ。こうして幽霊になってでも、あいつの帰りを待っていたかったんだ……たぶん私は、あいつが死んだなんて……そんなのは、認めたくなくて。でもこいつがここに召喚されたということは……」

そこで唇を結んで言葉を切った。

そしてクロースは「おかしいな」と言って首を傾げる。

「ここ数年間の記憶が曖昧なんだ。……どうして私はお前のことを捜さなかったんだろう。信じられない。こうして幽霊になってまで、あいつと一緒に作った学園に留《とど》まっていたのに。言い訳みたいだけど、ごめんな、今日までお前のことを忘れてしまっていたんだよ。なあ、ユーリ。今までどこにいたんだ？」

私はクロースにこれまでのことを話した。

英雄《あの人》とクロースの後を追って自分も死のうと思った。毒をたくさん飲んだし自分をたくさん傷つけた。けれど、死ねなかった。その代わり自分の存在が死んでいることに気づいた。誰にも認識されず覚えられてさえもいない。そんな状態の中で何年も、何年も、たった一人で生きて来た。そして、英雄《あの人》の部屋である〝第一理事長室〟で、〝希望〟と名付けられた〝魔導書〟を見つけたことも私は話した。

「そっか。大変だったんだな、本当に」クロースは更に強く抱きしめてくれた。

クロースは幽霊だ。もしもあの人が帰って来てくれたとき以外、誰の前にも姿を現すつもりはなかった。透明なままで学園をさ迷っていたという。つまり私たちは互いに互いの姿が見えないまま、いつもすぐ近くにいたということだった。

「……世界中がお前のことを忘れてしまい、姿も見えなくなってしまった原因は、お前の中に宿った〝魔導書〟にあると思う。そこに施された封印が、お前の魔力を吸い取ってしまったせいじゃないかな」

クロースは英雄《あの人》と一緒に〝魔導書〟に封印を施したのだと言った。だから封印の特性は理解できている。

「こうしてまたユーリのことを思い出せたのは、この少年を召喚したからじゃないかなと思う。信じられないけれど微細だが少年から英雄《あいつ》と同じ魔力を感じるよ。……ユーリは少年の手を握っていたろ？　そのときユーリの中に英雄《あいつ》の魔力が補充されたんだと思う」

本当によくがんばったなと、クロースは私に言った。

「ごめんな。お前が一番寂しいときにそばにいてやれなかっただなんて。酷《ひど》いよな。お母さん失格だ」

クロースは私をもう一度ぎゅっと強く抱きしめてくれた。

そのまま私はクロースに問いかける。一人ぼっちで旅をして歩いた長い時間の中で、知りたいこととたくさんたくさん、出会ってきたから。

「……ねえ、クロース」

「ああ、なんだ？　ユーリ」

「英雄《あの人》は私に、〝ふつうの女の子として生きていってほしい〟って言ってた。……それがあの人の最後の願いなんだって」

訪ね歩いた仲間たちも同じような言葉を贈り合っていたように思う。

「ねえ、教えてクロース。ふつうの女の子として生きていくって、それって、どういうことだと思う？」

「んー？　そんなのは簡単だよ」

クロースは私の頭を撫《な》でながらこう言った。「恋することだ」

「え？」

「……たとえばの話だ。どんなにがんばっても死ねない女の子でも。どんなに、世界中から忘れられてしまった〝誰か〟でも。どんなにふつうじゃない人生を運命づけられているような存在だとしても。ただ、恋をして生きているなら、それはどこにでもいるふつうの女の子なんだと私は思うな」

「恋って、なに？」

それはお前自身が見つけろよとクロースは笑顔を見せた。「……いつかお前のことを〝大好き〟って言ってくれる人が現れたら素敵だな。その人のことをもし、お前も大好きだと思えるのなら、もっともっと、素敵だな。そんな出逢《であ》いがお前にもあることを祈ってる。でもな。覚悟してろよ。恋することは世界を救うより、ずっとずっと難しいぞ」

「世界を救うより？」

「ああ。たぶんだけどな」

「クロースも恋してた？」

「……ああ、そうだな、そういうこともあったかもしれないな」

「英雄《あの人》も好きな人がいるんだって、言ってた。元いた世界に。だからもう二度とその人とは逢《あ》えないって……」

「そっか。それは、悲しいな」

クロースは笑顔に少し、寂しさの影を落としていた。

パッと表情を変えて言う。

「でもさ、凄《すご》いじゃないかユーリ。たった一人でこんな難しい召喚魔法を成功させるなんて。さすがは私たちの子供だな」

そこでクロースは不思議そうに首を傾げた。

「なあ、ユーリ。どうしてこいつを召喚しようと思ったんだ？　確かに英雄《あいつ》と同じ魂の持ち主なのかもしれない。同じ魔力の気配を感じるよ。でもな、魂は同じでも英雄《あいつ》とは別人だ。この少年を召喚したからといって、英雄《あいつ》と逢えるわけじゃないんだぞ……？」

おかしいな。そう言うクロースの方がよっぽど、つらそうな顔をしているように見えた。

「…………」

なぜ、私は男の子を召喚したのか……。

その理由は二つある。一緒に旅をしていた英雄のメガネが、私に一つ、絶望的な未来を見せてくれたのだ。それは男の子の視界と繋がるいつもの光景とは違うものだった。

男の子が十七歳を迎えた夜。自分自身の人生に絶望し、自ら命を絶つため飛び降りる。どんなに「やめて」と願っても私の声は届かない。そんな未来だ。

メガネがその光景を私に見せたのは、英雄《あの人》が私に助けを求めているから……？

そう思いたかった私は、男の子を召喚して未来を変えようと決めた。あのまま一人でいたら男の子は間違いなく、メガネが見せた結末にたどり着くと想像できた。だから私は早く、早くと、召喚魔法をいつか訪れる〝その日〟までに習得しなければと焦っていた。

そして、もう一つの理由は……。

「お願い、クロース。この男の子と一緒に……大咲空と一緒に、私を殺せる方法を探してほしい」

「何を、言ってるんだユーリ……」

「私、死ねない私を殺してくれる人を探してた。英雄《あの人》の仲間たちを訪ねて歩いた。クロースも英雄《あの人》も、大切な人のいない世界を生きていく自信なんてどこにもなかった。でも、誰も、私を殺してくれなかった。私の姿も、私の声も、誰も気づいてくれなくて……」

……そんなの、小さな私にはとても耐えられそうになかったんだ。

「英雄《あの人》の生まれ変わりなら私をきっと殺せるようになる。そう思ったから、そう、期待したから、この男の子が死んでしまうその前に、急いで召喚しようと決めたんだよ」

「今は私がそばにいる。それじゃ、ダメなのか？」

「ううん。ダメじゃない」ダメじゃ、ないけど……。「クロースにまたこうして逢えた。一人じゃ、なかった。それがわかっただけでもう充分」

私はもう一度、クロースの身体に強く抱きつく。やっぱりクロースは他の何より温かい。この温かさがまたいつか突然、消えてなくなることだってあるかもしれない。クロースが息絶えていた日のことを私は思っていた。

あんな悲しい思いをするのはもう嫌だった。

クロースは幽霊だ。いつまた姿を消してしまうかわからなくて、怖い。

「あいつの残した〝魔導書〟には、世界を救う方法が記されてるかもしれない」

ふと、クロースが言った。

「あの〝魔導書〟は最初に読もうとした人物の魂に寄生する。宿主の魔力を吸い取ることで存在を消失させようとする特性があるんだ。そうして悪意ある者が読むことのできないようにする。私も英雄《あいつ》と一緒に〝魔導書〟に封印を施したから、基本的な封印のルールくらいは知っているよ」

寄生された人間から〝魔導書〟を取り出す方法は一つだけだとクロースは言った。

「寄生された宿主の生命活動を止めることだ。なあ、ユーリ。お前はそれをわかっていて、〝自分を殺してくれる人〟を探していたわけじゃないのか？」

違うと言って私は首を振る。そんなルールがあること自体はじめて知った。

他にも私の知らないルールがあるのだろうか……？

わからない。でも、そんなこと、私にはもうどうでもよかったんだ。

私は、英雄《あの人》のいない世界の中で、ふつうの女の子みたいに生きていくのはきっと無理。だからせめてクロースの生きてたこの世界を護《まも》りたい。せめて、あの人が救ったこの世界の未来を護りたい。だから、お願い。私を殺して。それで世界が救われるならそれでいい。

クロースはため息をついて目を伏せた。

「……ユーリ。お前を殺す以外に方法がないかどうか探しておくよ。きっとどこかにあいつはその方法を隠してくれてるはずだと私は信じる。その少年が目覚めたら教えて欲しい。私は、自分の部屋でいろいろと調べながら待ってるよ」

クロースは部屋を出ていった。

残された私はもう一度、眠り続ける男の子の頬《ほお》を指先で触れてみた。

……涙だ。きっと悪い夢にうなされている。大丈夫。もう、心配いらないよ。そんな私の呼びかけが夢の中まで届けばいいと祈ってた。

私は待った。男の子が目覚めるまで、いつまでもそばで待ち続けていた。

苦しそうにうなされる男の子の手を私は握った。何度でも大丈夫だよとそう言った。もしもこのまま目を覚まさなかったらどうしよう。そんな不安を涙と一緒に何度も拭った……。

どれくらいの時間が過ぎただろう。

男の子は、むせかえるほどの悪夢の気配と共に、目を覚ます……。

そんな男の子へ、おはようの代わりに、〝おかえりなさい〟の代わりに、私は願った。

あなたのその手で、英雄《あの人》の代わりに、私を殺して——

「……お願いします。もう一度、この世界を救ってもらえませんか？」

4

「ねえ、空。何してるの？　早く行くの。日が暮れる前に学園へ戻らなきゃ。暗くなったら足元も不安なの」

「あ、ああ、そうだな。今行くよ……」

大咲空とギン。

二人の声が聞こえて私は目を覚ました。

夢を見ていた。長い、とても長い夢だった。

はらはら、はらりと……。

白と黒の羽が舞う。天井に開いた穴から覗いた、まだら模様の青空を私は仰いでいた。

この空には見覚えがある。千切れ飛んだ血と骨と肉に溺れそうな戦場で目覚めると、決まって最初に目に飛び込んで来た光景だ。英雄《あの人》に救ってもらう以前。幼い頃の記憶だ。その頃のことを私はあまりよく思い出せない。

私は、またあの場所に戻って来たのかと錯覚しそうになったけど……。

ここはめちゃくちゃに壊れた列車の中だとわかった。

降り積もった羽の中から私はゴソゴソと抜け出した。また、制服がボロボロになっている。背中が大きく破れてしまっていた。こんな姿を見られるのは恥ずかしい。けど、嫌だ、置いて行かれるのはもう嫌だ。私は列車の中から飛び出した。「待って」「嫌だ」「私を置いて、行かないで」

思わず叫んでいた。

けれど私の声は二人に届かない。そのまま二人は振り返ることもなく線路を歩いて遠ざかって行っていた。

ああ、そうか。

この感じには覚えがある。

これはつい数日前まで私がたった一人で閉じ込められていた世界だ。

力を使いすぎたのかもしれない。私の存在を覆い隠そうとする〝魔導書〟の封印に、抵抗できるだけの力が私の中に残っていなかった。

きっと二人には私の姿が見えていない。きっと、私のことを覚えてもいないはず。

私はまた一人ぼっちになったんだなと、わかった。


「そういえば放送室にあった機材だけど、修理しておいたよ」

ルカの声がする。

「もう大丈夫なの？　まだ鏡の中で休んでおいてもいいんだよ？」

ギンの心配そうな声がする。

「うん。ありがとう。もう平気だよ。……たぶん空くんは元の世界に戻れるんじゃないかな」

「え？　そうなのか？」

大咲空の驚いたような声がする。

「チャイムが鳴るよう修理したときに、気になって色々とあの装置を調べてみたんだ。設計図に用いられてた言語はハッキリと解読はできなかったけど……。あの装置は魔力の結晶体である鉱石の力を利用して、別の世界に繋がれる機能があるみたいだ。こちらから別の世界へ移動することはできても、別の世界から生命体を呼び寄せたりすることはできないみたいで、そこはちょっと残念だ」

「そうだったのか……」

「でも、この世界の英雄はあの機材を一人で設計したんだよね？　魔力の扱いについての知識が相当に豊富だったんだろうなと思うよ。あ、でも。後になって余計なことしちゃったかなって、不安になって……よかったのかな」

「あ、ああ。うん。……ありがとう。ルカは、あの装置を使って元の世界に戻るのか？」

「ううん。ぼくはいいよ。この世界でやり残したことがあるんだ。それに、鉱石も一つしか学園には残ってないみたいだしね。列車を動かしていた機械人形が持ってたやつだよ。空くんがもし元の世界に戻りたいなら使えばいいよ」


そっか。

あの装置はちゃんと直ったんだ。

設計図を見ても何が書かれているかわからなかったけど……。

英雄《あの人》が装置を作っているとき、私にその機能について話して聞かせてくれていた。もし装置が完成したら英雄《あの人》の生まれた世界に私を連れて行ってくれるとも言っていた。

私があの装置を修理して、私が、大咲空を元の世界に戻したかった。

大咲空を世界の終わりに巻き込んでしまった。そんな私にできるお詫《わ》びはそれくらいだと思っていたから。

「ねえ空。あなたって目が悪かったの？」

不思議そうなギンの声がする。

「……でも、ん～……そのメガネ、あまり似合ってないって思うの」

「いや、目が悪いわけじゃないんだけど……。このメガネ、誰かに返して貰《もら》ったんじゃなかったっけな。そこのところがよく思い出せない……ごめん。こっちの話だ」

「ふぅ～ん？　何だかよくわかんないけど、今度もっとあなたにお似合いなのを一緒に探しに行くの。私がピッタリなのを選んであげる」

「ははは。どうしたのかな二人とも。少し見ない間にすごく仲良くなっちゃったんだね」

ルカが可笑《おか》しそうに笑い、大咲空とギンが「そんなことないっ」と同時に言って、真似《まね》しないでとじゃれ合うように唇を尖《とが》らせていた。

私は三人の後をトボトボとついて歩いていた。

これからどうしていいかわからなかった。

大咲空の手を握ると元に戻れるかもしれない、という期待はあった。召喚魔法で大咲空を呼び出したとき、今にも死んでしまいそうになっていた彼の手を私は握った。名前を呼んだ。何度も呼んだ。すると私は、長い間ずっと閉じ込められていた一人ぼっちの世界から戻ってこられた。

去っていく背中を追いかけて、少しだけ、その手に触れよう。それで全部、元通りだ。

「…………」

……元通り？

いったい、何が？

私は立ち止まり、辺りを見回す。

かつてはたくさんの国のたくさんの飛空艇が、時間を問わず空を埋め尽くしていた。

湖にも満員の遊覧船や客船が行き交っていた。

線路を絶え間なく行き交う列車が、世界の果てと大小さまざまな国や街を繋いでいた。

薄闇の広がる空を映した、波一つない湖の静かな水面。どこまでも真っすぐにかけられた鉄橋と線路。今、水平線の向こうには、朽ちかけて傾いた巨大なビルの姿が見えている。

見上げた空にはいつだって、終わりを引き連れ瞬く巨大な惑星《ほし》だ。

世界の寿命を示した巨大な終末時計の姿が、遠い水平線の向こうに浮かんで見えた。
去って行った人は数えきれない。
もう会えない人は、どれほどいるだろう。
声が聞きたい。手をつなぎたい。ただ、そばにいてほしい。
……でも英雄《あの人》はもう二度と、帰ってこない。
何も、何ひとつ、元には戻らない。
この世界には二度と戻らないものが多すぎる。

〝俺にも、好きな人がいたんだ〟

心の中に英雄《あの人》の声がする。
たぶん、遠い昔の夢を見たせいだ。

戦争が終わったあと、仲間たちは大切な人と手をつないで生きていた。
好きな人の隣で笑い合えるようにと、最期の時間を生きていた。

どうして？　と思った。

どうして私には、手をつないでいてくれる人がいないんだろう。一人ぼっちでいるんだろう。

私も英雄《あの人》と、ふつうの女の子みたいに、生きてみたかった。


叶わない恋に苦しむ仲間が一人いたのを覚えてる。

その気持ちならとてもよく、わかる気がしていた。


おかしいな。

変だな。

ずっと、我慢できていたはずなのに。

ずっと、知らない振りができていたはずなのに。

言葉がぽろぽろ、涙みたいに胸からこぼれる――お願い。と私は自分に呼びかける。

お願いだから、このまま忘れていてほしい。どうかこのまま、考えないようにしていてほしい。そう、願うのに。

〝俺にも、好きな人がいたんだ〟

〝でも、もう二度と、その人とは逢《あ》えない……〟

嫌だよ。

あなたから〝好きな人がいた〟だなんて、そんな話、私は聞きたくなかった。

私は……。

〝なあ、ユーリ。もしも明日、この世界が終わるとしたら、君は最後に何を願う……？〟

「……私はあなたに、〝好きだよ〟って、言ってほしかった」

ああ、嫌だ。

今日まで一生懸命、忘れられるように、考えなくて済むように、してたのに……。

遠い夢を見たせいだ。

夢であなたに逢ってしまった、そのせいだ。

「あなたに……一度だけでいい、本気じゃなくてもいいんだよ、ただ私にも〝好きだよ〟って、一言だけでいい、言ってほしかったんだ」


それが私の最後の願いだ。

そう伝えたい人はもう二度と、帰ってこない……。

ダメだ。嫌だよ。

好き、だなんて。

言葉にしてしまえばもうダメだ。

気づいてしまえば、もう、ダメだ。

二度と逢えない人を〝本当は好きだったんだ〟と思っても。呼びかけてほしかった言葉に気づいてしまっても。ただ、ただ、悲しくなるだけ。一人がますます寂しくなって、一人では生きていけなくなるくらい辛くなるだけだ。

だから忘れていたかったのに。

〝好きだ〟って、言葉の意味も知らない子供のままで、いたかったのに。

お願い……。どうか、お願い。

もう一度だけ、あの人に逢いたい。

誰にも届かない声で叫んで、誰にも見えない涙を流して……。

そんな私はいつも、いつまでも、世界が終わるその日まで、一人ぼっちだ。

「…………」

俺は誰かに呼ばれた気がして振り向いた。

けれどそこには誰もいない。どこまでも続いて行く線路が真っすぐ延びているだけだ。

はらはらはらりと、羽が舞う。

なぜか俺にはその光景が、ひどく悲しいもののように映った。

5

放送室の装置は前世の英雄《俺》が遺《のこ》したものだ。

線路を歩いて学園に帰りついた俺たちはその日の内に、ルカが修理を終えた装置の機能を試してみることにした。

移動したい先の世界にいる誰かが、こちらが発信した電波を受信する。それで二つの世界は繋がれる。動力源には魔力の結晶体である鉱石が必要だった。

今、学園に残されている鉱石はどこを探しても一つきり。もしもルカの言う通りの機能がこの装置にあったとして、そしてそれを正常に修理できていたとして、使えるのは一回きりだ。

ここで問題となるのはいったい誰が使うのか？　ということだが……。

半壊した時計塔の放送室で、起動させた装置の前に俺は立っていた。

「さっきも言ったけど、まだぼくらにはこの世界にやり残したことがあるんだ。だからもし元の世界に帰りたいなら、空くんが使うといいよ」そう言ってルカは俺に薄く微笑みかけた。「そもそも君は望んでここにいるわけじゃない。たとえ最後の一回を使ってでも、元の世界に帰る権利が君にはあるって思う。だから気兼ねなんてしなくていいんだ」

「……ふん」

ギンは頬《ほお》を膨らませ、そっぽを向いていた。その様子にルカは苦笑いを浮かべて、

「せっかく仲良くなれたのにさよならするのが寂しんだよ。きっと」

そんなことない！　と吠《ほ》えて牙を剝かれるかと思った。

けれど意外にもギンは何も言わない。そっぽを向いたまま、不満そうに唇を尖らせているだけだった。

俺はこの期に及んで迷っていた——本当に、俺は元の世界に帰りたいのだろうかと。

〝帰りたい〟と願えるほど、俺には元の世界に未練はない。

なぜなら元の世界に俺の帰りを待っていてくれる人など一人もいないからだ。


俺は幼い頃、家族を一人残らず、惨殺された。


それを俺は、なにもできず目の前で見ていた――いいや。何もしようともせず、ただ、見ていただけだった。

年に一度の家族旅行に出かけた先でのことだった。

お父さんとお母さん。俺は二人に両方の手を握ってもらって歩いていた。一つ年上の姉が今度は私と手を繋いでほしいと両親に訴えていた。俺はそんな姉に得意そうな顔をしてみせていた。仕方ないなあ姉さんはとばかりに繋いだ手を離した。その瞬間だったんだ。

たった一秒先からはじまる未来が視《み》えた――自分を含め家族全員が、異常なる者の運転するトラックに跳ね飛ばされてしまう瞬間を覗き視た――そんな未来を視た俺は、自分だけ、助かった。俺だけがすんでのところで一歩、前進することなく足を止めたのだ。

接近するトラックの轟音《ごうおん》。そして、たくさんの悲鳴。

異常事態の気配は既にあった。けれど家族は立ち止まった俺の方を気にしていた。

姉がこちらを振り返った。いつも優しい笑顔の父さんと目が合った。母さんが首を傾《かし》げて手を差し出そうとしていた。三人とも、笑顔だった。たった一秒。姉に意地悪してごめんと言えなかった。父さんに大好きだと言えなかった。母さんにいつもそばにいてくれて、味方でいてくれて、ありがとうと、言えなかった。目の前の全てを暴走するトラックが消し飛ばした。

俺はあの瞬間、何かできたはずだったんだ。

三人全員とはいかずとも、誰か一人くらい突き飛ばせば未来はまた変わっていたかもしれなかった。

けれど俺はそうしなかった。

幼さを言い訳にはできないはずだ。自分がトラックに轢《ひ》かれてしまうかもしれない。そんな未来と恐怖とを充分に理解して、俺は、意図して誰も突き飛ばそうとしなかったのだから。

その瞬間、俺は俺自身を、心のどこかで見限ったのだろうと思う。自分の命がかわいくて家族を見殺しにするような自分が許せなかった。どうしても。

それから十数年後になってようやく俺は、家族の後を追う勇気と覚悟が決まった。

だから、校舎の屋上から飛び降りて……。

「…………」

いや。おかしいな、とは思ってる。

家族を亡くしたのはもう何年も前のことだ。それなのになぜ俺は、今さらになって家族の後を追おうとしたのだろう。自分自身のことであるはずがうまく理由を思い出せなかった。

思い出せないと言えば、もう一つある。

この世界に召喚されて色々とあったから考える余裕もなかったが……。

俺は、この世界にやって来る前からずっと、何かを必死に探していたような気がしてる……。

違和感だ。

ほんの少し心の奥に何かが引っかかっている。

けれどハッキリしているのはこれ以上、〝英雄の生まれ変わり〟だからといって変に期待をさせるべきじゃないということだ。

だから、帰ることが正解なのかもしれない。誰も待っている人のいない元の世界へ。

俺は心の中にため息を満たして、装置についているダイヤルを、ボリュームを絞るように操作する。

小さな画面に表示された数字を増やしたり減らしたりと調整できた。自作したラジオが俺の自室には置いてある。無線機能も付けていたため、その呼び出し周波数に合わせることにした。

ザーザーと、装置のスピーカーからノイズが聴こえる。

向こう側では俺の勉強机に置いたラジオが反応しているのだろうと思う。たらい回しにされた親戚の家だった。近くにいる誰かが応対してくれれば世界はつながる。あちら側からの声がスピーカーから聞こえてくれれば帰れるはずだと、ルカに説明を受けた。

ブツ、と。

何かが破れる音にも似た雑音が一度した。きっと誰かが向こう側で無線のスイッチを入れたのだ。

俺は自分でダイヤルしておいて「ああ、そうか、帰るのか……」と思ってしまっていた。無責任に期待を持たせてしまうよりはマシなのかもしれないが、また、一人きりの毎日が待っているんだな。

「それじゃあ」とだけ俺は二人に言った。「うん。元気で」とルカは言った。「……やっぱり」とギンが言った。俺とルカは振り返る。「やっぱりそのメガネ、似合ってないの」と、そっぽを向いたままギンは呟《つぶや》いていた。「一緒に、新しいメガネ、探しに行こうって約束したのに……」

ああ。そういえば、そんなことを言ってくれていたなと思い出す。

元の世界に戻っても苦しいだけ。この世界に残っても重すぎる期待がつらいだけ。

けれど少なくともこの世界では俺はもう、一人ぼっちではないのかもしれない。

こんな簡単なことにようやく気づいた。俺は、この世界に残りたいんだ。
鉱石は無駄遣いしたことになるが、装置をオフにしよう。
そう決めたときだった。

『……そうだよね、一人ぼっちは寂しいよね』

声が聞こえた。女の人の声だ。
俺は、スピーカーを振り返る。
『……私も、ふつうの女の子みたいに生きていたかった』
「えっと。もしもし？　こっちの声は聞こえますか？」
マイクに向かって問いかけた。
『……でも、ふつうが一番難しい。きっと、世界を救うことよりも』
会話になっていないと感じた。

こちらの問いかけは届いていないのかもしれない。

「ねえ、空」

ギンに呼ばれている。

「あ、ああ。ごめん。なんかさ、電波が遠いのか会話にならなくて。……急に通話を切るのも悪いし」

振り返ってそう答えた。

すると不思議そうに、ギンが首を傾げていた。隣のルカも一緒に。

ギンが恐る恐るというように、俺に言った。

「あなた今、いったい誰と、話してるの？」

「……え？」

続けて声が、聞こえて来た。

『……大丈夫。あなたを一人ぼっちにだけはさせないよ』

その瞬間だ。

『……って、そう、伝えられたらいいのにな』

まるで、遠い過去の記憶を覗き見るように――

『……おやすみなさい』

クロースの写真や、英雄のメガネに触れたときと同じように、誰かの記憶が頭の中に流れ込んできて……。

『……せめて今夜は、よく眠れるように祈っています』

そして俺は、全て、思い出したのだ。

「ああ、そうか」

……そうだったんだ。

ユ、ユーリ。

君はいつも、俺のそばにいてくれたんだな。

6

俺は放送室を飛び出した。

ギンとルカが呼び止める声を背中に受けても構わずに。どこを目指しているのかもわからないままとにかく走った。ただ、じっとしていることだけはできなかった。

……知らなかったんだ。

馬鹿な俺にはそんなの、想像だってできていなかった。

思い出したんだ。

元の世界に置いてきた自作のラジオと周波数を合わせたことで……。

俺は、そこに宿る自分自身も忘れていた記憶を、覗《のぞ》き見た。

そうして俺は全て、思い出してしまったんだ。

……俺がずっと探していたものの正体は〝声〟だったんだ、と。

一番最初にその〝声〟を聞いたのはいつだっただろうか……確か、家族を救えなかったあの瞬間だ……『止まって。それ以上、進まないで』……頭の中で声がしたのだ……反射的に俺は、足を止めた……その瞬間……家族は肉片と化した。頭に響いた声のせいで、俺は一人だけ生き残ってしまった。

最初はそのとき聴こえた〝声〟を恨んだ。

自分だけ助かろうという卑しい心が生んだ〝幻聴〟だと思っていたんだ。だから俺はその日以来、自分自身のことを強く憎んだ。

これは呪いだと決めつけていたその〝声〟は何度も聞こえた。

次は家族の葬式が終わった日の夜だったように記憶している。誰が俺を引き取るのかという話を、親戚たちが、俺に隠そうともせず大声で話し合い、怒鳴り合っていた。まるでよくある安っぽいドラマみたいな状況だ。その中心にいる自分の命が世界で一番、安っぽい存在であるようにも感じられ……けれどそんなことよりただ、ただ、俺は悲しかったのを覚えている。お父さん。お母さん。それに、姉さん。何より大切な人たちだった。いつもそばで笑っていてほしかった。もう三人の姿は俺の記憶の中にだけしか存在しない。

これからはたった一人で生きていく。

そんな自信なんて欠片《かけら》もなくて。

泣いて。泣いて。けれど、三人に逢《あ》いに行くため自分で死ぬのも怖いんだと、暗い部屋の隅でいつまでも泣いていた。

せめて誰かと話したい。

誰かに〝大丈夫だよ〟って、何の根拠もなく言ってもらいたい。

もうこの世界には俺に優しくしてくれる人なんていなくなってしまった。

そんな、一人ぼっちでは眠れそうにもないとある夜のことだった。

『声が、届けばいいのに』

ぽつりと。

『あなたの悲しい気持ちの全部を、聞いてあげられたらいいのに』

ぽつり、ぽつり、と。

『あなたに悲しいことがあるときは、いつもあなたを応援したいって願ってる。悲しいことがあった数だけ、いつかあなたに、笑顔の似合う未来がありますようにと、祈ってる』

声が、聞こえたのだ。

『あなたの明日が、今日よりもほんの少しだけ、いい日になることを祈ってる。おやすみなさい。せめて楽しい夢が、見れますように』

頭の中に響いたその声に、そっと涙を拭われた気がしてた。

お母さんのことを思い出し、少しだけ泣いた。けれど不思議とその日はよく眠れたように思う。

　そして次は、いつだったかかな。たしか、幸せそうに歩く知らないどこかの家族を街で見かけた日のことだった。

　どうして俺にはああして手をつないで歩いてくれる人がいないんだろう。それは、そうだ。俺がお母さんを助けなかったからだ。俺がお父さんを見殺しにしたからだ。俺が、姉さんを見ない振りしたからだ。

　寂しさと後悔の渦が喉の奥からせりあがって来た。そんなときだった。

『ごめんね。何も、できなくて。せめて声だけでも届けばいいのに』

　俺以上に〝声〟の方が悲しんでいる。そんな風に感じた。

　次は意地の悪い親戚に家族のことを遠回しにけなされて殴りかかってしまった日のことだ。俺が悪いということになった。誰も俺の言うことを信じてくれなかった。もう誰もお前の面倒は見ないからなと、家から放り出されてしまった。味方はいない。どこにもいない。俺は一人ぼっちだと、泣いていた。

『私はちゃんと見てたよ。あなたは何も悪くない。……ごめんね。何も、できなくて。でも、ずっと、ずっと、私はあなたの味方だよ』

　幻聴でも何でも構わない。その〝声〟があるだけで、一人だけど何とか生きてはいけそうだと思えた。

　俺は、気づいていた。何か悲しいことがあると〝声〟が聞こえてくるようだと。

自分はきっとどこか変になったんだと決めつけてもいた。だから聞こえた声に返事をすることはなかった。もし返事をしてしまったら、その瞬間に、俺の心は取り返しのつかないくらいに壊れてしまうんじゃないかと怖かった。ただの一度も〝声〟に何かを返したことはなかった。〝声〟の方も、俺が聞こえているとは思っていないように感じられた。

最初は憎みもした幻聴《こえ》だったけど……。

もしかしたらこれは夢や幻なんかじゃなく、姿の見えない誰かが本当に、いつもそばにいてくれるのかもしれない。次第に俺はそう思うようになっていた。

姿は見えなくとも。触れられなくとも。俺を悲しみから護《まも》りたいと願ってくれる誰かがいてくれる。

目には見えないその手のひらで、寂しいばかりの俺の手を、いつも、いつも、強く握ってくれている。

そんな風に思えたからこそ、なんとか越えることのできた夜もあったのだ。

家族がいなくても寂しくなかった。友人がいなくとも平気だった。世界中どこにも居場所がないと感じても、俺のことだけ応援してくれる〝声〟がある、そう思うだけで何もかもが大丈夫になれたんだと思う。

だから俺は、どうしても、〝声〟と話してみたいと思うようになっていた。

ありがとうと言いたかった。

いつもそばにいてくれてありがとう。いつも勇気をくれてありがとう。どんなときも励ましてくれてありがとう。いつも、味方でいてくれて、ありがとう。

ただそれだけをどうしても伝えたかったんだ。

……それはいつもと同じ、どうしても眠れない夜のことだった。

家族のことを思い出して、ベッドの中で久しぶりに泣いて。久しぶりだったからか涙を止める方法もわからなくなってしまっていて。心が呼吸する隙間もなく、ただただ、涙があふれた。

そんな俺に〝声〟が言ったのだ。

『もしも明日、世界が終わるとしたら。あなたは最後に何を願う？』

その問いかけに俺は答えてしまった。

「俺は……」

待て。今から何を言おうとしてるんだ俺は。相手は自分が作り上げた幻聴かもしれないのに。

けれど一度〝伝えたい〟と思ってしまったらもうダメだ。自分の気持ちを止められそうになかったんだ。

「俺は、君のことが……」

しまった、と思った。

急いで言葉の途中で急いで口を閉じた。けれど、それからだ。〝声〟が聞こえなくなってしまったのは。

やっぱり〝声〟に応えちゃいけなかったんだと思った。

俺は、一人だ。味方はいない。励ましてくれる人はもういない。そっと、応援してくれる人ももういない。こんな寂しい世界の中ではとてもじゃないけど、生きてはいけない。

……お願いだ。

何度も心の中で叫んだ。

お願いだよ。もう一度、〝声〟が聴きたい。

おやすみと言ってほしい。大丈夫だよと言ってほしい。応援してるよと、言ってほしい。

もうそれ以上のことは望まない。

だから、お願い。……お願いだ。俺を、置いて行かないでくれ。

何か悲しいことがあればまた〝声〟がするかもしれないと思ったんだ。

〝声〟があのときみたいに〝それ以上は進まないで〟と、話しかけてくれると思いたかったんだ。

だから俺は、十七歳の誕生日に、通っていた学校の屋上に立っていた。

けれど、屋上のフェンスの向こう側にいくら立ち尽くしても〝声〟は聞こえてこなかった。

見捨てられてしまったんだと思った。誰かもわからない〝声〟の持ち主に置いて行かれてしまったんだと、思った。

これ以上、一人で生きてはいけなかった。

だから俺はそのまま、いとも簡単に、学校の屋上から飛び降りて……。

「……お願いします。もう一度、この世界を救ってもらえませんか？」

その〝声〟に、俺は、この終わりかけの世界に迎え入れられたのだった。

7

瞼《まぶた》を閉じると、声が聞こえる気がした。

──君の目に込められていたささやかな魔法。その回路を開いておいた。今投げ飛ばしたのと同時にね。

──あとは任せた。次はお前の番だ。俺じゃだめなんだ。だから俺の代わりにこの子を、ユーリのことを、救ってやってくれ。

……もうここにはいないはずの誰かの想《おも》いが、俺を導こうとしてくれている。

それが今、俺の身に起こっていることの原因なのだと信じたかった。


元いた世界の自室だ。

そこに置いてきた古い自作のラジオには、俺がユーリの〝声〟を聞いて育った記憶が、深く沁《し》み込むように宿っていた。

クロースの記憶や、英雄の記憶を覗いたときと同じだが、少し、違う。

俺はあのラジオに触れてもいない。それなのに周波数を合わせて繋《つな》がっただけで、そこに宿った自分自身の忘れた記憶を覗《のぞ》き見た。

そうして忘れてしまっていた彼女のことを思い出せただけじゃなく……。

「……俺が、ユーリを忘れてしまっていたのは、魔導書の魔力の影響だ」

今、自分に起きてる事情の全てを、俺は強引に理解させられてしまってもいた。

「自らの存在を消失させようとする魔導書が、魔力を使い果たしてしまった宿主のユーリごと、この世界から消えてなくなろうとしてる」

殆《ほとん》ど自動的に唇から言葉がこぼれ落ちてくる。

「情けない。魔導書は、英雄《俺》が作ったものであるはずなのに。そこに宿った魔力も俺のものであるはずなのに。その影響に自分で囚《とら》われてしまって、いったい、どうする……」

この言葉は俺自身のものなのか。

それとも、英雄《俺》のものなのか。

……わからない。

けれど、かけたままでいた英雄のメガネを通していくつかの情報が、頭の中へと断片的に、濁流のように押し寄せてくるのを感じた――急げ、と心がざわついている。

「ユーリの魔力はもう残り少ない。今のままだと、夜明けまでには底をつく。それまでにユーリを捜し出せなければ……」

彼女を道づれにしようとする魔導書を、俺の中に微細でも在る英雄の魔力で押さえつけないと……。

「ユーリは跡形もなく、この世界から消滅してしまう」

俺のために自分の魔力を使ってしまったからだ。

「俺のせいでユーリにはもう、魔導書に抗《あらが》うだけの魔力が残っていないんだ」

そこで、ふと、英雄のメガネのレンズに映し出される映像があった。

……どこかでユーリが泣いている。

……俺は、そんな彼女の手を握っている。

……朝日に照らされたユーリが俺に「ごめんなさい」と繰り返し、言っている。

たったそれだけだ。

ほんの一瞬ほどの光景が、メガネを通して、瞼《まぶた》の裏に、頭の中に、繰り返し繰り返し、流れ続けていた。

この光景は、一秒以上先の未来で起こることだと感じてる。

隕石《いんせき》のカケラが学園の中庭に降って来たときと似た感覚だった。

恐らくは英雄のメガネに宿った魔力に感化された俺の瞳が、一秒以上先の未来を例外的に覗《のぞ》き見ることができている。

クロースの写真。英雄のメガネ。その二つのように直接触れたわけではなく、それでもラジオに宿った記憶を覗き見ることができたのも、おそらくは同じような例外《イレギュラー》。原因はまだハッキリとしないし、ともすれば能力の暴走と呼べるものでもあるのかもしれない。

まだ俺は、この〝例外〟を自在に操ることはできないが、それでも……。

「未来はいつだって、不確定。いかようにも姿を変える。今見た光景を実現できるかどうかは、全て、俺次第……」

もしもこれから俺が、何か正しくない選択をしてしまい、夜明けまでにユーリのこと見つけ出せなければ……。

「今見た光景が現実になることはない。俺も、世界も、再びユーリを忘れてしまう」

後悔してる。

……俺はどうしようもなく、悔やんでるんだ。

俺がこの世界に召喚されてすぐ、ユーリがずっと捜していた〝声〟の持ち主だと気づけなかった。

それは自らを消失させようとする〝魔導書〟の影響を、同じ魔力を持つ俺がまず先に受けてしまった結果だったのかもしれない――『お願いします。もう一度、この世界を救ってもらえませんか？』

けれどそのたった一言だけでも、本当なら気づけたはずだった。いいや。俺は、気づかなければならなかったんだ。

あのときはどこかで聴いたことのある声だな、と。ユーリのことを知っているような気がするな、と。それくらいの感想しか抱けなかった。あんなにも、文字通り死ぬほど捜していた〝声〟だったのに。

今、俺の置かれた現状がイレギュラーだろうと力の暴走だろうと何だろうと構わない。

たとえばもし、この状態でいることで何か重大な代償を支払うこととなったとしても、まるで構わなかった——お願いだ。力を貸してくれ、お父さん、お母さん、姉さん。それに、クロース。今度こそ俺は、助けてみせる。重要なのはそれだけだ。

俺は自分自身にそう誓って顔を上げ、走り出した。

まずはユーリが俺を召喚した最初の部屋だ。

英雄の部屋であったという〝第一理事長室〟の扉を俺は開いた。

「ユーリ！　もしここにいるなら、お願いだ……俺の手を、握ってほしい……！」

けれど、ダメだ。反応はなかった。

伸ばした手は虚《むな》しく、冷たい空気を掴むばかりだ。

夜明けまで時間がない。窓から見える空が白み始めている。

一秒、一秒、経過するその度に、先ほど覗き見た未来の光景が、記憶からどんどんと薄く、ぼんやりと引き延ばされていってしまっていた。

……まずい。

俺はもう、ユーリの顔も思い出せない。早く。早く。あの子を見つけ出さないと。だというのに俺は、理事長室から動けないでいた。

最初にここへ捜しに来た理由。それは、いつもユーリはこの部屋で寝起きしていたとそう言っていたのを覚えていたからだ。

あとはもう、学生寮のユーリの自室くらいだ……。

彼女の部屋はここへ来る前に覗いていた。けれどそこは空っぽだったんだ。

俺にはもう、他にユーリが行きそうなところだなんて思いつけなかった。

……こんな簡単なこともわからないほど、彼女のことを俺は何も知らない。ずっと、ずっと、幼い頃からずっと、話しかけて来てくれていた相手なのに。世界を隔ててはいても、子供の頃からずっと一緒にいてくれた人なのに。そんな彼女のことを俺は何一つ、知らない……。

ゾワリと、身体の奥が震える。そんな感覚があった。

そこで英雄のメガネにまた一つ、新しい光景が映し出されているのに気づいた。

「なんだ？　森の中……？」

深く静かな森の中に小さな家が建っている。

それはクロースと英雄、そしてクロースの三人が暮らしていた小さな家だ。

メガネの向こうには英雄とクロース、そしてユーリの三人がかつてその家で暮らした光景が流れていた。

きっと幸せだったのだろう毎日だ。

そんなある日、英雄は二人に約束したのだ。

――もしもこれからこの家を出て、それぞれがそれぞれの人生を生きていくその中で
……。

――何か、辛いことや悲しいこと、一人ぼっちで寂しいと思うようなことがあったなら、一緒に暮らしたこの家で待ち合わせよう。

――たとえどんなことがあってもきっと、俺は、君たちを迎えに行くから。

だからきっと、ユーリはあそこにいてくれるはず。

英雄《俺》の迎えを、あの家で、待っていてくれるはず。

メガネに映し出された映像が俺にそう、呼びかけているようだった。

急いで部屋を飛び出し、森へと向かおうとした。

きっと、メガネが道を教えてくれるはずだという期待があった。

「…………」

けれど俺は、ドアノブを掴《つか》んだまま立ち止まってしまう。

もし、この選択が間違っていたら?

そんな恐怖が胸をズキリと突き刺していた。

夜明けはもうすぐ。時間切れはもうすぐ目の前。

森の奥の家だなんて、そんな場所に向かって行ってもし、そこにユーリがいなかったら

……。

この選択は間違いだったということで、ユーリを助け出す未来の光景を手繰り寄せることは、できない。

そんな結果にたどり着いてしまったら取り返しがつかない。もはや学園に引き返して来る時間だってないだろう。そんな危うい賭けに出るわけにはいかないと、思った。

ユーリがあの家の中にいる映像を、メガネを通して覗き見たりしたわけじゃなかった。

確証だ。時間がないからこそ余計に、そこにいるんだという確証がほしいと思った。

「……あ、う、ううっ」

ゾワリとまた、身体が震え、怖気《おぞけ》が走った。

それは英雄の焦燥だろうか——また誰《か》だ。また身体を、意識を、遠い過去から乗っ取られそうになっている。

俺を無理やりにでも森へと向かわせようという強い意志を感じた……やめろ。

「やめろ……っ！」

頭を抱えて、俺は、叫んだ。

「いい加減に、しろ！　俺はお前の人形じゃないっ！　いったいいつまで、人の頭の中に居座ってるつもりだ……っ！」

叫び。唇を噛み。奪われそうになっている意識を、痛みで必死につなぎとめている。

「もしその家にユーリがいなかったらっ？　お前は何か、責任を取れるのかっ？　ただ、遠い過去から傍観してるだけのお前に……っ」

むしり取るようにメガネを外して、強引に厄介な過去を遮断した。

どんなに叫ぼうが、どんなに呼びかけようが、英雄の声はもう聞こえない。

そうだ。もう、誰も、頼れない。

自ら選んだことだがぞわりと、心に不安の手触りを感じてしまう。

もしも、だ。

こちらは見つけ出したいと願うけど、もしもユーリが、このまま消えてしまいたいと願っていたら……？

ユーリは自らの意志で、俺の手を取ろうとしていなかったら……？

そしてもし、英雄の選択が正しかったなら……？

「ッ」

俺は、首を振る。

今度こそ助けると決めたんだ。少しも不安になるな。恐怖は無視しろ。大丈夫、必ず何とかなるはずだと、自分自身の未来を強く信じる——俺は、必死になって、ついさっき覗《のぞ》き見た未来《希望》の光景を思い出そうとする。

……ユーリが泣いている。

……俺は、彼女の手を握る。

……朝日に照らされごめんなさいと、繰り返してる――ダメだ。


これだけじゃとてもじゃないけど足りな過ぎてる。

もっとだ。もっとヒントが欲しかった。

お願いだ、と俺は叫んだ。

「あともう一秒だけでいいんだ、ユーリが〝ごめんなさい〟と言ったその先を……一秒先の未来を、俺に、視せてくれ……っ」

けれどそれは英雄にではない。俺は、俺自身の力に叫び、願っているんだ。

今と同じように俺は、隕石のカケラが中庭に落下したとき〝一秒以上先の未来〟を見た。

あれは英雄のメガネから力を借りた結果なのだろうと思ってる。

しかしあのとき、それだけではユーリを助けられなかった。落下する彼女へ伸ばしたこの手は何も、摑めなかったんだ。

今度は誰のものでもなく、今の俺自身の力で、走って行きたい。

そう強く願っていた。

『魔法を使うには魔力の流れを意識する必要があるんだ』

ふと、クロースの声を聞いた気がした。

それは、ぼんやりとして、あまり聞いていないはずの魔法についての授業内容だったように思う。

『コツは胸とお腹《なか》の間あたりに意識を集中させることかな。あとは――……あとは、そうだな。綺麗《きれい》な花が芽吹いて満開に咲くイメージ、とでもいうのかな。とにかくそんな感じだよ』

確か、クロースはそんなことを言っていた。

よく聞いていなかったはずなのに、なぜだかこうしてハッキリ思い出せる。

そう、だよな？　クロース。

『ああ。大丈夫。お前ならできるよ。だってお前は私の息子だ』クロースの笑顔がふと、蘇《よみがえ》る。それは魔法の授業でのことだったのかな。よく、覚えていない。『私はお前を信じてる。私は、世界中で誰より君の味方でいたいと願ってる――なあ、大咲空。いいか？

君のそばにはいつだって、君が思っている以上に、君を応援したいと願う人たちの想《おも》いがあるはずだ。私や、ユーリが、いつだって君の手を握ってる。君の人生がなにより希望で輝くようにと祈ってる。そんな君だからこの世界の中でできないことなんてなにもないんだ。そう、信じてくれたなら、きっと、いつでも奇跡は簡単に起きてくれるよ。さあ、見せてくれ。お前にしか使えない魔法を、私に……』

「………」

俺は、呼吸が止まるほど集中していた。

気づけばお腹のあたりがあたたかくなっている。

その温度は瞬く間に痛みを覚えるほどの熱を帯び始めていた。

膨れ上がったその熱は身体中《からだじゅう》を駆け巡る。チリチリと、プチプチと、頭の中で何かが弾けて焼け切れる。そんな嫌な気配が身体中に充満。ズキリと頭が一度、大きく痛んだ。だらりと鼻に生温かいものが垂れるのを感じた。呼吸も苦しく。身体が、熱い。涙がじわりと滲《にじ》んだ——痛い、苦しい、今すぐ逃げ出して、しまいたい。

けれど、ダメだ。

今、やめてしまったら、もう二度と魔法は使えない。そんな予感が俺の背中を押している。

『落ち着け。力むばかりじゃ仕方ないぞ。……大丈夫。お前ならできるって、そう言ったろ？』

……ああ。そうだな。

あなたがそう言ってくれるなら、そうなんだろうな。

ふと、頬《ほお》が緩んだ。

そして俺はそこで、忘れていた呼吸を一度、大きく吸い込んだ。

すると身体中を巡っていた熱がお腹のあたりに集中し、一気に体外へ放出されるような感覚があった。そして、まるで暖かな日差しに照らされたたくさんのつぼみが花開くような清々《すがすが》しさを覚えた。

閉じた瞼《まぶた》の裏に同じ光景がまた、はじまる。「ごめんなさい……」とポロポロ涙をこぼすユーリ。俺は、しっかりと彼女の両手を握っていた――そして、そこから一秒だ。

繰り返されるばかりだった映像が、たった一秒だけ、前進する。

俺と繋いでいないもう片方の手に、ユーリが何かをしっかりと握り締めているのが見えて――

「ああ……そうか」心から、安堵《あんど》した。よかった。「君は、そこにいたのか」

全身の力が抜けるような気さえした。

お腹の中に咲いた花が枯れ、花びらがはらはらと落ちてつぼみに戻る。しかし新しく希望が芽吹いた。そんな気配を、俺は、感じていたかった。

たぶん俺は、ユーリがそこにいてくれたのがうれしかったんだろうと思う。さっきまで強張《こわば》っていた表情が緩むのを自覚した。

すぐに〝第一理事長室〟を飛び出した。

一直線にそこへと向かった。

朝日よりも早く、階段を駆け上り……。

俺は、一人でうずくまっていたユーリの手を取った。

「どうして……」

どうしてここが、わかったの？

声にならない声がした。驚いて俺を見上げるユーリの瞳の中で、不安そうに、その〝声〟が揺らめいているように感じた。

「それだよ。君が日誌帳を……持っていたのが、見えたから」

俺と繋いでいない方の手だ。ユーリはしっかりと日誌帳を握り締めていた。

「だからきっと、君はここにいてくれる。そう思ったんだ」

息を弾ませ俺はそう言った。

放送室だった。

さっきまでギンとルカと、三人でいた場所だ。俺たちは放課後に毎日ここに集まろうとぼんやりと約束していた。二人で、その日あったことを日誌帳に書きつけながら装置を修理していた。その約束をまもるためここにいてくれたのかどうかはわからない。森の奥の家だと主張していた英雄との約束ではなく、ユーリは俺との約束を選んでくれた……と、そう思えるほど図々《ずうずう》しくはなれないが……。それでも俺は純粋に、ただ、うれしかった。

朝日が昇る。

放送室の天井から覗《のぞ》く空は白み始めていた。

ギンとルカはいなかった。飛び出して行った俺のことを捜しに行ってくれたのかもしれない。それも今は都合がよかった。

いつからいたんだ？　とユーリに問いかけてみる。

学園に戻って来てからすぐだとユーリは答えた。

一度は俺たちと逆方向へ線路を歩いて行こうと思った。けれどやっぱり、ダメだった。一人きりじゃどこへ行けばいいのかわからない。この世界のどこにも行くあてなんてなかった。

「今の私にあるのは、放課後に放送室《ここ》に集まろうっていう、あなたとの約束だけだった……、私にはもう、ここを目指す以外なにもなくて……」

だから俺たちと一緒に線路を歩いて、ユーリは学園まで戻って来ていた。

「……ごめんなさい」

ユーリは言った。

「本当に、ごめんなさい……」

ユーリはポロポロと涙をこぼした。目を伏せて、唇を噛《か》んでいた。そんなユーリの横顔を昇り始めた朝日の眩《まぶ》しさが照らした。

それは、この瞳が繰り返し覗《のぞ》き見た未来の光景と、まるで同じものだった。

ごめんなさい。嘘《うそ》をついて。本当に、ごめんなさい。ユーリは何度もそう繰り返している。

「あなたのことをこの世界に呼び出したのは、ただ、もう一度、英雄《あの人》に逢《あ》いたいだけだった。世界中の誰にも忘れられてしまった寂しさから、あなたならもしかして、連れ出してくれるかも……。そんな自分勝手であなたを呼んだ。もうすぐこの世界は終わってしまうとわかっていたのに、それなのにあなたのことを呼び寄せてしまった。元の世界に戻せる保証だって本当はなかったのに。だから……」

だからその罪滅ぼしのつもりだったのだとユーリは言った。

残り少ない魔力を全て鉱石に注いだ。これで、修理された放送室の装置を一回だけなら起動させられるだろう。そのまま俺がユーリのことを見つけられなければ、誰にも知られないままユーリは消えてなくなっていた。

「〝もしも最後に一つだけ願いが叶《かな》うなら〟」まるで魔法の呪文を唱えるようにしてユーリは言った。「私はただ、あなたに……ううん……英雄《あの人》に、一度でいいから……」

そこで唇を噛《か》みしめて言葉を殺した。

繋いだ手は震えていた。頬を濡《ぬ》らす大粒の涙は拭っても拭っても、止まることなく溢《あふ》れてしまう。

ダメだ、と思った。

俺じゃダメなんだ。ユーリの震えも、その涙も、止めることは俺じゃできない。

……思えば英雄《あいつ》も同じように自分じゃダメなんだと言っていた。

馬鹿を言うな。お前以外に誰がいるんだ。英雄だか何だか知らないが呆《あき》れてしまう。本当にお前は俺の前世なのかと、もう一度話せるのならなじってやりたい。この子はきっと、お前からユーリという名前を貰《もら》ったその日から、お前のことしか見ていない。それは今もずっと同じだ。

唇を噛んだ俺はそのまま、繋いでいたユーリの手を放した。

ユーリは床に両手をついてうなだれる。ぽたぽたとこぼれる涙が、夕立の雨粒みたいに冷たい床を濡らしていた。

そんなユーリに背を向けて立ち上がる。

俺がここでどんなに言葉を尽くしてみても何も変わらないんだろうと思う。

君が逢いたいと願うのはただ一人だけ。君は、俺と英雄とを重ねて見ようと必死だったのかもしれない。結局それはどうがんばってみたところで不可能だったんだろう。今、こぼれ落ちるユーリの涙がそれを物語っている。

それでも俺は君に聞いてほしいことがある。

俺は、放送室の装置の電源を入れた。

「……ごめんなさい。鉱石にはもう、帰りの分の魔力はなくて。さっきあなたの世界に繫《つな》がったとき、魔力は底をついてしまってて。だから……」

しゃくりあげながら言うユーリの声を背中に受ける。

俺は背を向けたまま首を振った。違う。今の俺に必要なのは元の世界に帰る方法じゃない。

「ユーリ。覚えてるか」

ポツリと、俺は言った。

「……え？」

ふと、ユーリが顔を上げた。

「この装置が直ったら俺も電波に乗せて、世界中へ呼びかける。まあ、一応、英雄の生まれ変わりだということで。そういう約束だったよな」

英雄の作ったこの学園をまた生徒らでいっぱいにする。

……そうする必要があった理由はなんだったっけ。

まあ今はいいんだ。今となっては些末《さまつ》なことだ。とにかくそのためにも世界中に散らばった生徒らに、「戻ってきてほしい」「まだ希望はあるはずだから」と、電波に乗せて語り掛けよう。そんな約束を俺たちはした。

「今日、俺にも色々あったんだ。おかげで色々と気づけたと思う。たとえば探してたものの正体だったり。たとえば、自分の気持ちの正体だったり。装置はルカが簡単に直してしまったから……、もう、日誌帳に書き溜《た》める必要もないよな」

マイクのスイッチをオンにした。

俺は大きく息を吸い込む――ああ、いや、ちょっと待て。

何をしようとしてるんだ、俺は……こんなことして何の意味がある？

勢い任せの昂《たかぶ》りに支配されかけている胸の温度を、ふと芽生えた冷静さが凍り付かせようとするけれど――構わない、知ったことかと、俺は吸い込んだ空気と熱で、胸をいっぱいに膨らませ――ああきっと、今夜は後悔で眠れないだろうな。

苦笑いを浮かべた。

吸い込んだ空気と一緒に、俺は思い切り、叫んだ。

「――……きだ!!!」

声のボリュームを間違えた。ハウリングした最初の一言は、ビリビリとひび割れて夜の空気に呑《の》まれてしまった。

何やってるんだ。

緊張しすぎだ。

もう一度、俺は世界中に響かせる。

「好きだ！　ユーリ……！　ずっと、ずっと俺は、君のことが大好き、だったんだ……っ！」

この気持ちが〝そうだ〟と気づいたのはいつだっただろう。

自分のせいで家族みんながいなくなってしまった日。「一人じゃないよ」と言ってくれた。幸せそうに笑う人たちを見て、今にも消えてなくなりそうになった日。「泣かないで。お願い。私がずっと、応援してる」と言ってくれた。どうして自分ばかりと胸が痛くて、苦しくて、眠れなかった寒い夜。「いつもあなたのそばで、あなたの味方で、いられたらいいのに。……なんて。声が、届いたらいいのにな」と言ってくれた。それだけで俺は安心できた。気づけば〝君の声〟がなければ俺は生きていけなくなっていた。

たぶん俺は、失くしたはずの家族を取り戻したような気がしていたんだろうと思う。

いつしか〝君の声〟は、姉のようにそこにあるのが当たり前のような存在となり。母親のようにいつもそばにいてくれる唯一の味方となり。時には父親のように静かに見守っていてほしいと願うようになり。

いつしか自然と、もっと、もっと、特別なものに変わってしまっていたんだと気づいた。

この気持ちを、馬鹿な俺が何かの理由でまた忘れてしまわないうちに、叫びたかった――君に知っておいてもらいたい、君のおかげで俺は生きて来られたんだ、君のことが世界で一番、何より一番、大切なんだ――そんな思いを全部詰め込み、叫びたい、そう、思ったんだ。

後ろにいてくれるはずのユーリが今、どんな顔をしてるか想像すると息が止まりそうになる。

勇み足もいいとこだ。

本当は、最初に〝ありがとう〟と伝えようと思っていた。

寂しいときはそばにいようとしてくれてありがとう。立ち上がれなくなりそうになったときは励ましてくれようとしてありがとう。

たくさん、たくさん、君にはありがとうを伝えたかったんだ。それこそたった一晩じゃ数えきれないくらいたくさんだ。

それを全部ぶっ飛ばして「好きだ」なんて……。

何を考えてたんだ俺は。

振り返るのが怖い。つい口走ってしまったただなんて言い訳にもならない。どこでどう順番を間違えてしまったのか。変に勇気を出してしまった数秒前の自分をほんの少し後悔し……。

気持ちが前のめりになりすぎて、躓《つまず》いてしまいそうだけど。

でも、今なら改めて言える。

「ユーリ。ありがとう」

好きだとか。

ずっと大好きだったとか。

そんな本音を口走ってしまった今だから、これくらいのことなら平気で言える。君はごめんなさいと何度も何度も言うけれど。いつまでも泣いてばかりいるけれど。俺をこの世界に呼び出してごめんなさいと、繰り返すけど……。

「ありがとうユーリ。君に、この世界に召喚してもらえてよかった。君に逢えて、本当に、よかった」

たとえ明日、終わってしまうような世界だとしても、この世界に来られて後悔はない。

俺は、恐る恐る後ろを振り返った。

……ポロポロと止まらない涙をぬぐい続ける君がいた。

もうごめんなさいとは言わず、ただ、ただ、ポロポロとこぼれる涙をぬぐい続けている。

そんな君の手を俺は握った。

君は、何も言わず握り返してくれた。

今はそれだけでいいと、そう思えた。

[エピローグ]

もしも明日、この世界が終わるとしたら

その夜。

遠い昔の夢を見た。

英雄《俺》は確かに、この世界のことを一度は愛した。

大勢の人たちに愛されて。称賛されて。そばにたくさんの仲間がいてくれて……。

その全てを自ら破壊するため、〝死と破壊の魔法〟を英雄《俺》は唱えた。

お願いだ。誰か、英雄《俺》から世界を……ユーリを、クロースを、救ってやってくれ。

誰にも言えなかったその言葉を、英雄《俺》はたった一人、涙と一緒にポロポロこぼした。

英雄《俺》にいったい何があったのか。

英雄《俺》は、なにを思っていたのか。

結局はなにも、わからないままだったけど……。

遠い昔を覗《のぞ》いたかのような、この一瞬の悪夢を見た理由。

それだけは何となく、わかるような気がした。

「…………」

学生寮の自室で俺は目覚めた。

ベッドから上半身を起こして、少し残った頭痛に眉根を寄せる。

嫌な夢を見たなと、軽く、ため息。

もそもそとベッドから抜け出した。

顔を洗い、髪を整え……。

いつもの制服か、それともこっちか。

どちらに着替えるかどうかを少しだけ考え、勇気を出してこっちの袖に腕を通すことにする。

身なりを整え終えてすぐ部屋を出て、俺は目的の場所へ向かった。

廊下に面した窓からは、中庭を忙しく動き回る機械人形たちの姿がうかがえる。そして雲一つない晴天に瞬く巨大な惑星《ほし》だ。

しばらくはこの風景が俺の日常になる。

少なくともこの世界が終わるまで、ここで生きていくことになるだろうから……。

「あ……」

学生寮の廊下を歩いていると声がした。振り向くと、ギンとルカが立っていた。

声を上げたのはギンだったようで、俺の顔を見るなり〝にやぁ〟と唇を吊《つ》り上げて笑った。

いや。ほくそ笑んだと言った方がしっくりくる。

……嫌な予感。何か言われる前に退散しよう。

「おはよう二人共いい朝だな日差しも暖かいし洗濯物日和《びより》ってやつかなそれじゃ俺はこれで」

早口に言ってそそくさとその場を去ろうとした。

そんな俺に、意地悪な笑顔を浮かべたギンの唇がゆっくりと「す」の形を作った。続けて「き」の形を順番に作った。最後に「だ」の形を作って、そしてまた、〝にやぁ〟っと意地悪い笑顔を作った。この野郎……っ。

「や、やめなよギン、そういうのよくないって思うな……」

ルカはオロオロとする。

そんなのは聞こえていないとばかりに、ギンは人差し指の先をこちらに勢いよく突き付けた。爆笑である。

「あっははははは！　なぁに真っ赤になってるの！　恥ずかしいったらないの！　ぶっふふふっ、やった！　陰気なあなたを一生からかい倒してあげられるネタを摑《つか》んじゃったかもしんないの！　これからずっとずっと覚悟しているがいいの！　ことあるごとに昨晩のあなたの恥ずかしいのを思い出させてあげるから——きゃんっ！」バシッと。「だ、だからやめなって！」ルカが慌ててギンの口元を塞いでいた。えっと。大丈夫？　今、凄《すご》い音がしたけど？

「うううううっ！　ひどいのお鼻がつぶれたの血が出ちゃったかもしれないの撫《な》でてほしいの……っ」

今まで爆笑していたギンがめそめそとする。

「うっ、ごめんね。そこまで強くするつもりじゃなかったんだけど、慌てていて、つい……」しゅんとしたギンの頭を撫でながら、ルカは苦笑いでこちらを振り返る。「えっと、空くんはこれからユーリのところに？」

「あ、ああ。そのつもりだ」

「そっか。じゃあこれ、朝ごはん。簡単だけど二人で食べて。食材は充分じゃなかったけど、まあまあ上手にできたかなって思うから」

いつもと違う俺の姿をまじまじと見ている。そんなルカから渡された紙袋には、焼きたてのパンが二つ入っていた。

簡単と言っていたけど、料理なんてまったくできないし知識もない俺としては「え？　パンって手作りできるの？　簡単に？」と驚くばかりだ。これでもし美味《おい》しかったりしたら俺は、何でもできるルカにもはや頭が上がらなくなってしまう。

「ふふん。ルカは万能なの。この服だってほつれたり破れたりしたらルカが縫ってくれるし」

……どうしてギンが得意そうなんだ？

さっきまで泣いていたのに忙しい子だなほんと。

二人は機械人形たちを手伝って学園の修復作業をするという。

俺も用事を済ませたらそっちに行くからと約束して二人と別れた。

特に待ち合わせたわけではないけれど、俺は、放送室へと向かう。渡された朝食はまだ温かい。二人もユーリのことをちゃんと忘れず覚えてる。二人分の温かな朝食がその確かな証拠だ。冷めないうちに渡せたらいいなと足を速めた。

けれど同時に俺は、ユーリにどんな顔をして逢えばいいのか。実はよく、わかっていなかった。

……夢だ。

今朝、俺はなぜあんな夢を見てしまったんだろう。

その原因はわかってる。

クロースが遺《のこ》した手紙を、見つけてしまったからだ。

――ごめんな、大咲空《おおさきそら》。君に全てを託したい。この学園を復活させても、本当は世界が救われるなんてことはないんだ。

〝第二理事長室〟で見つけたクロースからの手紙には、そんな言葉があったのだった。


「大咲空。この手紙を君が最初に見つけてくれることを祈って、これを書いてる」

手紙はまずそんな一文から始まっていた。

「私は、そろそろ時間切れみたいだ。

まだこうしていられるうちに〝ありがとう〟と、〝ごめんなさい〟を、残しておきたかった。

私は、英雄《あの子》ともう一度逢うためだけに、幽霊になってでもこの世にしがみつくことを自ら選んだ。

ありがとう。大咲空。

君が〝ただいま〟と言って、私の願いを叶《かな》えてくれた。

だからもう、魔法は切れた。私がこの世に留《とど》まっていられる理由がなくなったんだ」

放課後の教室で微笑《ほほえ》んでいたクロース。

その笑顔に夕焼け空が透けて見えていた。

あのときの光景を、俺はなぜか今もよく覚えている。

「そして、ごめんな。

私は、君たちに嘘《うそ》をついてた。

本当は、この学園を復活させて世界が救われるだなんてことはないんだよ。

この世界はおよそ一年後には確実に終わる。何千、何万、何億という命を道づれにして。

魔導書をあの子から取り出すには一つきりしか方法はない。あの子を殺すことが唯一の方法。それだけが、事実だ」

ユーリの願いを叶えれば、魔導書の封印は解ける……。

そのために、学園をかつての姿に戻す必要がある……。

それは、クロースの嘘だったというのだ。

「人は希望がなければ生きてはいけない。そういう生き物だ。

君もきっと、ユーリと一緒に出掛けた列車の旅で見ただろうと思う。この世界がどれほど荒廃してしまっているのかを。

夢も希望もない世界は簡単にああなる。

これをがんばればもしかしたら死ななくても済むかもしれない、明るい未来が待っているかも、しれない――最後の最後まで愚直にそう信じていられた方がいい。それがたとえ、嘘《うそ》であっても。

ユーリには、〝英雄が世界を救う魔法を遺してくれていた〟という事実が、夢も希望も何もない、悲しいことばかりの今を生き抜く希望の代わりだと思っていたけれど……。

君だ。大咲空。

君が、あの子の新しい希望になってほしいと願ってる。

別に君は、無理してこの世界を救う特別な存在にならなくてもいい。

君にはただ、あの子のためだけの英雄でいてほしいんだ。

クロースの手紙にはそう書いてあった。

「たとえどんなことがあっても、あの子のことだけは諦めないでいてくれる。生涯に一人くらい、自分のことを絶対に諦めないでいてくれる、命をかけてでも繋ぎとめようとしてくれる。

……そんなたった一人の誰かと出逢《であ》える権利くらい、誰にでもあるはずなんだ。

君が、あの子にとって、そんな存在でいてくれたらいいなと願ってる。

けれどあの子はふつうじゃないから。

あの子の悲しみは、そこにこそ隠れているから。

だからこそ、時にはあの子のために命をかける覚悟と勇気が必要なこともあるだろう。

これからも悲しいと感じることや、寂しいばかりで涙することもたくさんあるだろう。

それでも平気な顔して、あの子の隣にいてやってほしい。

あの子をふつうの女の子として、幸せに……君がそれを望んでくれるなら、最期の瞬間まで、あの子と一緒に生きていてやってほしいんだ。

特別なんて何もいらない。

いつかは終わる残り少ない一日、一日を、ただただ生きていってほしい。

私が君に望むのはただ、それだけだ。

誰の命にもいつかは〝終わり〟が訪れる。

世界が終わろうと終わらなかろうと、それだけは誰にも避けることができない事実だ。

たとえばごく当たり前に話している誰かとも、いつかは二度と、逢えなくなる。

だから口汚くののしり合って後悔したり。くだらないことで騙《だま》し合ってみたり。

そんなことで一秒一秒、与えられた限りある自分の時間を使うのはあまりにも、悲しくて、寂しい。いつか終わりが来ることがわかっているのなら、一秒でも多く、自分の命に残された時間を笑って生きていけますようにと祈っていたい。

そうして訪れる最期の瞬間。

君が、あなたが、そばで生きていてくれてよかった、と……。

二人が迎える最期の時間がただ、心からそう思える瞬間で飾られていてほしい。

そういう風にして、あの子のふつうを叶《かな》えてくれる英雄に、私は……勝手だけどね、君になってほしいと願っているんだよ」

「もしもあの子のことを大切に想《おも》ってくれることがあるのなら、きっと、君はあの子のためだけの英雄になれると信じてる」

そうして結ばれていた彼女の手紙を、俺は心の中で開いて閉じた。

「………」

中庭に出た俺は、雲一つない空を見上げた。

この世界には二度と戻らないものが多すぎる。

残された手紙から受け取った寂しさにも似た感情が、泣いてばかりいた遠い昔の夢を見せたのかもしれないと思ってる。夢の中で泣いていたあのときの俺もきっと、クロースを、そして二度と取り戻せない何かを求めていたはずだ。

見上げた空の向こうには刻一刻と接近する死の瞬《また》きが、真昼の空にもかかわらず肉眼でもはっきりと認められた。

この世界の寿命は残りあとおよそ一年。

その事実を呼び寄せたのは前世の俺だ。

……その結末を回避する方法は、ない。
俺はこの世界を救えるのかどうかわからない。
当然、ユーリだけのための英雄になれるかなんて、それもまたわからないけど……。
誰の人生にもいつか必ず訪れる最期の瞬間。
俺はたぶん、その瞬間に思うだろう——クロース。君もこの世界に生きていてくれて、
本当に、よかった。

「ごめんなさい」

「うっ」

放送室の扉を開いてすぐ、ユーリからかけられたその言葉に俺は思わずうめいた。

「少しの間、嫌な態度を取ってしまって……本当にごめんなさい」

「あ、ああ。そっちか。驚いた」

「そっち？」

ユーリは首を傾《かし》げた。

いや。

俺はてっきり、昨晩ここでユーリに〝好きだ〟と叫んだことの返事なのかと思った。

顔を合わせるなり「ごめんなさい」だ。呼吸が止まるかと思った。それについてはまだ聞きたくない。

俺たちは今日も一緒に、放送室の装置を修理する。

ルカが直してくれたのは〝別の世界と繋《つな》がれる機能〟だけ。ラジオ放送に必要な機能はまだ壊れたままだった。それはつまり、昨晩の叫びは世界に放送されていなかったというわけで……。少し、安心してしまう。

設計図を床に広げて開き、散らばった機材を一つ一つ摘んで「これでもない」「これかもしれないな」と、まるでパズルに悩むかのように進めていく。

「理由を聞いてもいいのかな」

機材を確かめながら俺は言う。

「その……ユーリの言う〝嫌な態度〟についてなんだけど」

確かに気にはなっていた。

それにユーリの方から言い出すということは、何度となくユーリの様子がおかしいなと感じていたのは俺の気のせいでもなかったということだ。

「……はい」ユーリは気まずそうにうつむく。「ずるいって、思ったんです」

「ずるい？」

「だって。……クロースにだけ、〝ただいま〟って、言いましたよね」ユーリは両膝を抱え込んで座る。「……私には、何も、言ってくれなかったのに」

ユーリは唇を尖《とが》らせていた。

俺は恐る恐る、問いかける。

「だから、あんな態度に？」

「………………」

ユーリはこくりとうなずいた。

「私にもただいまって、言ってほしかった……ううん。ほんとは私に、一番に、ただいまって言ってほしかった。自分でも嫌な子だなって思うけど、そう、感じてしまったから……たぶん、拗《す》ねてたんだと思います。そんな私に、気づいてほしくて。あんな態度を……ごめんなさい」

「えっと……」

何だろう。正体はわからない。

けれど胸の中で熱い何かが弾けそうだった。

「それはまだ、我慢もできたんです。最初の内は。……でも」ユーリは顔を赤くする。

「……でも。隕石《いんせき》のカケラが中庭に衝突したとき。あなたが私を助けようとしてくれたときです。目を覚まして、最初に視界に飛び込んで来たあなたの顔が、英雄《あの人》と少し、被って見えて……。一瞬、やっと英雄《あの人》と逢《あ》えたと、思ってしまって。それからちょっと、変にあなたのことを意識してしまって……。どんな風にあなたと話していいかわからなくなってしまってたんです。だから嫌な態度を……ごめんなさい。本当に」

「………」

……何だろう。

今度は胸の中がモヤッとした。

もしかして俺は、色々な意味でとんでもない相手と恋敵になってしまったんではないだろうか。

思うところはあまりにもたくさんありすぎるけど……。

俺は立ち上がり、日誌帳を手に取った。

「……今教えてくれたこと、ここに書いておいてもいい？」

「えっ、ダ、ダメ……です！」

ユーリは真っ赤になって顔を上げた。

「だってそこに書いたものは……いつか、この装置が直ったら、世界中に呼びかけるものなんですよね？」

「そうだね。どんな話でもいいから放送してたら、何かの話に興味を持ってくれた生徒たちが戻ってきてくれるかもしれないし」

学園修復も、生徒らを集めることも、本当は意味なんてはなかったんだ。

そう伝えるべきかと一瞬だけ悩んだ。

何をしようと世界は終わる。ユーリに宿る〝魔導書〟を無理やり取り出すしか、今の俺たちに残された道はない。

けれど今は、クロースがユーリに残した希望を潰さずにおきたいと思った。

これまで通り学園の修復と、世界中に散らばる生徒や教師らへの呼びかけを続けていこう。残された短い時間をできるだけ綺麗《きれい》なもので飾るには、ギンやルカ、あの二人みたいな生徒がもっとたくさん、いてくれていい。そう思った。

けれど話さなければならないことはある。

どうしたって、俺たちには無視できない。

クロースのことだ。

ユーリと、俺にとって、大切に想《おも》いたい人だった。いつまでも、そばにいてくれると思っていた人だった。

この世界には二度と戻らないものが多すぎる。

去って行った人は数えきれない。

もう逢《あ》えない人は、どれほどいるだろう。

クロースもまた、俺たちにとってその一人になってしまった。

こんなことになるとわかっていれば、もっとたくさん、もっといっぱい、クロースと話したいことがあったんだ。一緒にやりたいことも、みんなで出かけてみたいところも、あったんだ。

そんな自分の気持ちに気づいてしまい……。

ユーリと一緒に、少しだけ泣いた。


そしてもう一つ、俺は、ユーリに話すことにした。

ずっと君の〝声〟が聞こえていたこと。その〝声〟があったから生きていけたこと。君の〝声〟に勇気を貰《もら》ったこと。寂しさに負けずにいられたこと。

だから俺は、君のことが好きになったんだと、そう伝えた。

クロースがユーリへの俺の想いを応援してくれている。そう、信じたかったから。

「……そうですか。私の声、届いていたんですね」

ユーリが顔を伏せてそう呟《つぶや》いたのは、俺の〝好き〟の言葉で真っ赤になった顔を誤魔化《ごまか》すためだろうか。

「……ごめんなさい。私があなたに話しかけなくなった時期がありましたよね。それはたぶん、召喚魔法を習得するのに躍起になっていたときだと思います。一日でも早く、一秒でも早く、召喚魔法を身に付けたかった。他には何も、手につかなくて……」

召喚されたときのユーリの姿を思い出す。クロースが嘆息するほど、見た目に頓着する様子がなかった。あれはただあまり身だしなみに拘《こだわ》らないという性格だけじゃなく、それほどまでに召喚魔法の習得にかかりきりで、余裕がなかったことの表れだったのかもしれない。

そこでジッと、ユーリが俺の姿を見つめていた。

「……すみません。今さらですが、その服って」

「ああ」やっと気づいてくれたのかと俺は苦笑い。「ショッピングモールの服屋でユーリが俺に選んでくれた服だ。ユーリと同じようにこっそり持って帰ってたんだけど……どうかな、似合う、かな？」

「はい。とっても」ニコリとユーリは微笑《ほほえ》んでくれた。「想像していた以上にピッタリです。私のセンスも捨てたものじゃありませんね。それとも、あなたは何を着ても似合ってしまうのかもしれませんんが」

「そ、そっか。ならいいんだ」俺は気恥ずかしくなり頰《ほお》を搔《か》いた。「君へ宣言するための正装と考えたら、いつもの制服よりこの服が一番かなって思ってたから」

「宣言ですか？」

「ああ……。この世界に召喚されてから今日までずっと、俺は戸惑ってばかりいたんだ。前世の俺ならいざしらず、今の俺に世界が救えるだなんてどうしても信じられなかった」

その想いは今もまだ全て解消されたわけじゃないが……。

「今日まで色々あって、ようやくだ。覚悟が決まったように思う。俺は、ユーリ。君が生きてるこの世界を護《まも》りたい」……たとえ世界を救う方法なんて本当はどこにもなかったとしても。「その方法を君と一緒に、探していきたいと思ってる」

「一緒に……？」

「ああ。そうできたらいいなと思うよ。……なんて。ちょっと恥ずかしいセリフも、いつもと違う服装なら勇気を出して言えるかなと思ったんだ」

「そ、そう、ですか……」

ユーリはまた頬を赤くする。慌てたように瞳をあちこちに泳がせていた。

……今ならどうだろう。

もう一度〝好きだ〟と言えば届くだろうか。

恥ずかしがるユーリを見ていたらそんなことを思ってしまう。

その空気を察したのか、ユーリはふと首を横に振った。

「ごめんなさい。私はやっぱり、英雄《あの人》のことばかりです」

「あ、ああ……」

そっか。

もしかしなくとも俺は振られちゃったのかな。

しかも前世の自分自身に負けてしまった、ということになるのか。

複雑だな。色々と。

「でも、嬉《うれ》しかったです。私はあの人に〝好き〟だと言って欲しかった。一度だけでいいから。それが私の最後の願いだったんだと、自分で気づいたんです。……あの人に対する私の〝好き〟は、家族愛なのか。友情なのか。それとも本当に恋なのか。今の私にはわからないけれど……。でも、嬉しかったんです。あなたに〝好きだ〟と言ってもらえて。本当に。それだけは間違いないって、今の私でもわかります」

苦笑いをユーリは浮かべた。

そして、日誌帳で赤くなった顔を隠すみたいにした。

「……あ、あの。一つ、いいですか？」

「うん。なんだろう？」

「あのときのことも、この日誌帳に書いておいてもいいですか？　あなたが、わ、私に……〝好き〟って、言ってくれたこと」

仕返しのつもりだったのだろう。悪戯《いたずら》っぽくユーリは笑った。

「ああ。いいよ」

「えっ？　い、いいんですか？」

「うん。だからさ。またいつか、君に告白してみてもいいかな？」

ユーリは驚いた顔をする——どこにも存在しないかもしれない〝この世界とユーリ、どちらも救う方法〟を探すのと同時に、君の中に今も生きてる前世の俺にいつか打ち勝つと誓いたい。

君のことが〝好きだ〟って気持ちは誰にも負けない。

前世の俺なんかより、今の俺の方がずっと、君のことが好きだ。

「え、えっと……」

見る見るうちに赤くなる。

うつむいたユーリはもじもじと小さな身体を揺すっていた。

ああ。焦れったいな。

たった一秒が俺には待てない。

俺は、瞳に宿った魔法を使う。お腹《なか》のあたりを意識して、集中し、満開の花が咲くイメージだ。

意図して〝一秒先の未来〟を覗《のぞ》き見る。

「……はい。待っています」

一秒先の未来の中で、ユーリが、笑った。

もしも明日、この世界が終わるとしたら、最後に君と恋がしたい。

それが俺の、最後の願いだ。

あとがき

初めまして。漆原雪人と申します。『もしも明日、この世界が終わるとしたら』。いかがだったでしょうか？　今これを読んでくださっているあなたにとって、少しでも心に残るお話であればいいなと思っています。

どんな媒体でお話を書く場合であっても、読んでくれる人が自分の未来に安心できたり、辛いときや悲しいときのお守り代わりになってくれるようなお話と言葉選びを心がけたいといつも思っています。少しでも叶《かな》っていたならいいなと願いつつ、このシリーズのキャラクターたちを長く書いていくことをまずは目標に、がんばっていきたいと思います。どうか応援の程、よろしくお願いいたします。

ここからはこの場を借りて関係者さんたちに感謝を。

繊細で、美しいイラストを描いてくださったゆさのさん。そして、緻密で、凄《すさ》まじい迫力の背景を描いてくださったわいっしゅさん。お二人にはこの作品世界の空気感をこれ以上ない形にしてくださいました。イラストや背景があがってくる度に、すごい！　かわいい！　めっちゃ好き！　と一人で興奮しっぱなしでした。特にユーリは私が考えていた以上にかわいくデザインしていただけて、感謝しっぱなしです。ありがとうございました。これからもどうぞ、よろしくお願いいたします。

そして今回は何と「終末なにしてますかシリーズ」の枯野瑛先生に推薦コメントを帯にいただいてしまいました。自分の人生にこんなすごいことが起こるだなんて。この場を借りて枯野先生に心から感謝いたします。本当にありがとうございました。いただいたコメント、大切にいたします。

そして担当編集さん。いろいろご迷惑かけたりときにはちょっと雑談したりと、お忙しいにもかかわらずお付き合いいただいています。これからも多分ご迷惑はおかけしますが、がんばってまいりますのでよろしくお願いいたします。

その他にもたくさんの方がお力をお貸しくださいました。心を込めて。ありがとうございます。

次の巻も比較的早めにお届けできるよう今まさにがんばっています。楽しみに待っていていただけると嬉《うれ》しいです。

漆原雪人

もしも明日《あす》、この世界《せかい》が終《お》わるとしたら

著	漆原雪人《うるしばらゆきと》
	角川スニーカー文庫　23485
	2023年1月1日　初版発行
発行者	山下直久
発　行	株式会社KADOKAWA 〒102-8177 東京都千代田区富士見2-13-3 電話　0570-002-301（ナビダイヤル）
印刷所	株式会社暁印刷
製本所	本間製本株式会社

Printed in Japan　ISBN 978-4-04-113290-6　C0193

★ご意見、ご感想をお送りください★
〒102-8177 東京都千代田区富士見 2-13-3
株式会社KADOKAWA　角川スニーカー文庫編集部気付
「漆原雪人」先生「ゆさの」先生「わいっしゅ」先生

角川文庫発刊に際して

角川源義

第二次世界大戦の敗北は、軍事力の敗北であった以上に、私たちの若い文化力の敗退であった。私たちの文化が戦争に対して如何に無力であり、単なるあだ花に過ぎなかったかを、私たちは身を以て体験し痛感した。西洋近代文化の摂取にとって、明治以後八十年の歳月は決して短かすぎたとは言えない。にもかかわらず、近代文化の伝統を確立し、自由な批判と柔軟な良識に富む文化層として自らを形成することに私たちは失敗して来た。そしてこれは、各層への文化の普及滲透を任務とする出版人の責任でもあった。

一九四五年以来、私たちは再び振出しに戻り、第一歩から踏み出すことを余儀なくされた。これは大きな不幸ではあるが、反面、これまでの混沌・未熟・歪曲の中にあった我が国の文化に秩序と確たる基礎を齎らすためには絶好の機会でもある。角川書店は、このような祖国の文化的危機にあたり、微力をも顧みず再建の礎石たるべき抱負と決意とをもって出発したが、ここに創立以来の念願を果すべく角川文庫を発刊する。これまで刊行されたあらゆる全集叢書文庫類の長所と短所とを検討し、古今東西の不朽の典籍を、良心的編集のもとに、廉価に、そして書架にふさわしい美本として、多くのひとびとに提供しようとする。しかし私たちは徒らに百科全書的な知識のジレッタントを作ることを目的とせず、あくまで祖国の文化に秩序と再建への道を示し、この文庫を角川書店の栄ある事業として、今後永久に継続発展せしめ、学芸と教養との殿堂として大成せんことを期したい。多くの読書子の愛情ある忠言と支持とによって、この希望と抱負とを完遂せしめられんことを願う。

一九四九年五月三日

このすば
暁なつめが描く、
もう一つの異世界コメディ！
暁なつめ
NATSUME AKATSUKI
ILLUSTRATION
カカオ・ランタン
KAKAO LANTHANUM
戦闘員、派遣します！
COMBATANTS WILL BE DISPATCHED!
特設サイトはコチラ！
シリーズ好評発売中！
全世界の命運は——
悪の組織に託された!?
スニーカー文庫

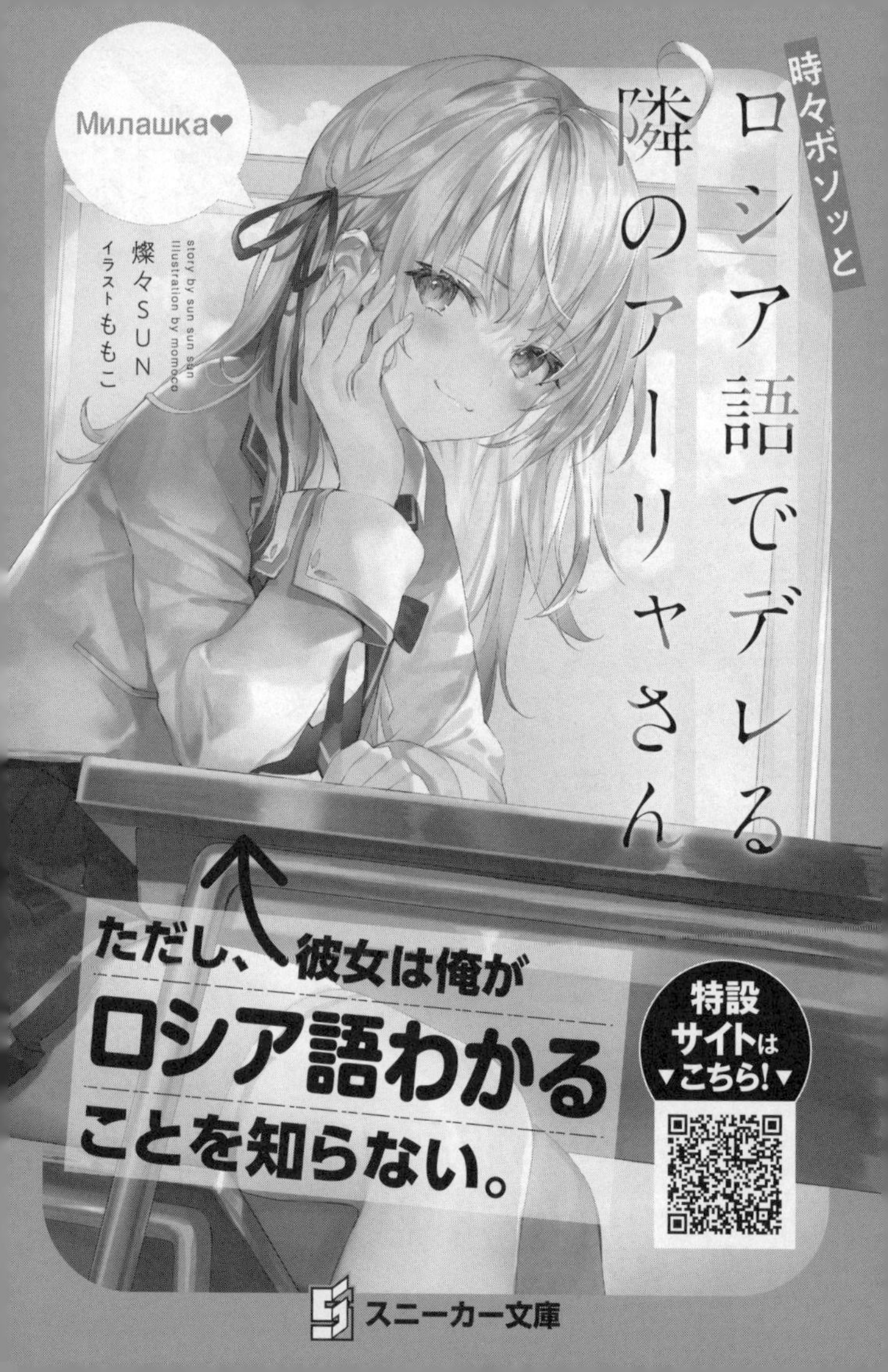
時々ボソッと
ロシア語でデレる隣のアーリャさん
Милашка♥
story by sun sun sun
illustration by momoco
燦々SUN
イラスト ももこ
ただし、彼女は俺が
ロシア語わかる
ことを知らない。
特設サイトはこちら!
スニーカー文庫

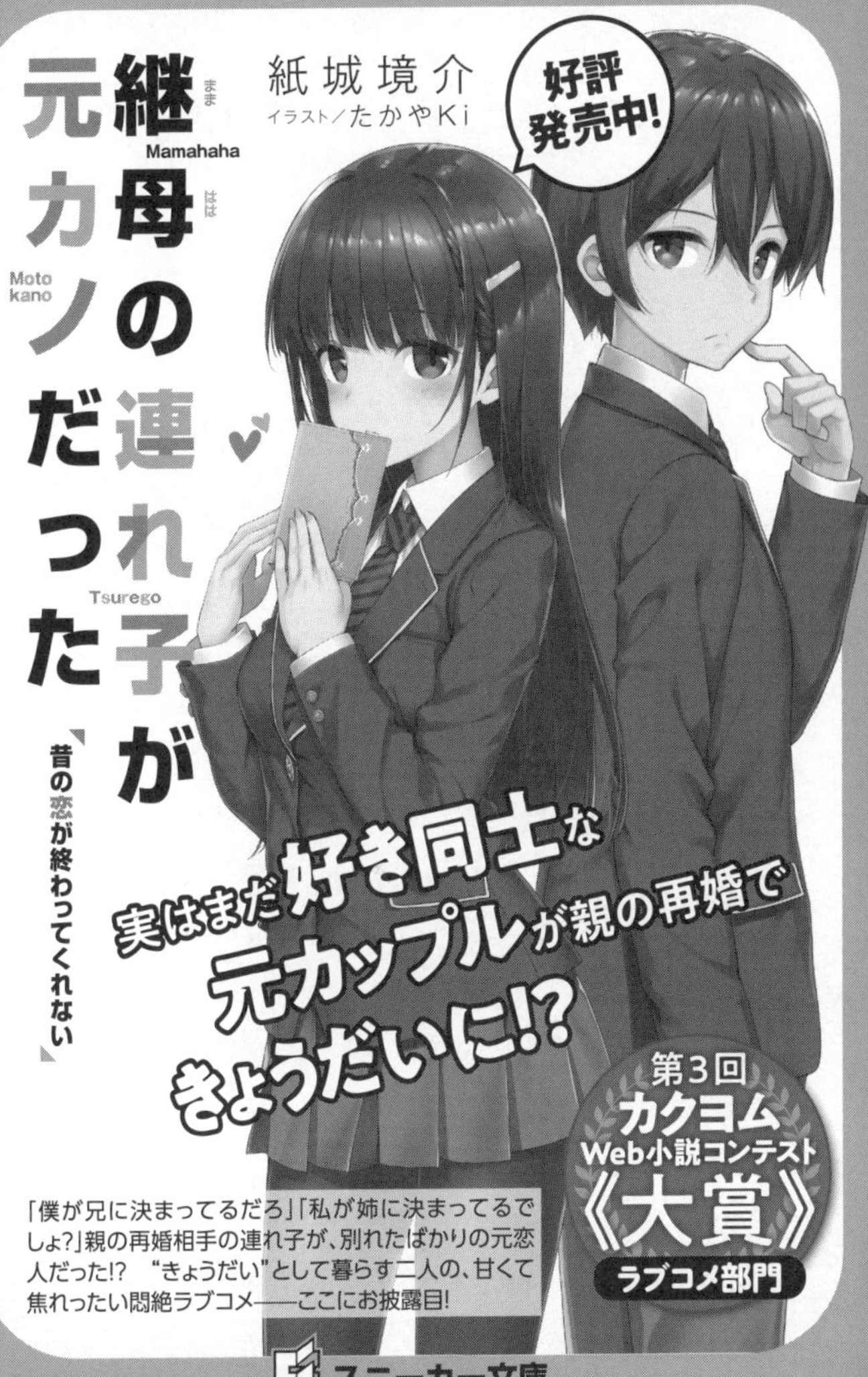

継《まま》母《はは》の連れ子が元カノだった
Mamahaha
Tsurego
Motokano
「昔の恋が終わってくれない」
紙城境介
イラスト／たかやKi
好評発売中！
実はまだ好き同士な
元カップルが親の再婚で
きょうだいに!?
第3回
カクヨム
Web小説コンテスト
《大賞》
ラブコメ部門
「僕が兄に決まってるだろ」「私が姉に決まってるでしょ?」親の再婚相手の連れ子が、別れたばかりの元恋人だった!? “きょうだい”として暮らす二人の、甘くて焦れったい悶絶ラブコメ――ここにお披露目!
スニーカー文庫

「私は脇役だからさ」と言って笑う
そんなキミが1番かわいい。
クラスで2番目に可愛い女の子と友だちになった
たかた ［イラスト］日向あずり
第6回 カクヨム Web小説コンテスト 特別賞 ラブコメ部門
『クラスで2番目に可愛い』と噂の朝凪さん。No.1人気の天海さんにも頼られるしっかり者の彼女は……金曜日の放課後だけ、俺の家に遊びに来る。本当は無邪気で甘えたがり。素顔で過ごす、二人だけの時間。

転校先の
清楚可憐な美少女が、
昔男子と思って
一緒に遊んだ
幼馴染だった件
Hibariyu
雲雀湯
illust シソ
重版続々!!
元"男友達"な幼馴染と紡ぐ、
大人気青春ラブコメディ開幕!
作品特設サイト
公式Twitter
7年前、一番仲良しの男友達と、ずっと友達でいると約束した。高校生になって再会した親友は……まさかの学校一の清楚可憐な美少女!? なのに俺の前でだけ昔のノリだなんて……最高の「友達」ラブコメ!
スニーカー文庫

世界最高の
暗殺者、異世界貴族に
転生する
The world's best assassin,
To reincarnate in a different world aristocrat
月夜 涙
画 れい亜
“伝説の暗殺者”、異世界で無双
最強×無敵の
アサシンズ・ファンタジー――!
特設
サイトは
▼コチラ!▼
世界一の暗殺者が、暗殺貴族の長男に転生した。現代であらゆる暗殺を可能にした知識と経験、そして暗殺者一族の秘術と魔法。その全てが相乗効果をうみ、彼は史上並び立つ者がいない暗殺者へと成長していく!!

スニーカー文庫

真の仲間じゃないと
勇者のパーティーを
追い出されたので、
辺境でスローライフ
することにしました
Banished from the brave man's group, I decided to lead a slow life in the back country.
ざっぽん
illust.やすも
お姫様との幸せいっぱいな
辺境スローライフが開幕!!
WEB発超大型話題作、遂に文庫化!
コンテンツ
盛り沢山の
特設サイトは
コチラ!
シリーズ好評発売中!
スニーカー文庫

超人気WEB小説が書籍化!
最強皇子による縦横無尽の
暗躍ファンタジー!
最強出涸らし皇子の暗躍帝位争い
無能を演じるSSランク皇子は皇位継承戦を影から支配する
タンバ イラスト 夕薙
無能・無気力な最低皇子アルノルト。優秀な双子の弟に全てを持っていかれた出涸らし皇子と、誰からも馬鹿にされていた。しかし、次期皇帝をめぐる争いが激化し危機が迫ったことで遂に"本気を出す"ことを決意する!
スニーカー文庫

君の紡ぐ物語で
世界を変えよう。
第29回
スニーカー大賞
作品募集中!
大賞 300万円
+コミカライズ確約
金賞 100万円
銀賞 50万円
特別賞 10万円
締切必達!
前期締切
2023年3月末日
後期締切
2023年9月末日
詳細は
ザスニWEBへ
https://kdq.jp/s-award
イラスト/左